Warum ich im Glashaus mit Steinen warf

Deva Manick

WARUM ICH IM GLASHAUS MIT STEINEN WARF

MEIN WEG AUS DEM KULTURELLEN DILEMMA

Bibliografische Information der Deutschen Nationalbibliothek: Die Deutsche Nationalbibliothek verzeichnet diese Publikation in der Deutschen Nationalbibliografie; detaillierte bibliografische Daten sind im Internet über http://dnb.dnb.de abrufbar. Die automatisierte Analyse des Werkes, um daraus Informationen insbesondere über Muster, Trends und Korrelationen gemäß §44b UrhG (Text und Data Mining*) zu gewinnen, ist untersagt.

Buchsatz: Madeleine Puljic – MH Coverdesign
Lektorat: Dennis Barmann
Korrektorat: Dennis Barmann
Fotos: Hossein Asgari, Stephan Schmick
Coverfoto: Nina Poppe
Coverlayout: Fabienne Proschmann

www.devamanick.com

Verlag: BoD · Books on Demand GmbH, Überseering 33, 22297 Hamburg, bod@bod.de
Druck: Libri Plureos GmbH, Friedensallee 273, 22763 Hamburg

ISBN: 978-3-7693-8754-4

Für meine Mutter

INHALT

EINLEITUNG

Manchmal nehmen wir das Leben als selbstverständlich hin und denken nicht an morgen. Doch genau das kann sich manchmal ändern, wenn ein geliebter Mensch plötzlich nicht mehr da ist. Ein solcher Mensch ist meine Mutter, der ich dieses Werk primär widme. Sie verstarb am 25. September 2008, ohne dass ich mich von ihr verabschieden konnte. Zu dem Zeitpunkt war ich 21. Zu jung, um es zu verstehen. Leider habe ich damals das Kostbarste, was wir haben – die Zeit – nicht genutzt, um ihr wirklich meine Gefühle und Gedanken zu offenbaren. Dinge, die ich ihr besonders in meiner Kindheit und Jugend gerne gesagt hätte, als ich mich ständig mit ihr stritt. Eine der Streitigkeiten führte letztlich dazu, dass ich mit 19 Jahren rausgeworfen wurde. Zu groß war mein damaliges Ego, um die Dinge so zu begreifen, wie ein reifer und erwachsener Mensch dazu in der Lage ist. Zu lange war ich in meinem eigenen Seelenbunker der verletzten Gefühle eingeschlossen. Warum ich trotz der täglichen Gewalt, die ich zu Hause erlebte, dennoch nie mein Herz für die Welt draußen verschlossen habe, das erfährst Du, lieber Leser, in diesem Werk.

Mit diesem Buch möchte ich Menschen ansprechen, die ein schweres Verhältnis zu ihren Eltern haben oder hatten und die Last ihres „Glashauses" bis heute mit sich tragen. Menschen, die sich als Kinder, Jugendliche oder vielleicht sogar noch als Erwachsene tief im Inneren gewünscht haben, von ihren Eltern wirklich geliebt zu werden. Ich nehme Dich, der dieses Buch gerade in seinen Händen hält, mit auf die Reise in meine Gedanken- und Gefühlswelt, in der ich mich als kleiner Junge, Jugendlicher und später als Erwachsener in meinem „Glashaus" befand.

VORWORT

Die Geschichten von Grenzgängern, die einen anderen Blick auf die eigene und auf fremde Kulturen werfen, faszinieren mich. Deva Manick schreibt eine dieser Geschichten, ohne gängige Klischees bedienen zu wollen. Mehr von seiner unglaublichen Lebensgeschichte zu erfahren und dazu beizutragen, dass diese auch anderen Menschen in Deutschland zugänglich gemacht wird, empfinde ich als große Ehre.

Devas Geschichten und Gedanken hätten mehrere Bücher füllen können. Doch er bleibt bei seinem Herzensanliegen: aus seinem Leben zu erzählen, um vor allem Jugendlichen in schwierigen Lagen zu zeigen, dass jeder etwas aus seinem Leben machen kann. Dabei verleiht er insbesondere Menschen mit Fluchterfahrung die Würde und das Verständnis für ihre Situation, so wie sie es verdienen. Sein ungebrochener Optimismus zeigt, dass er selbst seine Botschaft durch und durch verinnerlicht hat. In einer sehr kurzen Zeitspanne schafft er es, trotz vieler anderer Beschäftigungen, sein zweites Werk zu schreiben.

Ich habe mich über jedes Kapitel gefreut und war immer gespannt, wie es weitergeht. Vieles, was er zu erzählen hat, ist für die meisten Deutschen sehr weit weg, auch wenn seine Geschichte mitten in Deutschland stattfindet. Dabei holt er seine Erfahrungen besonders nah heran, damit möglichst viele Menschen diese verstehen können.

Für mich als Deutschen mit einer Migrationsgeschichte handelt es sich bei diesem Werk um einen Weckruf, dass Patriotismus nicht nur von rassistischen Nationalisten zu definieren ist. Dieser Weckruf lautet: „Wir schaffen das!" Und zwar als inklusive Nation mit Menschen unterschiedlicher kultureller Herkunft, deren Kinder ein gemeinsames Ziel haben. Das Wagnis einer besseren Zukunft für jeden.

Für mich als Pädagoge an einer Schule mit vielen Kindern mit Fluchterfahrung handelt es sich um einen Appell daran, auf die Unterschiedlichkeiten meiner Schüler als große Chance zu setzen. Nur mit einem Verständnis für die realen Probleme meiner Schüler mit ihrem Päckchen ist es möglich, sie zu fördern und zu fordern.

Deva berichtet authentisch aus eigener Erfahrung. Diese unglaubliche Lebensgeschichte bringt ein Stück Deutschland ans Licht, das so gerne ins Dunkle gestellt wird. Sie sollte mehr Menschen zugänglich gemacht werden, um ein Stück weit für ein friedlicheres Zusammenleben zu werben. Durch Devas Geschichte erfährt man einen weiteren Beweis, der den eingeschränkten nationalistisch-rassistischen Zyniker Lügen straft. Erfolg durch Intelligenz und Fleiß ist keiner bestimmten Kultur zuzuschreiben. Dieser ist unabhängig von der Zugehörigkeit zu einer bestimmten geografischen, sozialen oder religiösen Herkunft.

Philip Oprong Spenner, Bestsellerautor

GEGENWART

Der Wecker klingelt und reißt mich aus einem wunderbaren Traum, in dem ich in einer Hängematte zwischen zwei Palmen liege, dabei einen leckeren Cocktail am Strand von Mirissa (Sri Lanka) genieße und dem Rauschen der Meereswellen lausche. Fern vom täglichen Stress und sämtlichen digitalen Ablenkungen. 5 Uhr morgens – Power Performance Day. Das sage ich zu meinen Followern, während ich, ein Auge zugekniffen, zur Handykamera spreche. Zwei Veranstaltungen stehen heute an. Verschlafen steige ich mit dem rechten Fuß aus dem Bett. In Hotelbetten schlafe ich immer wie ein Bär. Ich gehe ins Badezimmer und nehme eine Dusche. Während das Wasser auf meine Haut prasselt, gehe ich gedanklich meinen Auftritt durch. Erneut erwarten mich 150 Schüler auf einen Schlag, denen ich 120 Minuten lang meine volle Aufmerksamkeit widmen muss und will. Keinen darf ich vernachlässigen, ich muss zu 100 Prozent präsent sein – auf der Bühne, im Hier und Jetzt. Als ich aus dem Bad komme, ziehe ich schnell meine Jogginghose an, um der Erste am Frühstücksbuffet zu sein. Noch ist es frisch und unberührt, und keine Menschenseele ist unten. Übrigens, ein Geheimtipp an alle, die oft in Hotels übernachten. Sei am Buffet stets der Erste. Du kannst gemütlich und in ruhiger Atmosphäre Dein Essen genießen.

Ich frühstückte entspannt und merke noch nichts von meiner mir bekannten Anspannung. Zwei Stunden bleiben mir noch. Vor Ort spüre ich dann, wie mein Herzschlag schneller wird. Ich sehe die Bühne und die leeren Stühle. Noch 10 Minuten bis zum Auftritt. Die Lehrer begrüßen mich freundlich: „Einen schönen guten Morgen, Herr Manick. Wir freuen uns, dass Sie da sind, und sind sehr gespannt auf das, was Sie zu sagen haben."

Die Technik ist bereit, und ich bin gespannt auf die Schüler, die ich heute mitnehmen darf – in das Tal der Emotionen. Die Ersten treffen ein und ehe ich den Kaffee zu Ende trinken kann, beginnt das Programm. Das Einstiegsvideo läuft über den Projektor. Eine Minute später, nachdem es geendet ist, gehe ich durch den Mittelgang zur Bühne und spreche ins Mikrofon: „Kennt Ihr das, wenn einen niemand versteht und du eine Maske tragen musst, um anderen zu gefallen? Der Gesellschaft, den Eltern oder den Freunden. Und am Ende des Tages liegst Du im Bett und fragst Dich, wann kann ich *ich* sein? Darum geht's heute."

Absolute Stille herrscht im Raum. Und so fahre ich fort und stelle mich vor. Dieser Moment – vor Menschen zu stehen, die mir zuhören wollen – war in meinem Kosmos des „Glashauses" damals unvorstellbar. Hätte mir vor zehn Jahren jemand gesagt, dass ich eines Tages quer durch die Republik fahre und auf Bühnen stehe, um Schülern zu helfen, hätte ich ihn vermutlich ausgelacht. Meine damaligen „Freunde" hätten sich zwei Tage vor Lachen nicht gefangen. Auch das ist eine traurige Wahrheit der vergangenen Jahre auf der Reise zu mir selbst: Ich war umgeben von Menschen, die mir nicht guttaten, und dennoch blieb ich in ihrem Wirkungskreis. Wahrscheinlich aus Gewohnheit, weil ich es nicht anders kannte, als dass mein Umfeld eben so mit mir umging, wie es ihm beliebte. Sowohl in der Kindheit als auch in der Jugend. Das „Glashaus" hatte seine eigenen Regeln, nach denen ich mich zu richten hatte. Jemand, der als Kind jahrelang Qualen über sich ergehen ließ und diese eines Tages als normal akzeptierte, sie als persönliches „dunkles Geheimnis" bewahrte, steht heute vor Schülern und gibt ihnen Mut. Dieses Buch ist kein Werk der Trauer, auch keine „Heldengeschichte". Es soll vielmehr diejenigen erreichen, die sich in der Kindheit und Jugend nicht verstanden fühlten und möglicherweise auch sich selbst nicht verstanden haben – so wie ich damals.

Oft hatte ich mich in meinen jungen Jahren gefragt: „Warum bin ich so? Warum bereite ich meinen Eltern so viele Probleme? Warum kann ich nicht einfach so sein wie der Nachbarsjunge, der seinen Eltern keine Probleme bereitet? Warum rebelliere ich als einziger in der Familie? Warum stören mich festgesetzte Normen, denen scheinbar alle anderen blind Folge leisten?"

Gefangen in meinem „Glashaus" begann ich, allmählich auszubrechen – und schließlich mit „Steinen" zu werfen. Wie ich der Mensch wurde, der ich heute bin, und wie Betroffene ihr eigenes „Glashaus" erkennen, verstehen und vielleicht daraus ausbrechen können, erfährst Du in diesem Buch.

Die Schülerinnen und Schüler stellen spannende Fragen und ich sehe in ihren Augen, dass sie dankbar dafür sind, dass ihnen jemand, der ihre Erfahrungen nachvollziehen kann, aus der und zu ihrer Seele spricht. Etwas, was sie in der heutigen digitalen Zeit selten geworden ist, in der es vorwiegend darum geht, seine „Maske" nach außen zu wahren.

Nach jedem Auftritt bin ich komplett entkräftet und so fahre ich wieder zurück ins Hotel, ziehe meine Klamotten aus und schlafe erst mal eine Stunde. Mission completed. Wieder habe ich Seelen erreicht und ihnen geholfen, nicht die gleichen Fehler zu machen wie ich damals. Damals im Alter von 16 Jahren war ich introvertiert, verschlossen und fühlte mich wie ein Versager – weil andere mir genau dieses Gefühl gaben. Und das nur aus einem einzigen Grund. Ich war anders. Anders in der Familie und anders in der Schule. Aufgewachsen in einer sechsköpfigen Familie und als einziger Junge, fügte ich mich nicht den gesellschaftlichen und kulturell-erzieherischen Normen, die meine Eltern mitbrachten. Ich bin Tamile, eine ethnische Minderheit aus Sri Lanka. Mein Vater kam 1982 nach Deutschland, während meine Mutter 1983 dort die Pogrome miterlebte und erst später nachkam – als tapfere und starke Frau, die auf ihrer

Seele tiefe Narben des Krieges trug, von denen ich als Kind nie etwas erfahren habe. Es war ihr „dunkles Geheimnis", und ich hatte keinen Zugang dazu.

Ich war jemand, der alles hinterfragte, und das kam nicht bei jedem in meinem Umfeld gut an. Bis heute sind Menschen, die Dinge hinterfragen, keine gern gesehenen Gäste. Sie stören das System. Und genau das habe ich getan. Vielleicht auch bewusst, weil ich bereits in jungen Jahren fühlte, dass das blinde Befolgen von Vorgaben, ohne sie zu verstehen, keinen Sinn ergibt. Vor allem das häusliche Erziehungssystem, das sehr konservativ und streng war, prallte auf meine kindliche „Rebellion". Psychische und physische Bestrafung waren die Folgen.

Meine Eltern hatten es lange Zeit nicht leicht mit mir, insbesondere meine Mutter. Sie wusste nicht recht, was sie mit dem Jungen, der aus der Reihe tanzte, anzustellen hatte. Aber dazu wirst Du in den späteren Kapiteln Genaueres erfahren. Dieses „Glashaus" steht für die Frage, wie ein Mensch, der von Kindheit an so viel Leid und Kummer erlebte, es schafft, den Funken Licht im Herzen nicht erlöschen zu lassen. Du erfährst, wie ein mit Narben übersätes Herz es schaffte, die Wunden zu heilen. Sollte an manchen Stellen mein Humor etwas zu sehr hervorstechen, verstehe es bitte nicht falsch. Humor war mein Hilfsmittel, um die dunkelsten Schattenseiten des Lebens hinter mir zu lassen. Meiner Meinung nach ist er auch gut dafür geeignet, sämtliche Schmerzen, die die Seele belasten, zu heilen oder zumindest zu mindern. Wie man so schön sagt: Lachen ist die beste Medizin.

Dies bewahrheitet sich auch heute noch. Die dunkelsten Tage, in denen ich einsam und wehrlos war, sind vorbei. Und Gott bewahre mich davor, dass diese Zeiten jemals wiederkommen. Nie wieder werde ich es erlauben, dass Menschen mich körperlich und seelisch verletzen. Mir meine Würde zu nehmen. Dafür gibt es keine Rechtfertigung. Zu keinem Zeitpunkt.

VERGANGENHEIT – EIN ALTES KAPITEL

Mein „Glashaus" beginnt mit der Geschichte eines kleinen Kükens, das im Nest mit drei weiteren Küken und zwei erwachsenen Vögeln aufwächst. Schnell tanzt das kleine Küken aus der Reihe und wird immer wieder von den anderen aus dem Nest gestoßen – jenem Ort, der eigentlich Geborgenheit und Sicherheit bieten sollte. Und eines Tages musste das verstoßene Küken lernen, sich selbst das Fliegen beizubringen. Einsame Tage, Wochen, Monate und Jahre vergingen, in denen es auf sich allein gestellt war. Doch es gab nicht auf, trotz erheblicher Hindernisse und Widrigkeiten. Das Leben testet uns oft und ist manchmal sehr geduldig, wenn es uns prüft.

Eines Tages war das Küken kein Küken mehr, sondern ein starker, ausgewachsener Vogel, der weitaus höher fliegen konnte, als er es jemals für möglich gehalten hätte.

1987 kam ich in der Kleinstadt Ratingen zur Welt, in einem Asyl- und Obdachlosenheim. Erst 20 Jahre später habe ich verstanden, dass es ein solcher Ort war – ein Heim, das bis heute existiert und in dem noch immer viele Familien leben. Mit dem einzigen Unterschied, dass der Kindergarten dort mittlerweile geschlossen ist. Die Häuser waren ziemlich in die Jahre gekommen und schon von außen war klar, dass es keine typische soziale Wohnsiedlung war. Das Treppenhaus bestand aus schwarzem Beton und es gab keine Beleuchtung im Haus. Wenn es dunkel wurde, war es düster und immer kalt. Als kleiner Junge hatte ich das nie hinterfragt – ich kannte ja nichts anderes. Es war die erste Station meines Lebens, dort kam ich zur Welt und dort wuchs ich die ersten neun Jahre auf. Ich lernte schnell, mit diesen Umständen klarzukommen. Ich bin das dritte Kind meiner Eltern. Mit Flucht und Krieg hatte ich nie Berührungspunkte – im Gegensatz zu meiner Mutter.

Mein Vater verließ Sri Lanka – das war 1982 –, weil er dort keine Zukunft mehr für sich und den Rest der Familie sah. Als die Grenzen zur DDR für drei Tage geöffnet wurden, nutzte er die Gelegenheit und wagte den Sprung nach Deutschland. Für ihn war es ein Abenteuer ins Ungewisse, mit der Hoffnung auf eine bessere Zukunft. Vor dieser Entscheidung habe ich heute noch großen Respekt. Er lieh sich das Geld für die Ausreise von Verwandten und verließ die Heimat ohne jeden Besitz und ohne Deutschkenntnisse oder konkrete Pläne. Wie im Pokerspiel setzte er alles auf eine Karte. All in auf Germany.

Seine erste Station war eine Wartehalle, in der Tausende Menschen ebenso wie er auf eine bessere Zukunft für sich und die zurückgelassenen Familien hofften. Kaum in Deutschland angekommen, wurde das Warten zur Hauptbeschäftigung. Warten auf einen Arbeitsplatz. Ich stelle mir das ungefähr so wie das Warten im Terminal am Flughafen vor. Es ist nachts und es ist kalt. Um mich herum traurige, zum Teil verängstigte Gesichter und ich kenne niemanden. Ich weiß nicht, wann und wohin das Flugzeug, in das ich einsteigen werde, mich bringen wird. Ich weiß nur, dass es weitergeht und es weitergehen muss. So in etwa könnten die Gedanken meines Vaters gewesen sein. Ich würde mich in einer solchen Situation vollkommen verzweifelt und verloren fühlen.

Mein Vater nahm diese Herausforderung fünf Jahre lang auf sich.

Was er von Anfang an hatte, war die Zeit. In den 80er Jahren waren Smartphones mit Internetzugang noch fernab jeglicher Vorstellung. Fünf Jahre lang musste er warten, bis er offiziell arbeiten gehen durfte, und genau ein Jahr nach seiner Ausreise begann der Krieg in Sri Lanka, wo meine Mutter alleine war. Was für ein Glück – oder „Unglück"? Vielleicht kennst Du das aus Deinem Leben, wenn die Ereignisse sich auf einmal überschlagen und eines das andere in seiner Schwere überwiegt. Die plötzliche Trennung von Frau und Kindern und dann noch die Angst, dass die Familie jeden Moment Opfer des kriegerischen Schauspiels werden könnte, prägten den Aufenthalt meines Vaters in Deutschland.

Nach fünf Jahren der räumlichen Trennung konnte er den Rest der Familie endlich nachholen. Wir lebten zusammen auf engstem Raum unter einem Dach. Auf die Biografie meiner Eltern möchte ich später noch genauer eingehen. Als kleiner Junge habe ich die Umstände in den ersten Jahren im Asyl- und Obdachlosenheim einfach so wahrgenommen und akzeptiert, wie sie waren. Und das heißt, dass es für unsere 2-Zimmerwohnung zum Beispiel keine Gasheizung gab, stattdessen einen Kohleofen. Irgendwie hatte es was, aber wenn es kalt war, dann war das ganz einfach so. Doch zum Jammern hatte niemand Zeit oder Gelegenheit – auf die Idee wären wir gar nicht gekommen. Nicht einmal als kleiner Junge habe ich mich jemals wegen der räumlichen Umstände beschwert. Es gab einen großen Raum, in dem sich die Küche und der Kohleofen befanden. Dann grenzte am Ende des Raumes direkt ein anderer winziger Raum, in dem meine beiden Geschwister ihren Platz mit einem Doppelbett und einem Tisch hatten. Daneben befand sich das Schlaf- und zugleich Kinderzimmer, sprich für meine Eltern und mich. Darin standen ein riesengroßes Bett und ein Schrank. Eine kunterbunte Bambi-Tapete, Maxi-Cosi oder andere „Basics", die für mich damals als kleiner Junge der reinste Luxus gewesen wären, hätte man vergebens gesucht. Schlichtheit in Weiß. Hier verbrachte ich die ersten Jahre mit meinen Eltern. Erst als ich erwachsen wurde, begriff ich die Tragweite und was das alles bedeutete. Wir benötigten damals locker eine halbe bis dreiviertel Stunde, bis die Wohnung warm genug war, damit wir im Winter nicht mehr froren. Jeder stand auf, wann er wollte, und frühstückte für sich allein – ohne am Tisch zu sitzen. Es musste immer alles schnell gehen. Meine Mutter war eine unglaublich starke Frau gewesen. Schwäche zeigte sie vor uns Kindern praktisch nie. Schließlich hat sie allein den Krieg überlebt. Doch darüber sprach sie nie. Immer wenn ich versucht hatte, das Thema zu eröffnen, blockte sie ab. Schon in meiner Kindheit war eine emotionale Distanz zwischen uns spürbar. Wahrscheinlich war das auch einer der Gründe, warum zwischen meiner Mutter und mir stets eine unsichtbare Wand blieb. Erst Jahre später, im Zuge meiner Flüchtlingsarbeit, konnte ich mich in Ihre Haut versetzen und viele Dinge in der Retrospektive verstehen – wie so oft im Leben.

Eine Brücke zu der Situation in Deutschland im Jahre 2015: Wie aus dem Nichts kam sie, von heute auf morgen – die Flüchtlingsbewegung. Keiner konnte sich wirklich etwas darunter vorstellen. Was heißt das überhaupt, zu „flüchten"? Ein Wort, das bis dato für viele abstrakt war und in den Medien für uns nicht wirklich greifbar wurde – etwas, das weit weg, fern vom Alltag geschah. Zwar gab es gelegentlich Schlagzeilen aus dem Ausland, aber wenn ich ehrlich bin, hat mich das alles nicht so betroffen werden lassen, wie die Menschenbewegung, die ich im Fernsehen im Live-Ticker verfolgen konnte.

Ohne den Hut eines Lehrers aufzusetzen, möchte ich den Begriff „Flucht" hier kurz erklären: Von heute auf morgen alles hinter sich lassen – die Heimat, den Alltag, die vertraute Kultur. Egal wohin, Hauptsache, man muss nicht länger um sein Leben fürchten.

Was bedeutet das? Diese Frage stellte ich mir, als ich die Bilder im Fernsehen sah. Während der Flüchtlingskrise arbeitete ich in der Zentrale einer Hilfsorganisation als Flüchtlingskoordinator. Zuvor habe ich ein Flüchtlingsheim geleitet, in dem ich zuständig für das Leben und die Gesundheit von 150 Menschen war. Diese Arbeit hat mich sehr geprägt. Derart viele Menschen zu sehen, deren Augen von Hoffnung erzählten. Selbstverständlich waren soziale Spannungen vorprogrammiert, wenn so viele Menschen auf engstem Raum miteinander leben mussten – auch wenn es nur zeitlich begrenzt war.

Kennst Du das vielleicht, wenn Eltern nicht über ihre Vergangenheit sprechen wollen? Nicht über die Schattenseiten, die sie zu dem Menschen haben werden lassen, der sie sind. So zumindest war es bei meiner Mutter. Zu der inneren Welt meines Vaters gelang mir ein leichterer Zugang. Dieses Ungleichgewicht belastete mich als Kind bereits enorm, ohne dass ich es in Worte fassen konnte. Ich behielt es stillschweigend für mich. Mein Vater versuchte nach seiner Ankunft in den Achtzigern, zu verschiedenen Zeitpunkten Arbeit zu finden. Doch wie sollte er erfolgreich eine Stelle finden, wenn er sich mit den Leuten nicht einmal unterhalten konnte? Wie weit kam man in den Achtzigern mit folgendem Satz: „Ich Arbeit bitte"? Mit einem starken Akzent dazu waren Absagen schon beinahe vorprogrammiert. Dennoch hatte er eines Tages bei der x-ten Anlaufstelle Glück.

An jenem Tag fuhr er mit dem Bus bis zu der Haltestelle „Am Sondert" in Ratingen. Außer einem Reformhaus, einem Restaurant und einigen vereinzelten Häusern war weit und breit nichts, was auf Zivilisation hindeutete. Ein riesengroßer Wald umgab die Siedlung. Und sonst erstreckte sich dort lediglich eine lange Landstraße. Aus heutiger Sicht war es eine sehr wohlhabende Gegend, in der mein Vater sein Glück versuchte. Kein Wunder, denn damals waren die Ökoläden und der ganze Wirbel um gesunde Ernährung noch in weiter Ferne und nur die „Wohlhabenden" konnten sich diesen Luxus leisten im Vergleich zu heute. Es war die Zeit der Frittenbude und der Abende, an denen man(n) im Wohnzimmer den Tag mit einem Bier und einer Zigarette ausklingen ließ. Das Wort „Work-Life-Balance" war noch nicht auf der Welt. Mein Vater stieg aus dem Bus und ging auf einen korpulenten Mann in grüner Latzhose zu, der auf dem Hof Blumen goss. Er lächelte ihn an und sagte: „Ich Arbeit suchen". Der Mann musterte ihn von oben bis unten, ohne zu antworten. Dann rief er seine Frau und seine Mutter dazu. Die beiden blickten ebenfalls ohne Kommentar in das Honigkuchengesicht meines Vaters und nickten. Das war das Zeichen für: einverstanden. An dem Tag wurde mein Vater eingestellt. Hätte mich auch gewundert, wenn er mit seinem Charme keine Arbeit gefunden hätte. Dieses „Bewerbungsgespräch" hatte gerade einmal zehn Minuten gedauert und war das kürzeste (mit sofortiger Einstellung), von dem ich jemals gehört hatte. Das war der Beginn einer dreißigjährigen Karriere im

Lebensmitteleinzelhandel, mit der er im Alleingang eine sechsköpfige Familie versorgte und vier Kinder sättigte und großzog. Zu D-Mark Zeiten versteht sich.

Für eine Vollzeitstelle bekam er anfangs gerade einmal 450 Deutsche Mark. Für die (späten) Millennials und jene, die noch später geboren wurden und das Buch nun in der Hand halten: Das war Deutschlands damalige stabile Währung, und mit 20 DM konntest du ein komplettes Wochenende feiern, dein Auto betanken und hattest am Ende noch 5 DM in der Tasche. Mit den Jahren und wachsenden Sprachkenntnissen konnte mein Vater erfolgreich Gehaltserhöhungen einfordern. Den Großteil des Geldes schickte er nach Sri Lanka, um meine Mutter zu versorgen. Dabei hoffte er immer auf bessere Zeiten. Fünf Jahre musste er irgendwie improvisieren.

Ehen wurden in Sri Lanka damals in 90 % der Fälle „arrangiert". Eltern sprachen eine Art „Richterspruch" aus. Ihre Vorstellungen von Ehe mussten von ihren Kindern umgesetzt werden – ohne Wenn und Aber. Dies war innerhalb der tamilischen Gesellschaft eine Art unausgesprochenes Gesetz. Das konservative Wertgefüge verlieh den Eltern eine geradezu fürstliche Position. Soziale Medien gab es nicht. Mein Vater hatte acht Geschwister. Während seine beiden älteren Brüder darauf warteten, dass zuerst die älteste Schwester verheiratet wurde, hatte mein Vater die Warterei satt.

In seinem Alltag in Colombo ging mein Vater damals immer denselben Weg zum Mittagessen. Eines Tages sah er sie. Eine bildhübsche junge Frau im Blumenkleid. Ihr seidiges schwarzes Haar war zu zwei Zöpfen gebunden und ihr unschuldiges Gesicht glich dem eines engelhaften Wesens. Wann immer er an ihrem Wohnblock vorbeiging und sie aus dem Fenster schaute, fanden sich ihre Blicke, die mit der Zeit immer vertrauter wurden.

Ihre Liebesgeschichte begann wie in einer Filmszene: Anschauen, Ansprechen, Schokolade überreichen und schon waren die beiden ein Liebespaar. Ganz simpel. Es brauchte nicht lange, um den gesellschaftlichen Kodex zu brechen. Eine Liebesbeziehung, die keine offizielle Genehmigung des Elternhauses erhielt, war in Sri Lanka damals ein absolutes No-Go. Zwar wussten die Eltern der jungen Frau – wir sprechen hier von meiner Mutter – von der Beziehung, doch waren sie von ihr nicht gerade begeistert. Lieber hätten sie jemanden aus ihren Kreisen an der Seite ihrer Tochter gewusst – bedeutet: aus der gleichen sozialen Schicht.

Meine Mutter stammt aus Negombo, mein Vater aus dem Norden Sri Lankas – aus Jaffna, wo die Leute noch konservativer waren. Du kannst Dir die Kombination vergleichsweise so vorstellen: Die emanzipierteste junge Frau aus Berlin trifft auf den erzkonservativsten jungen Mann aus dem dörflichsten Ort Bayerns. Eine Kombination, die nicht gerade von gleicher Weltanschauung spricht, und in der Sturm und Gewitter bereits erwartbar sind.

So überraschte mein Vater seine Familie eines Tages mit der standesamtlich geschlossenen Hochzeit mit meiner Mutter.

Simsalabim – und auf einmal war er verheiratet! Als erster von neun Geschwistern!

Nach der 9. Klasse brach mein Vater die Schule ab, um in die Hauptstadt Colombo zu gehen – mit dem Ziel, sich mit einem Textilgeschäft selbstständig zu machen. Allein aufgrund der Tatsache, dass er als einziger in der Familie die Schule nicht beendete, war das Verhältnis zu seinem Vater massiv angespannt. Mein Opa war Schuldirektor und ihm war die Bildung seiner neun Kinder überaus wichtig. Manchmal sogar wichtiger als das Abendbrot. Aus eigener Erfahrung weiß ich, dass enormer Leistungsdruck letztlich dazu führen kann, sich aus dem Konstrukt der ewigen Erwartungen befreien zu wollen – so, stelle ich mir vor, war es auch bei meinem Vater. Die Flucht in die Ehe war für ihn wohl auch eine Flucht aus dem Leistungsdruck. Dem Rausch der Liebe konnte mein Vater sich zudem nicht erwehren – sie siegt über alles, auch über die auferlegten „Ketten" der tamilischen Gesellschaft zu der damaligen Zeit. In seiner Rebellion war er jedoch kein Einzelfall. Immer wieder gab es Menschen, die sich gegen die damaligen Normen der Gesellschaft auflehnten.

In der Hauptstadt angekommen, begleiteten ihn sein Onkel und sein Cousin während seiner Karriere als Kaufmann. Reden konnte er, und das sogar gut – eine Fähigkeit, die ich von ihm geerbt habe und heute auf der Bühne nutze. Der Umgang mit Menschen fiel ihm leicht, sodass er sich schnell in seinem neuen Beruf einlebte. Doch auch hier erlebte er neuen

Leistungsdruck: Er musste wiedergutmachen, was er durch seine Entscheidung angerichtet hatte.

Die Eltern meiner Mutter befürchteten, dass mein Vater die Liebesbeziehung nicht lange aufrechterhalten würde, da er aus einer höheren, gebildeten Gesellschaftsschicht stammte, der Kaste der Kaufleute. So suchten sie in ihrem Bekanntenkreis nach einem möglichen Ersatzpartner für ihre Tochter, um sie von meinem Vater zu trennen. Als beide davon erfuhren, wählten sie einen Termin beim Standesamt und heirateten in Colombo. Die Entschlossenheit, mit den eigenen Familien zu brechen und sich in die Hände eines bis dahin Fremden zu begeben, verdient meinen größten Respekt.

Die Nachricht über die Blitzhochzeit traf den ältesten Bruder meines Vaters wie ein Blitzschlag, sodass dieser noch am selben Tag zum Standesamt eilte, um die Ehe zu annullieren. Doch das war vergeblich, da die Unterschriften rechtsgültig waren.

Es kam, wie es kommen musste: Zwei junge Menschen, ausgestoßen von den eigenen Familien. Die Ehe war geschlossen, der Bruch vollzogen. Eine Ehe, die bereits in jungen Jahren viel Kraft und Ausdauer forderte. Ich frage mich, wie sich meine Eltern wohl in ihren Zwanzigern gefühlt haben, ohne Hilfe, ohne Beistand.

Auch wenn meine Mutter heute im Himmel ist und mein Leben von oben beobachtet, wirkt ihre Nachricht für uns fort. Sie war eine starke Frau, für die

die Emanzipation bereits in den 70er Jahren an erster Stelle stand. Dementsprechend hat sie uns Kinder erzogen. Sie machte uns klar, dass die Meinung anderer nicht wichtig ist und dass wir für uns selbst leben. Vielleicht wollte sie damit auch ein Stück weit ihrer eigenen rebellischen Ader an uns Wort wörtlich weitervererben. Dieses Mantra hörten wir zu Hause mindestens einmal im Monat, damit wir es bloß nicht vergessen. Bis heute ist dieser Satz tief in mir verankert, wofür ich ihr wirklich dankbar bin. Für alle Ewigkeit.

Mein Vater tingelte während seiner Zeit in Sri Lanka von Job zu Job und kaufte von dem Lohn, den er am Ende des Tages in bar erhielt, das Essen für die Familie. Meine Mutter betätigte sich im Nähen von Röcken und Blusen. Was sie produzierte, verkaufte mein Vater zusätzlich an Privatpersonen. Kaufmann durch und durch – reine Pionierarbeit, die ihn mit den Jahren stärker und reifer machte. Es bestand keine andere Wahl.

Ständige Wohnungswechsel gehörten damals fast schon zum Alltag, denn zu dieser Zeit gab es in Sri Lanka kein „Mietrecht". Je nach Lust und Laune konnte der Vermieter einen Mietvertrag einfach kündigen. Andere Länder, andere Gesetze.

Wie konnten sie solch eine Belastung in ihren jungen Jahren aushalten?

Mein Vater realisierte allmählich, dass ihn der Verlust seiner eigenen Familie und insbesondere der Kontaktabbruch zu all seinen Geschwistern noch mehr unter Druck setzten. Eines Tages nutzte er die

Gelegenheit, das Land zu verlassen, weil er ein „anderes Leben" wollte. Er hatte genug von dem Status als „Ausreißer", den er in den Augen seiner Familie hatte.

Fünf Jahre nach seiner Ankunft in Deutschland konnte mein Vater meine Mutter und meine Geschwister im Rahmen des sogenannten „Familiennachzugs" nachholen. Durch einige Prozesse und Gerichtsverfahren gelang es ihm, den offiziellen Status eines „Migranten" zu erhalten.

Auch für meine Mutter zog die Flucht aus der Heimat eine weitere nach sich. Während mein Vater sich in die Arbeit flüchtete, suchte meine Mutter in der Filmwelt – Kollywood – ihre Zuflucht. Welche Alternative hatte sie zu diesem Zeitpunkt?

Dazu möchte ich eine kleine Parallele zu meiner Zeit als Flüchtlingsbetreuer erörtern: Im November 2014 ereignete sich mein Einstieg in die Flüchtlingsarbeit. Nach Feierabend (meines damaligen Jobs) stieg ich aus der voll besetzten U-Bahn der Linie 1 auf dem Weg nach Hause am Neumarkt in Köln aus, als plötzlich mein Handy klingelte und eine leise Stimme sagte: „Wir brauchen Sie ganz dringend!"

Ich wusste nicht, wie ich diesen Satz der Leiterin des Deutschen Roten Kreuzes einordnen sollte, und bat sie, mir eine E-Mail mit den Kontaktdaten zu schicken, damit ich mich später melden konnte. In dem Moment befand ich mich wirklich im *Feierabendmodus* und konnte den Hilferuf nach meiner Unterstützung nicht richtig aufnehmen.

Nicht im Ansatz hätte ich gedacht, dass ich schon bald den Weg so vieler Flüchtlingskinder begleiten würde. Am nächsten Tag schrieb ich jenem Mann, der in der E-Mail erwähnt worden war. Ohne zu wissen, was mich erwartete, begab ich mich kurz darauf zur Turnhalle im Köln-Weiden-Zentrum. Ich wunderte mich, warum mein zukünftiger Arbeitsort in einer Turnhalle sein sollte. Solche Hallen wurden doch ausschließlich für den Sportunterricht genutzt. In dem Schulzentrum fanden sich drei Hallen zu einer großen Halle vereint, wie es in fast jedem großen Schulzentrum der Fall ist. Dass dort eines Tages Menschen untergebracht werden würden, hätte ich nie geglaubt. Mit offenen Armen wurde ich vom dortigen Koordinator in Empfang genommen. Er wirkte locker, geschätzt Mitte 50. So verlief auch das „Vorstellungsgespräch", und ich wurde gefragt, ob ich auch einen Umzug nach Porz mitmachen würde und ob ich bereit wäre, zu pendeln. Offen, wie ich war, sagte ich: „Ja klar!" Zu dem Zeitpunkt wusste ich nichts von dem, was auf mich zukommen würde, aber ich beschloss, diesen neuen Weg der Unterstützung für Menschen in Not zu gehen. Was mir während des gesamten Gesprächs in den Hallen auffiel und was mir unter die Haut ging, war die allgegenwärtige Orientierungslosigkeit und tiefe Müdigkeit dieser vielen Menschen. Erschöpft von der langen Reise, die manche über mehrere Monate zu Fuß unternommen hatten. Diesen Moment werde ich in meinem Leben nie vergessen. Ein Schauer überkam mich. Noch nie zuvor hatte ich in Deutschland so viel Hilfsbedürftigkeit gesehen, unter den Geflüchteten waren auch viele Kinder. Das ging mir besonders nah.

In den Hallen waren insgesamt dreihundert Menschen untergebracht. Ohne Trennwände standen die Feldbetten aneinandergereiht. Die Gesichter sprachen Bände, und ich konnte in jedem Einzelnen eine Geschichte erkennen. Darunter etliche Kinder, die einfach nur spielen und die Welt entdecken wollten, ohne dass sie dabei realisierten, was um sie herum geschah. Sie waren zu jung, um das Ganze zu verstehen. Die Turnhalle war wie ein Bunker aufgebaut. Wenn man durch den Haupteingang schritt, führte eine Treppe hinunter zu den einzelnen Hallen und dem Spielraum – ein Raum voller Kinder, geschätzt vierzig, aus den Ländern Albanien, Rumänien und Serbien. Weder die deutsche Sprache noch sonstige Verhaltensregeln beherrschten sie. Aufgrund meiner Erfahrungen, die ich in früheren Tätigkeiten in Kinder- und Jugendzentren gesammelt hatte, wusste ich mich, auch bei Sprachschwierigkeiten, mit Händen und Füßen auszudrücken. Das war die einzige Option – doch genau diese Form der Kommunikation war für die erste Zeit ausreichend, um bei den Kindern die ersten Brücken der Verbindung zu schlagen.

Dennoch sprach ich auch Deutsch mit ihnen, um den Kindern ein wenig das Gefühl für die Sprache zu vermitteln. „Irgendwie wird es schon gehen" – das war mein Ansatz, denn ich wollte ihnen behilflich sein und ihnen eine schöne Zeit in Deutschland ermöglichen. Also gab ich aus meiner menschlichen Perspektive mein Bestes aus dem, was ich bis dato an Lebenserfahrung gesammelt hatte. Die neun Jahre im Asylheim bildeten die Grundlage für diese

Arbeit, auf die ich immer wieder zurückgriff, um das Schicksal und die Gedanken der Menschen besser zu verstehen.

Als sich der erste Tag in der Notunterkunft dem Ende neigte und ich den Ort verließ, fragte ich mich: „Wie reich bist du eigentlich? Du klagst über banale Dinge und sehnst dich nach immer mehr. Doch heute bist du reicher als diese dreihundert Menschen". Dieser Moment wurde zu einem Wendepunkt in meinem Leben. Der Gedanke, dass von jetzt auf gleich alles vorbei sein kann, ließ mich seither nicht mehr los. Ich begann darüber nachzudenken, von wo ich selbst einst gekommen war. Selbst im deutschen Asylheim hatte ich mehr „Luxus" und Freiraum als viele andere Menschen in der Turnhalle. Und ich hatte damals sogar einen Spielplatz vor der Tür, zu dem ich jederzeit gehen konnte. All diese Bilder aus meiner Kindheit schossen in Bruchteilen von Sekunden durch meinen Kopf, und ich verbrachte den Abend mit einer Reise zurück in meine Vergangenheit in Ratingen.

© Stephan Schmick

MEIN GLASHAUS

Angekommen im Exil und nach fünf Jahren der räumlichen Trennung, standen sie sich nun gegenüber. Dass die anfängliche Romanze in der Zwischenzeit verflogen war, darüber waren sie sich nicht im Klaren. Mein Vater sehnte sich nach genau der Liebe und Leidenschaft, die er vor seiner Ausreise in Erinnerung hatte. Als er meine Mutter am Frankfurter Flughafen empfing, verspürte er eine „Kälte", die ihn zunächst irritierte.

Was er als Kälte empfand, war vielmehr die Konsequenz aus einer Frau, die erschöpft vom Krieg war, die fast schon aufgegeben hatte und deren Seele übersät war von Narben der Angst und der Zerstörung durch den Krieg – eine Zeit, in der sie ohne jegliche Sicherheit und alleine ums Überleben kämpfen musste. Sie hatte mehr Leid und Opfer gesehen und erlebt, als ich mir jemals vorstellen könnte. Für mich war es immer so, als ob ich nie in den Seelenbunker meiner Mutter eintreten konnte, aber dennoch spürte, dass sie Dinge gesehen hatte, die sie nicht nur prägten, sondern auch in der Gegenwart in Deutschland noch schwer belasteten.

Das Problem beim Wiedersehen in Deutschland war, dass meine Eltern in ihren eigenen Welten lebten, dort Erfahrungen gemacht hatten und nun erwarteten, dass der andere Verständnis und Mitgefühl aufbrachte. Während meine Mutter die Folgen des Elends hautnah erlebt hatte, war mein Vater mit dem Fremdsein im Exil konfrontiert. Ohne die Hilfe nahestehender Personen hatte er sich im Niemandsland ein neues Leben aufbauen müssen und es auch geschafft. Das war der Grundbaustein für die jahrelangen Streitigkeiten zwischen den beiden. Es handelte sich um ein fundamentales Kommunikationsproblem und ein fehlendes Grundverständnis für die Situation des anderen. Dass diese Ehe nach 26 Jahren scheiterte, erscheint aus heutiger Sicht fast vorherbestimmt. Leider wollte keiner von beiden so wirklich nachgeben. Unter ihren Streitigkeiten litten wir Kinder, doch dazu werde ich später mehr erzählen, wenn wir uns den seelischen Folgen widmen, die einer solchen Konstellation innewohnen.

Zwischen den Welten wurde ihr Junge geboren. Im Marienhospital des katholischen Krankenhauses in Ratingen tat ich meinen ersten Atemzug. Ich erblickte im Januar 1987 als Winterkind im Sternzeichen des Wassermanns das Licht – des Rebellen im Luftzeichen.

Als kleines Kind nahm ich das Asylheim, in dem ich lebte, nicht als unangenehm wahr. Schwarzer Beton, keine Beleuchtung im Flur, begleitet von einem ständigen, unangenehmen Geruch. Keine schöne Gegend für Kinder, doch ich machte das Beste daraus. Bis zu meiner Einschulung kannte ich den Unterschied zwischen Arm und Reich nicht wirklich. Ich dachte, dass das, was ich bekam, das Maximum war und dass wir eben nicht viel Geld hatten. Das war halt so. Nach der Einschulung merkte ich: Die anderen Schüler in der Schule hatten mehr; sie lebten schließlich nicht dort, wo ich wohnte. Dies wollte ich fortan immer verheimlichen. Es war mir peinlich, weil ich den Klassenunterschied bereits als Kind spürte. Schon in der ersten Klasse fühlte ich, dass ich nicht zu den „wohlhabenden" Kindern gehörte, und insgeheim konnte ich mich nie mit den anderen Schülern identifizieren, die nicht im Asylheim lebten. Ich unterschied mich nicht nur im Aussehen, sondern lebte auch anders – zu dieser Zeit war ich der Einzige mit einem Asylhintergrund.

Schon als Kleinkind setzte ich meinen Willen durch, der von niemandem gebändigt werden konnte. Wenn ich im Unrecht war, schrie ich wie ein kleines Mädchen und erhielt dafür Schläge. Erst als ich älter wurde, kamen irgendwann auch Gegenstände zum Einsatz, da ich meinen Willen und mich nicht unterkriegen ließ – weder durch die Erfahrungen in der Schule noch durch jene zu Hause. Und ich habe mich nie getraut, öffentlich oder auch nur mit irgendjemanden darüber zu reden. Zu groß war die kulturell behaftete Scham in mir.

Die Gesellschaftsstruktur in Sri Lanka war sehr konservativ. Wenn Du ein Leser ohne Migrationshintergrund bist, kannst Du Dir die Mentalität meiner Eltern vielleicht so vorstellen wie die der Menschen nach dem Zweiten Weltkrieg in Deutschland – die Generation Deiner Großeltern. Es waren Welten, die aufeinanderprallten. So wie meine innere Welt, die im Hier und Jetzt und der hiesigen Gesellschaft verhaftet war, auf die kulturelle Welt meiner Eltern prallte und für Konflikte sorgte, die vorprogrammiert waren.

Für mich war das schlimm, denn ich sah Bilder, die ich als Kind besser nicht hätte sehen sollen. Mir blieb nichts anderes übrig, als Zeuge mancher Szenen zu werden, denen ich lieber entflohen wäre. Ich war zu klein, um wegzulaufen, und zu jung, um zu verstehen, was geschah. Meine Seele nahm diese Dinge auf, um sie später in Albträumen wiederzugeben.

An eine Situation erinnere ich mich noch heute ganz gut. Ich war noch ein kleiner Junge. Ich schlief im Schlafzimmer meiner Eltern, das gleichzeitig auch mein Kinderzimmer war. Dort hatten wir ein riesengroßes Bett. Ich war, glaube ich, 4 Jahre alt. Mitten in der Nacht wurde ich wach und dachte zunächst, ich träumte, bis ich realisierte, dass es nebenan laut war. Ich stand auf und kroch auf meinen kleinen Beinen ins Wohnzimmer. Ich ging zur Tür und betätigte vorsichtig die Türklinke. Je näher ich dem Geschehen kam, umso lauter wurde es – und heller. Alles geschah in Zeitlupe. Meine Augen waren noch teils zugekniffen. Das Wohnzimmerlicht schien wie ein großer Scheinwerfer auf mich. Ich sah einen Streit und war plötzlich mittendrin. Ich verstand die Welt nicht mehr. In diesem Moment fühlte ich mich wie erstarrt. Mit offenem Mund und regungslos beobachtete ich, wie Wut und Zorn ihren Lauf nahmen, und ich war lediglich Zuschauer eines Films, der

mich lange Zeit als Erinnerung fast täglich begleitete. Irgendwann ging ich zurück ins Schlafzimmer
und versuchte, einzuschlafen. Von da an zog ich
mich immer dorthin zurück, wenn es zu Hause Streit
gab – bis ich groß genug war, um von zu Hause weg-
zurennen. Bei den Streitigkeiten verspürte ich immer
eine höllische Angst, weil ich meine Eltern dann nicht
mehr wiedererkannte. Warum streiten sie sich, wenn
sie so viel durchgemacht haben? Das war die Frage,
die immer wieder in mir brannte und die ich beiden
nie stellen konnte – in der Retrospektive hätte ich dies
tun sollen. Ich war zu jung und zu schwach, um ein-
zuschreiten und zu schlichten. Das Band der Aggres-
sion einfach durchtrennen – das war das, was ich am
liebsten getan hätte.

Ich denke, dass die Liebe bei beiden im Laufe der
Jahre verflogen ist. Ob das bereits in Sri Lanka der
Fall war oder ob es an der langen Distanz lag, weiß
ich nicht. Auf einer bestimmten emotionalen Ebene
waren meine Eltern für mich immer unerreichbar. Sie
lebten in ihren eigenen Welten, und ich befand mich
zwischen diesen Welten.

Mein innerer Rebell war im Alter von 6 Jahren
bereits so stark ausgeprägt, dass ich mich weigerte,
mich dem Willen anderer zu fügen. Das begann schon
beim Ankleiden: Meine Mutter suchte mir Kleidung
aus, die sie schön fand, und ich sperrte mich innerlich
dagegen.

Ansagen wie „Du ziehst das an, das sieht gut aus!"
waren keine Seltenheit und während Mutter-Sohn-
Shoppingtouren gab es oft Diskussionen vor Ort.

Die Geschichte mit dem Geldbeutel werde ich bis zum Ende meines Lebens nicht vergessen. Eines Tages bummelte ich mit meiner Mutter in der Ratinger Innenstadt. Das war für mich ein Ausflug, um für einen kurzen Moment der Düsternis zu Hause zu entkommen. Unweit des Asylheims in Ratingen-West gab es eine riesige Brücke, über die wir immer gingen und die den Stadtteil West mit Mitte verband. Wir konnten uns schlichtweg keine Busfahrkarte leisten. Zu Fuß waren das locker 30 Minuten. Das war unsere einzige Möglichkeit, auf die andere Seite der Stadt zu gelangen. Möglicherweise war das Ganze dem Phänomen des Rechtsrheinischen und Linksrheinischen in Köln ähnlich. Auf Kölsch: „Schäl sick."

Im Laden angekommen, begann das Schauspiel. Während es für Männer und Jungen schwarze und braune Portemonnaies wie Sand am Meer gab, griff sie zum separaten Regal für Frauen und Mädchen und wählte eine pinkfarbene Brieftasche aus, drückte sie mir in die Hand und behauptete, sie sei für Jungen. Und genau das wollte sie mir kaufen. Ich dachte nur: „Ach du meine Güte, das kann nicht ihr Ernst sein!". In diesem Moment wäre ich am liebsten abgehauen – so peinlich war mir das. Wie konnte man eine Mädchenfarbe auswählen und behaupten, sie sei für Jungen? Vielleicht wäre das in der heutigen Hipster-modernen Zeit mit gendergerechter Sprache gar kein Problem, doch in den Neunzigern gab es noch die strikte Trennung der Geschlechter. Während sie nach weiteren Exemplaren suchte, nutzte ich die Zeit, um die Meinungen männlicher Kunden einzuholen, in der

Hoffnung, dass sie mir das Gegenteil sagten. Als kleiner Junge ging ich ohne Angst auf wildfremde Herren zu, die sich gerade in dieser Abteilung aufhielten, und fragte sie, wo ich Herrenportemonnaies finden könnte. Das pinkfarbene Portemonnaie, das ich immer noch in der rechten Hand hielt, versteckte ich hinter meinem Rücken. Als mir ein Mann den Korb voller schwarzer Portemonnaies zeigte, hielt ich ihm das pinkfarbene hin und fragte: „Ist das auch für Jungs?"

Völlig verblüfft schaute der Mann mich an und sagte: „Nein, das ist für Frauen!". Dabei hob er die Augenbrauen. Er sah mich an, als hätte ich ihm die Frage des Jahrhunderts gestellt.

Ich suchte nach einer weiteren Meinung und erhielt die gleiche Antwort. Ich fühlte mich richtig dumm! Noch einmal versuchte ich, meine Mutter zu überzeugen, aber keine Chance. „Nein!", war das Einzige, was sie darauf sagte. Schließlich bekam ich das pinkfarbene Portemonnaie und fand es schlimmer, als keines zu besitzen. Nur einen Tag benutzte ich es, dann gab ich es ihr zurück. Sie zeigte kein Verständnis und erkannte nicht, dass heranwachsende Jungen anders dachten und fühlten als Mädchen. Sie war von ihrem Geschmack ausgegangen und hatte angenommen, dass es mir auch gefallen musste. Es war lieb gemeint und aus der Sicht einer Mutter verständlich, dass sie ihrem Sohn etwas Schönes, das ihr gefiel, geben wollte. Doch in diesem Moment fühlte ich mich dem mütterlichen Willen unterlegen, wo ich keine eigenen Wünsche haben durfte. Traurig und in mich gekehrt, ging ich mit ihr zurück nach Hause.

Auf ähnliche Szenen, zum Beispiel beim Kauf von Kleidung, möchte ich nicht weiter eingehen. Dass ich im Beisein meiner Mutter zufrieden ein Textilgeschäft verließ, kam während meiner Kindheit nur alle paar Jahre vor, während das Shoppen mit meinem Vater für mich der Himmel auf Erden war. Er ließ mich Sachen selbst aussuchen und war am Ende froh, dass ich mich für etwas entschieden hatte. Mit erhobener Brust und breitem Grinsen verließen wir dann das Geschäft. Bei ihm bekam ich die Autonomie, die ich mir von ihr gewünscht hätte. Ich denke, das ist etwas Grundlegendes, was heutzutage viel zu wenig berücksichtigt wird. Ein Kind möchte nicht nur gesehen und geliebt werden von seinen Eltern, sondern auch einen geschützten Bereich haben, in dem es selbst entscheiden kann.

Ich erkannte schnell, dass ich bei meinem Vater mehr Freiheiten hatte, wodurch die Bindung zu ihm entsprechend stärker war. Hinzu kam die Tatsache, dass er sich unbedingt einen Jungen gewünscht hatte. So war mit mir sein Prinz geboren.

Während mein Vater tagsüber zur Arbeit ging, hatte ich die meisten Berührungspunkte mit meiner Mutter und stritt oft mit ihr. Manchmal wusste sie nicht, wie sie ihren Zorn kontrollieren sollte, und löste Streitereien leider mit nahezu grenzenloser Wut. Sie gab lediglich das weiter, was sie in ihrer Kindheit selbst erfahren hatte, ohne es je für sich verarbeitet zu haben. Ich lernte früh, mit dieser Art der Kommunikation umzugehen – dem Zuckerbrot-und-Peitsche-Prinzip. Wenn ich ihr gehorchte, wurde ich mit

Aufmerksamkeit belohnt; wenn nicht, folgte die Bestrafung. Manchmal redete sie sogar tagelang nicht mit mir, was mich mehr schmerzte als die Schläge. Es zerriss mich innerlich. Diese Art der Konfliktlösung, die ich dabei lernte, sorgte lange Zeit für Probleme in der Schule. Ich gab dort das weiter, was ich zu Hause erfuhr, und die Lehrer tadelten mich, ohne zu wissen, was wirklich mit mir los war. Immer wieder fragten sie sich, was mit mir nicht stimmte. Sie versuchten gelegentlich, einen Zugang zu mir zu finden, doch ich verwehrte ihnen diesen. Innerlich schützte ich mein „dunkles Geheimnis". Ich dachte, dass mir niemand helfen könnte. Ich war anders, und das „Anderssein" wurde bereits von der Außenwelt und von meinen Nächsten nicht akzeptiert. Warum also sollte mir ausgerechnet hier geholfen werden, wenn keiner mich versteht? Zu sehr schämte ich mich dafür, zu groß war die Angst vor den Folgen. Den Stempel als Rüpelschüler hatte ich schnell, und ich fühlte mich in der Schule lange Zeit wie ein Nichtsnutz. Dazu saß ich in der letzten Schulbank, sodass ich die Lehrer beim Unterricht nicht allzu stören konnte. Zu Hause war ich kein braver, artiger Sohn, und im Freundeskreis fühlte ich mich wie das fünfte Rad am Wagen. In der Schule war ich damit beschäftigt, den Schein der intakten Familie nach außen aufrechtzuerhalten. Ich wollte nur das Gute in ihr sehen. Und das führte dazu, dass ich die Schattenseiten des Glashauses lange Zeit für mich behielt. So versuchte ich, den Coolen und Starken zu spielen. Das war meine Maske, die ich täglich in der Schule aufsetzte und bis zum Ende erfolgreich trug – die Maske des Clowns. Ein Clown ist witzig und manchmal traurig, aber sein wahres Gesicht zeigt er nie – er ist undurchschaubar. So fühlte ich mich im Alter von 10 Jahren.

Deshalb war ich in der hiesigen Gesellschaft während meiner Schulzeit nicht wirklich integriert; ich stand mit einem Bein in der einen und mit dem zweiten in der anderen Kultur. So glaubte ich, dass mir nur blieb, die Umstände zu Hause zu erdulden. Ich schob die Begutachtung der seelischen Wunden immer wieder auf und mein Seelenkonto sammelte diese Vernachlässigung fleißig. Auch wenn mein Kumpel sein Mitwissen in der Schule gelegentlich mit einem bemitleidenswerten Blick zeigte, blieb das Geheimnis ausschließlich zwischen uns. Etwas Anderes ließ ich nicht zu, weil ich in der Situation gefangen war und mich in meiner Rolle als Außenseiter sogar ein wenig wohlfühlte – ich hatte nichts anderes, das mir hätte Stabilität geben können. Die Sehnsucht nach Wärme und Zuneigung blieb lediglich eine Sehnsucht und das für viele Jahre, bis eines Tages mein Glashaus kaputt ging.

Während meiner Tätigkeit in der Flüchtlingshilfe sah ich vieles, das bestenfalls unschön war. So kam es vor, dass Eltern vor meinen Augen ihre Kinder schlugen. In diesen Momenten griff ich ein und nahm das Kind in meine Arme. Ob die Mutter damit einverstanden war oder nicht, war mir in dem Moment völlig egal. Ich wollte nicht, dass sich der Junge alleingelassen fühlte. Auch wenn ich versucht habe, zu erklären, dass Gewalt keine Lösung ist und wir so etwas in der Unterkunft nicht dulden, waren meine Worte für sie wie ein störender Wind in der Sahara. Lediglich die Kinder waren für mich erreichbar, weil die Eltern in ihrer eigenen Welt lebten. Das kam mir nur allzu bekannt vor.

In der weiteren Betreuung setzte ich mir zum Ziel, das unheimliche Gewaltpotenzial in den Köpfen der heranwachsenden Menschen abzufangen. Manchmal war mein voller Körpereinsatz nötig, wenn sich zwei junge Bullen mit ihren Hörnern die Köpfe einschlugen. Es war eine große Herausforderung, diese Option von Gewalt nicht einfach stehen zu lassen. Meine Kollegen und mich kostete diese Aufgabe viel Kraft und Energie, um sie schließlich als gezähmte Wildkatzen heranzuziehen. Ich war fünf Tage am Stück, jeweils acht Stunden – fast schon Tag und Nacht – mit ihnen beschäftigt. Mit der Zeit entwickelte sich ein Gefühl der Verantwortung und Fürsorge. Manchmal musste ich auch ziemlich streng sein, was notwendig war. Manche Jungs durften den Spielraum für einige Tage nicht betreten, weil sie zuvor untereinander gewalttätig waren. Mit fast schon weinerlichen Gesichtern, die an hungrige Welpen erinnerten, standen sie dann vor der Tür und sahen mich an. Auch wenn ich Mitleid mit ihnen hatte, musste ich dennoch konsequent bleiben.

Wie kam es dazu, dass diese jungen Menschen so aggressiv im Umgang miteinander waren? Die Ursache liegt oft im familiären Hamsterrad: Der Vater schlägt die Mutter, diese schlägt die Kinder, und genau diese bringen die Gewalt nach draußen und schlagen sich außerhalb der Kojen. Und das alles passiert mitten in Deutschland hinter verschlossenen Türen. Die Unterkünfte – die sogenannten Kojen – sind offene Räume mit dünnen Stellwänden. In Köln wurde 2005 ein ehemaliger Baumarkt komplett saniert, um den Flüchtlingen ein Dach über dem Kopf zu geben. Für den Moment ist das die beste Lösung, um zu verhindern, dass Menschen auf der Straße leben müssen. Bei manchen Kindern und Jugendlichen bemerkte ich nach einer gewissen Zeit eine erneute negative Veränderung im Verhalten. Der zunächst positive Einfluss des Neuen ließ irgendwann nach, und Langeweile machte sich breit. Abseits vom gegenseitigen Vermöbeln hatten die Kinder kaum Alternativen – abgesehen von den Spielen, die von außen in die Unterkunft gebracht wurden. In den ersten Monaten konnten sie nicht zur Schule gehen und waren deshalb auf Sprachkurse angewiesen, die von freiwilligen, ehrenamtlichen Helfern angeboten wurden. Leider waren diese Kurse nie voll ausgelastet. Wenn sie besucht wurden, waren es meist mehr Frauen als Männer, die an ihnen teilnahmen. Auf eine gewisse Weise verständlich, denn wie sollen sie sich konzentrieren, wenn sie ein unverarbeitetes Trauma mit sich tragen? Mein Appell ist hier nach wie vor, dass zunächst das Trauma bearbeitet werden muss, um anschließend den Schritt hinein in die Gesellschaft und hin zum Spracherwerb unternehmen zu können. Andernfalls sehe ich die Entstehung einer weiteren Parallelgesellschaft und weiterer unsichtbarer Glashäuser. Eine endlose Baustelle, die nie zu Ende gebracht werden kann.

© Hossein Asgari

WELCHE SPRACHE?

Angekommen in Deutschland, beschäftigten sich meine Eltern mit vielen Dingen – nur nicht mit der deutschen Sprache. Versteh das bitte nicht als Vorwurf. Mein Vater suchte in Deutschland ein besseres Leben, meine Mutter floh vor dem Krieg. Ihre Gründe, die Heimat zu verlassen, hätten unterschiedlicher nicht sein können: Er ging freiwillig, sie wurde gezwungen. Aber warum wollten die beiden dennoch nicht emotional wirklich hier ankommen? Schauen wir uns diesen Teil im Konstrukt des Glashauses einmal gemeinsam an. In ihrer Ehe sprachen sie leider nicht dieselbe Sprache – was für Konflikte sorgte. Meine Mutter war fortwährend damit beschäftigt, ihr Trauma selbst zu verarbeiten und verschloss sich innerlich, während mein Vater damit kämpfte, seinen verlorenen Status aus der Heimat wiederherzustellen. Schon früh bemerkte ich die emotionale Barriere, die meine Mutter um sich herum erschuf. Und manchmal hat mich diese Mauer traurig gemacht, weil ich ihre Abwesenheit nie verstanden habe. Und diese Kluft zwischen diesen beiden Welten belastete schließlich auch die Erziehung. Als Kind spürte ich dies früh und nutzte deshalb jede einzelne Minute, um aus dem Nest zu fliehen und die Welt kennenzulernen.

Keinen halben Kilometer von unserem Zuhause entfernt stand ein großes Einkaufszentrum, das viele Spielkonsolen bereitstellte. Dort fand ich meine erste Fluchtwelt – die Welt der Videospiele. Für eine Weile war ich dort, fernab von jeglichen Schmerzen und Problemen, versunken in digitalen Missionen und davon herausgefordert, sie zu Ende zu bringen. Die Spielwelt bot mir Ablenkung vom häuslichen Chaos. Den Mitarbeitern fiel auf, dass ich kein gewöhnlicher Kunde war, sondern ein Stammspieler, der ganze Nachmittage dort verbrachte. Mit der Zeit kannte ich die Vornamen der nettesten und hilfsbereitesten Mitarbeiter, und immer, wenn ein Spiel nicht mehr funktionierte, suchte ich sie auf. Manchmal ging ich ihnen dabei gehörig auf die Nerven. Könnten Blicke magische Dinge bewirken, so wäre ich an manchen Tagen wohl verschwunden. Meistens kümmerten sie sich aber gleich um mich. Kundenservice wurde in den Neunzigern großgeschrieben. Damals galt noch: Der Kunde ist König – und ich fühlte mich wie der Prinz von Zamunda. Online-Shopping war damals noch undenkbar.

Vertieft in ihrer eigenen Welt, bemerkte meine Mutter nicht, dass ich meine Freizeit selbst gestaltete. Manchmal wünschte ich mir, dass sie mehr Zeit mit mir verbracht und mehr mit mir geredet hätte, anstatt immer nur mit mir zu schimpfen – wegen Dingen, die ich aus Neugier und Langeweile tat, weil außer meinem Vater niemand Zeit mit mir verbrachte. Deshalb suchte ich als kleiner Junge nach einem Ventil, mit dem ich dieses Gefühl, das ich damals nicht erkennen und in Worte fassen konnte, zu kompensieren versuchte: Die Einsamkeit innerhalb der eigenen vier Wände.

Mir geht es nicht darum, meine Mutter für irgendetwas verantwortlich zu machen. Dennoch: Mir fehlte etwas für die ersten Jahre. Liebe und Zuneigung. Zwar haben mir beide auf ihre Art und Weise ihre Zuneigung und Liebe gezeigt, doch war das nicht genug, um die innere Lücke in mir als Kind zu füllen. Ich konnte es nicht in Worte fassen, nur spüren. Meine Eltern wussten von dieser empfundenen Lücke nichts. Wie denn auch? Ich habe nie mit ihnen darüber gesprochen. Dementsprechend hatte ich Probleme in der Schule. So versuchte ich früh, diesen inneren Schatten in mir durch einen falschen und schädlichen, Freundeskreis zu füllen – vergebens.

Während die Durchschnittskinder fit in der Schule waren, war bei mir das Gegenteil der Fall. Den Status als Flüchtlingskind empfand ich während meiner Zeit im Kindergarten nicht als sonderlich schlimm, bis zu dem Zeitpunkt, an dem ich eingeschult wurde. Ich erinnere mich noch genau an den Einschulungstag. Ich war vollkommen anders angezogen als die anderen. Während sie altersgemäße Kleidung trugen, stand ich da in einem weißen Hemd mit einer Fliege und einer feinen schwarzen Hose. Das perfekte Outfit, um bereits als Sechsjähriger eine Oper zu besuchen, oder?

Mag sein, dass hier die Meinungen auseinandergehen, doch nach meinen Vorlieben wurde ich nicht gefragt. Erst als ich die Klasse betreten hatte, bemerkte ich, wie anders ich war als alle anderen. Ich aber wollte in Wirklichkeit dazugehören. Schon immer. Das war ein Wunsch, den ich während der gesamten Schulzeit nie aussprach. Lange Zeit ignorierte ich dieses Gefühl. Gefühle waren in meinem Leben lange Zeit auch kein Thema, mit dem ich mich beschäftigen wollte, was mir im Laufe der Jahre allerdings zum Verhängnis wurde.

Mit meinen Eltern sprach ich zu Hause Tamilisch. Mir fehlte leider der geistige Bezug, denn ich dachte, fühlte und träumte auf Deutsch. Bereits früh wehrte ich mich, die Sprache meiner Eltern zu lernen, als zu verschiedenen Zeiten Vereinsvertreter zu uns nach Hause kamen und darauf bestanden, dass ich wie andere Kinder auch die tamilische Schule besuche. „Du wirst es später bereuen", waren die Aussagen der „Kulturexperten", die selbst kein Deutsch sprachen. Ich aber wollte es nicht. Stattdessen wollte mir meine Mutter auf ihre Art und Weise die Sprache näherbringen.

Dazu gibt es eine bezeichnende Geschichte: Es war ein Samstagmorgen. Meine Mutter wollte mir – damals sechsjährig – das tamilische Alphabet beibringen. In Schriftform, wie ich betonen möchte. Während es im deutschen Alphabet nur ein A gibt, gibt es im Tamilischen unzählige Varianten eines einzigen Buchstabens, der mit – beginnt. Mit Kreisen hier und Strichen dort sehen sie fast so aus wie das @-Zeichen auf der Tastatur. Und jetzt unterscheide mal als Sechsjähriger zehn verschiedene As mit zehn verschiedenen Umlauten und zehn verschiedenen Zeichen. Da bekommst du schon bei der bloßen

Vorstellung Kopfschmerzen. In der Grundschule hätten meine Freunde mich ausgelacht, wenn ich lauter @-Zeichen an die Tafel gemalt hätte. Dort wurde mit dem deutschen Alphabet gearbeitet. Ich war immerhin in Deutschland und nicht in Sri Lanka. Es ergab für mich keinen Sinn, neben der Aussprache noch die Schriftform zu lernen. So war der innere Dialog, den ich damals als Kind mit mir selbst führte und die Entscheidung dahingehend traf. Als ich wiederholt das tamilische A falsch geschrieben hatte, herrschte für kurze Zeit Stille im Raum. Wir saßen auf der Bettkante des Gemeinschaftsbetts. Das Zimmer, das ebenso lieblos eingerichtet war wie der Rest der Wohnung: Kahle, fast schon graue Wände, keine Dekoration, die in irgendeiner Weise kindgerecht war. Dies ist kein Jammern, sondern soll verdeutlichen, dass ich – jemand, der hier geboren und aufgewachsen ist – so etwas nie kennengelernt habe.

Meine Mutter blickte mich ernst an und ehe ich ausatmen konnte, kassierte meine rechte Wange eine ordentliche Klatsche. Mein Gesicht wurde nach links geschleudert, mit der Frage hinterher: „Sieht so ein A aus?" Sie war korpulent, sodass hinter ihrer Ohrfeige ordentlich Wucht steckte – meine Haut hingegen war noch zart und weich. Ich fing sofort an, zu weinen und legte meine rechte Hand auf die geschlagene Wange. Sie befahl mir, gefälligst weiter zu üben, bis ich es könne, und verließ das Zimmer. Ich wischte schnell die Tränen weg, schaute die kleine Tafel an und fragte mich nur, warum ich geschlagen wurde, wenn ich einen Fehler machte. In der deutschen Schule schlug mich mein Lehrer nicht, wenn das A nicht ganz in Schreibschrift auf der Linie stand, sondern motivierte mich zur Korrektur. Ich habe nie die Logik hinter der Gewalt zu Hause gesehen – schlicht, weil es keine gibt. Ich fühlte mich in dem Zimmer nicht nur allein, sondern auch einsam mit meinen Gefühlen. Wem sollte ich das erzählen? Zu Hause redete niemand über seine verletzten Gefühle. Und so entwickelte ich eine innere Abneigung gegen das Lernen der tamilischen Sprache.

Am liebsten hätte ich ihr gesagt, dass sie mich nicht schlagen soll. Doch dazu fehlten mir einfach der Mut und die Kraft. Also steckte ich die kommenden Jahre fleißig weiter ein. Ich oder genauer gesagt mein Körper fing an, sich an die Gewalt zu gewöhnen, sodass es eines Tages für mich „normal" war, zur Strafe geschlagen zu werden. Meine Mutter fand immer einen Grund, mich zu schlagen. Eines Tages spielte es keine Rolle mehr, was ich tat, es reichte stets aus, um mich mit Schlägen zu bestrafen. Die Sprache des Zorns lernte ich bereits früh kennen und sie wurde ein Teil meiner Identität, von der ich mich eines Tages lösen musste, um endlich im Hier und Jetzt anzukommen.

Auch wenn ich all diese Erlebnisse heute auf emotionaler und rationaler Ebene verarbeitet habe, prägten sie damals meine Seele und hinterließen eine Narbe auf meinem Herzen, die ich lange Jahre unbeachtet ließ. Erst Jahre später begann ich, mich ihr zu widmen. Während mein Vater bei der Arbeit war, suchte ich die Ablenkung in Videospielen und dem Fernsehen. Ich wollte entfliehen, weg von den Verletzungen und weg von den Schmerzen, die mich innerlich zu einem Außenseiter machten. Nie traute ich mich, darüber zu sprechen.

Lange Zeit verdrängte ich die Gedanken und die Erinnerungen an die dunkle Vergangenheit. So war es mir nicht möglich, mein stellenweise aggressives und impulsives Verhalten in der Schule zu verstehen. Ich dachte, das sei normal und ein Teil von mir. Doch in Wirklichkeit war es ein Hilferuf nach Liebe und Heilung. Der dahinterliegende Grund blieb für die Außenwelt unsichtbar. Und keinen Pädagogen trifft auch nur irgendeine Schuld, im Hinblick darauf, was er oder sie hätte besser machen können. Früh setzte ich die „Maske" auf, um jeglichen Anschein von etwas zu verbergen. Ich spielte ein Schauspiel und das über die gesamte Schulzeit, ohne dass es jemals ein Lehrer bemerkte.

Eine ähnliche Entwicklung, wie ich sie in meiner Kindheit erlebte, konnte ich auch bei den von mir betreuten Flüchtlingskindern beobachten. Eltern, die von ihrer Flucht erschöpft und traumatisiert waren, schien die Kraft für eine intensivere Erziehung zu fehlen. An einem Montagmorgen um neun Uhr saß ich mit meinen Kollegen im Spielraum und wir warteten, dass die Kleinen wach wurden und nach und nach hereintrotteten. Der Raum, in dem wir die Kinder betreuten, war einfach eine große Halle. Schlicht ausgestattet, mit ein paar Tischen und Stühlen, einigen Kickertischen – und das war alles. Die Atmosphäre erinnerte mich an mein Heim in Ratingen.

© Stephan Schmick

DER MIGRATIONS-HINTERGRUND

Jetzt bin ich bereits in einem der wohlhabendsten Länder der Welt geboren, aber bin ich nun ein Ausländer, ein Deutscher, ein Tamile, ein Deutscher mit Migrationshintergrund oder was eigentlich?

Diese Frage war in meiner Kindheit und Jugend nie leicht zu beantworten.

Im Kindergarten und in der Grundschule spürte ich einen Unterschied zu den anderen. Ich wurde nicht viel gemobbt und dennoch gab es hin und wieder Erfahrungen, die schmerzhaft waren. Und dafür will ich jetzt nicht die „Opferplatte" auflegen und mich darüber beklagen, wie schlimm es in Deutschland ist. Andererseits will ich den Rassismus auch nicht unter den Tisch kehren. Manchmal wurden die Dummheiten, die ich angestellt habe, doppelt so streng beurteilt wie die der anderen. Beweisen konnte ich es nicht, aber dieses Gefühl begleitete mich unterschwellig über meine gesamte Schullaufbahn. Und von diesem Gefühl erzähle ich Dir – was Du daraus machst, überlasse ich Dir. Mehr will ich mit der Reise ins Tal der Emotionen nicht bezwecken.

An jenem Morgen ging ich in den Kindergarten und begrüßte wie immer die wunderbaren Erzieherinnen. Männer waren in den 90ern noch ziemlich unentdeckt in diesem Beruf. Direkt nach der Begrüßung streifte ich im Kindergarten aus Versehen einen Baustein einer Legomauer, der daraufhin zu Boden fiel. Ich ging weiter, als sei nichts geschehen. Im linken Augenwinkel bemerkte ich, wie einer der beiden Jungs Daniel, den Jungen, der die Mauer gebaut hatte, dazu anspornte, es der Erzieherin Melanie petzen zu gehen. Prompt sagte er es der Kindergärtnerin, die die Fähigkeit zu einem Gebrüll hatte, das lauter war, als das eines Löwen. Auch ihre Haarpracht, die voller orangefarbener Locken war, unterstrich ihre löwenhafte Präsenz. Wenn sie sauer war – und das war sie oft –, dann bebte der Hort und Angst war da noch das falsche Wort, um die Furcht zu beschreiben, die viele Kinder beim Anblick ihres Zorns zu spüren bekamen. Unter anderem meine Wenigkeit. Noch während der Junge zu ihr ging, suchte ich mir ein Versteck aus, um nicht wieder Opfer ihres Gebrülls zu werden. Ich versteckte mich im Schrank einer Spielküche, während die anderen Kinder weiterspielten, und keine fünf Sekunden später brüllte sie meinen Namen durch den ganzen Kindergarten. Es war mucksmäuschenstill und du hättest eine Nadel fallen hören können. Alle 30 Kinder. Als ob jemand auf den Stoppknopf gedrückt hätte!

„Komm sofort hier her!“, brüllte sie.

Du ahnst nicht, was für eine Gänsehaut ich bekam und wie viel Schiss ich hatte. Am liebsten wäre ich in dem Küchenschrank versunken und begraben worden, das dachte ich, als herauszugehen. Ich glaubte, die frisst mich jetzt auf. Die hat Hunger. Das war´s. So kurz kann das Leben eines Jungen sein, der einen Baustein einer Mauer umkippte. Wenn es die DDR-Mauer gewesen wäre, hätte ich noch heute Verständnis. Ein einziger Gedanke raste durch meinen Kopf: Wenn ich mich jetzt rühre, bin ich erledigt! Also blieb ich weiter im Versteck, mit der Hoffnung, dass sie irgendwann aufgibt und sich weiter mit den anderen Erziehern unterhält.

Noch einmal brüllte sie meinen Namen, und diesmal kroch ich aus dem Schrank. Es ging doch nur um einen einzigen Lego-Baustein! Warum hatte der Trottel auch petzen müssen, anstatt den Stein einfach wieder obendrauf zu legen!

Zu dem Zeitpunkt fehlte mir der Mut, meinen Eltern von solchen Vorkommnissen zu erzählen, geschweige denn mich emotional zu öffnen. Ich bin mir sicher, dass ich nicht das einzige Kind war, das sich von solchen Erwachsenen, eingeschüchtert fühlte. Mit der Zeit entwickelten sich bei mir unbewusst Ängste, die sich in meinen Körperzellen abspeichern sollten. Unter anderem die Angst, in der Zukunft etwas falsch zu machen. Vielleicht kommt Dir so etwas auch bekannt vor?

Angeschrien wurde ich fast überall. Zu Hause, Kindergarten, Schule und unter meinen „besten“ Freunden. Ich fühlte mich wie ein Spielball und lernte früh, den Mund zu halten und still zu sein, um schließlich nicht aufzufallen. Dennoch bewahrte ich meinen inneren Rebellen. Meinen Willen, den bekam keiner.

Als wäre es ein Déjà-vu, sah ich dasselbe auch während meiner Betreuung von Flüchtlingen. Um es nicht an einer speziellen Nation festzumachen, erwähne ich im Folgenden nicht das Land, aus dem die Eltern des Jungen kamen. Er war nicht älter als fünf Jahre, und wir nennen ihn an dieser Stelle „Salva". Ich saß mit meinen Kollegen zu Mittag in der Gemeinschaftskantine, als plötzlich der Junge seine große Schwester schubste. In der Kantine waren so rund 20–25 Tische aufgestellt und es war entsprechend voll. Keine zwei Sekunden später unterbrach die Mutter ihr Essen und stand auf. Sie packte den Jungen am Arm und rüttelte ihn kräftig durch, als ob sie ein Kissen durchschütteln würde. In dem Moment schrie einer meiner Kollegen: „Hey, das dürfen Sie nicht!" Der Junge hatte kaum etwas auf den Rippen. So zerbrechlich war er. Sie hat seinen Körper hin und her geschleudert.

Die Mutter interessierte der Einwand wenig. Während ihr Sohn weinend auf dem Boden lag, ging sie zu ihrem Tisch zurück. Ich stand auf, nahm den Jungen in die Arme und versuchte, ihn zu trösten, doch als er sah, dass sie wieder vom Tisch aufstand, sprang er auf und rannte ihr hinterher. Er hatte sonst niemanden. Es war das Zuckerbrot-und-Peitsche-Prinzip.

Ich fragte mich nur, wie er später die Konflikte in seinem Umfeld wohl lösen wird?

In dem Augenblick erinnerte ich mich an meine Zeit zu Hause, als niemand für mich da war, der mich in den Arm genommen hätte, als ich weinte, mich oft einsam und allein fühlte – nach der jeweiligen Tracht

Prügel. Oft behielt ich den Schmerz in mir und wollte, dass er so schnell wie möglich vorbeigeht, damit es niemand in der Schule mitbekommt. Schon gar nicht meine Lehrer. Jugendamt und Co. gab es damals, doch in meiner Welt war so etwas weit weg. Vielleicht war es die Angst vor dem Gefühl, dann überhaupt niemanden mehr zu haben. Ich nahm den Schmerz in Kauf, um der Einsamkeit zu entkommen, die dennoch mich stets begleitete. Die Welt der inneren Wunden, die lange Jahre schmerzten. Ich traute mich einfach nicht, über die Erlebnisse zu sprechen. Der Grund? Angst, was danach passieren könnte!

Zu meiner Schulzeit war nämlich diese Angst ein treuer Wegbegleiter.

Am ersten Schultag in der Grundschule hatte ich noch alle Buntstifte, bis nach einigen Monaten einige davon aufgebraucht waren. Man könnte davon ausgehen, dass zu Hause nach einer gewissen Zeit das Mäppchen entsprechend nachgefüllt wird, oder? In der Regel ja, aber wer hatte mein Mäppchen schon kontrolliert? Meine Eltern gingen davon aus, dass ich mit dem Tag der Einschulung alt genug war, um solche Dinge selbst zu regeln. Schließlich besuchte ich die Schule und nicht sie. Ich war auf das Ausleihen von Buntstiften meiner deutschen Mitschüler angewiesen. Zu D-Mark-Zeiten waren die Sachen nicht so teuer. Da habe ich mir noch für 1 D-Mark (50 Cent) eine gemischte Tüte mit Wassereis kaufen können. Nur einmal am Rande erwähnt, was für einen Wert das Geld damals noch hatte.

Ich war der einzige Schüler mit dem unausgesprochenen Status, der aus einer Flüchtlingsfamilie stammte. Ich denke schon, dass die Lehrer es aufgrund meiner Anschrift und meinem allgemein bescheidenem Auftreten nach außen ahnten. Umso besser war, dass sie es mir gegenüber nie aussprachen. Als es ihnen auffiel, dass ich im Kunstunterricht wiederholt keine Schere dabei hatte, wusste ich selbst manchmal nicht, wie ich reagieren sollte. Es war mir irgendwann schlichtweg peinlich, alles, was ich selbst nicht besaß, von meinen Mitschülern auszuleihen.

„Jetzt kauf dir das doch mal!", hörte ich manchmal von meinem Tischnachbarn, als ich wieder einmal nicht die benötigten Utensilien dabei hatte.

Auch das hatte zusätzlich dazu geführt, dass ich mich von den anderen isoliert fühlte. Zu Hause zu fragen, wäre eigentlich gar nicht so schwer gewesen, doch bis zur siebten Klasse nahm ich die Schule und alles, was dazu gehörte, nicht so ernst. Ich versuchte vielmehr, das Gerüst der verschiedenen Welten, in denen ich wanderte, irgendwie aufrechtzuerhalten. Vielmehr war die Schule für mich ein weiterer Fluchtort, an dem ich für ein paar Stunden täglich nicht dem ständigen Streit zu Hause ausgeliefert war.

Die Situation zu Hause führte auch dazu, dass ich mich im Unterricht nicht konzentrieren konnte, weil ich mich unbewusst mit meinen Mitschülern verglich. Sie wohnten nicht wie ich im Asyl- und Obdachlosenheim, und bei ihnen zu Hause war es bestimmt nicht so laut – das dachte ich in dem Moment. Um ehrlich zu sein, war ich auch etwas neidisch auf die zufriedenen

Gesichter, die manche Schüler trugen. Anstatt mich nach Schulschluss auf den Unterricht vorzubereiten, suchte ich immer die Ferne, bloß weg von zu Hause. In meinen Grundschulzeugnissen finden sich Eintragungen wie: „Er lenkt sich und die anderen durch sein Verhalten enorm ab", „ hat Schwierigkeiten in den Fächern ". Hinzu weitere nette Formulierungen, die damals üblich waren, um die Eltern darauf aufmerksam zu machen, dass ihr Sohn quasi ein „Nichtsnutz" ist, welches schwarz auf weiß attestiert wurde. Welch eine pädagogisch sinnvolle Förderung. Und das bereits so früh.

Ich vermisste den engeren Kontakt zwischen meinen Lehrern und mir. Nie fragte auch nur einer von ihnen nach, ob bei mir zu Hause alles in Ordnung war. Ich fühlte mich, obwohl ich den einen oder anderen Freund in der Schule hatte, lange Zeit als Außenseiter. Die aggressive Stimmung zu Hause nahm ich mit in die Schule. Immer wieder versuchten Lehrer, mir zu verdeutlichen, dass ich Konflikte mit Worten lösen sollte und nicht mit Gewalt. Doch ich habe es nicht begriffen, weil mein Programm der Konfliktlösung von den Erlebnissen zu Hause entsprechend vorprogrammiert war. Die Zellen in meinem Körper hatten die Gewalterfahrungen abgespeichert und riefen sie wieder ab, sobald es zu Konflikten kam. Aber nicht immer war ich der Aggressor. Manchmal wurde ich selbst Opfer.

So erinnere ich mich ganz gut an eine Schulhofsituation: Ich wollte mich während einer Pause zu fünf Jungs aus meiner Klasse gesellen. Ich war zu der Zeit in der dritten Klasse. Von Weitem hatte ich gesehen, wie sie miteinander spielten und Spaß hatten. Und genau dieses Gefühl wollte ich für einen kurzen Moment auch fühlen. Mit voller Motivation ging ich also zum „Alpha" der Gruppe, Andi, und fragte ihn, ob ich mitmachen dürfte. „Nein, geh weg!"

„Ich will aber mitspielen."

Irgendwann wurde Andi sauer und wir begannen, einander zu schubsen. Ich weiß wirklich nicht mehr, wer angefangen hat. Ich wehrte mich und lag nach einer Weile auf dem Boden, als auf einmal die anderen aus der Gruppe dazukamen und mich mit Füßen traten. Hilflos versuchte ich, die Tritte mit den Händen abzuwehren, doch ich sah nur die vor Wut entschlossenen Gesichter, als sie mich von oben ansahen und auf mich eintraten. Jungen und Mädchen gemeinsam.

„Du scheiß Neger!", schrie ein Mädchen, während sie trat.

Irgendwann hörten sie auf. Nachdem die Pause zu Ende war, wurde die Situation in der Klasse aufgegriffen. Es herrschte Kapellenstille und die fünf Schüler schauten mit Dackelblicken zur Lehrerin. Auf die Frage, warum sie so etwas machten, antworteten sie nichts. Wieder absolute Stille.

Sie bekamen eine mündliche Verwarnung. Das Thema war vom Tisch, doch die Verletzung in meiner Seele blieb für die Folgejahre tief verankert und hinterließ eine Narbe. Seit jenem Tag vermied ich den Kontakt zu deutschen Schülern, weil in meinem Kopf nun fest abgespeichert war, dass ich anders bin und deshalb nicht dazugehören kann. Lange Jahre, bis zur zehnten Klasse, behielt ich diesen Glauben in meinem Kopf. Das Erlebnis hatte sich in meiner Seele als schmerzhafte Erinnerung festgesetzt, bis ich erst in der Oberstufe anfing, meine emotionale Schutzmauer gegenüber der hiesigen Gesellschaft abzureißen. Das nicht alle Menschen gleich sind.

Das Vertrauen zu Hause fehlte, deshalb konnte ich nicht über solche Sachen reden. Die verletzten Gefühle stauten sich mit der Zeit in mir vor einem mentalen Damm an, ohne dass ich dies bemerkte, bis er eines Tages Risse bekam und schließlich brach. Von diesem Tag werde ich Dir noch später erzählen. Der Tag, an dem mein Glashaus endgültig zersprang und ich in ein tiefes emotionales Loch fiel.

Eines Tages sagten mir meine Eltern, dass wir bald umziehen. In eine Regelwohnung und in eine normale Siedlung. Fernab von Alkoholikern und Obdachlosen, die sich fast täglich vor unserer Haustür prügelten und anschrien. Es war ein Ort des Grauens für mich als Kind. Wir zogen weg aus Ratingen und rein in das 15.000-Seelendorf Lintorf. Ich habe schnell bemerkt, dass die Welt in der neuen kleinen Stadt eine bessere und friedlichere war. Der Umzug fand von heute auf morgen statt und ich war mitten im Geschehen. Später wurde ich in meinem Berufsleben als Flüchtlingshelfer immer wieder daran erinnert – dann, wenn Flüchtlingskinder zu mir kamen und sagten, dass sie am nächsten Tag die Unterkunft verlassen müssen, weil sie in eine andere Unterkunft verlegt werden. Die meisten bekamen von mir ein kleines Andenken mit auf den Weg. Doch in ihren Augen sah ich die verzweifelten Seelen, die Ungewissheit, die sie nie aussprachen. Sie konnten es nicht – ihnen fehlten die Worte, um zu sagen, was ihnen auf den Herzen liegt, so wie einst meiner Mutter. Das hätte ihr einiges vereinfacht und der Beziehung zwischen ihr und mir ebenfalls vieles erspart. Vor allem die fast täglichen Streitereien, die ich im Nachhinein oft bereute, in denen mein Stolz als Kind und Jugendlicher so groß war, dass ich mich nachher nie entschuldigt habe.

Natürlich musste ich auch die Grundschule wechseln. Ein versteckter Segen, denn ich genoss keinen guten Ruf in der Karl-Arnold-Grundschule. Die Lehrer gaben mir mit ihren Blicken häufig das Gefühl vermittelt, dass ich nicht ihr Lieblingsschüler war. Kein Wunder, weil ich viel zu laut und auffällig war in meinem Verhalten. Ich wusste selbst nicht, was ich mit mir anfangen sollte. Deshalb ist es auch kein Vorwurf gegenüber den damaligen Lehrern, da sie nicht besser wussten, wie sie mich fördern sollten. In Lintorf wurde ich in die vierte Klasse versetzt und ich habe den Neuanfang dann auch als einen solchen wahrgenommen. Doch wie es für alle guten Vorsätze gilt, sollte man sich nicht zu viel auf einmal vornehmen, stimmt's? Ich wollte eine 180-Grad-Wendung, und das bereits im Alter von zehn Jahren. Dass dieses Vorhaben nach hinten losging, war so klar wie der Winter in Sibirien. Mein Traum, in der neuen Stadt ein neues Kapitel zu beginnen, platzte wie eine Seifenblase. Erneut suchte ich meine Flucht in der Spielwelt. Obwohl ich in der neuen Schule recht bald Anschluss fand, fühlte ich mich erneut auch dort innerlich isoliert. Schon damals war ich kontaktfreudig und hatte keine Scheu, auf Fremde zuzugehen. Die Isolation, die ich trotz allem fühlte, war eine Folge des Leistungsdrucks, den ich von zu Hause bekam, und der fehlenden Zuneigung – besonders meiner Mutter, wofür sie nichts konnte, was ich erst Jahre später verstand. Das Paradoxe an der ganzen Sache: Ich war selbst dafür verantwortlich, gute Noten mit nach Hause zu bringen, ohne jegliche Förderung zu erfahren. Ich fühlte mich wie ein Bauingenieur, der ohne Vorgaben ein perfektes Haus hinzaubern sollte. Eines Tages, als ich in der dritten Klasse eine Deutscharbeit wiederbekam, dachte ich, dass diese Vier immer noch besser sei als eine Fünf. Mit dieser Einstellung wollte ich meine Mutter um Verständnis bitten und ihr seit Langem mal wieder eine Klassenarbeit zeigen, weil ich die schlechten Noten vorher verheimlicht hatte. Auf dem Weg von der Schule nach Hause dachte ich darüber nach, wie ich ihr das Ganze erklären könnte. Ich schmiedete meinen eigenen Masterplan. Nachdem ich die Wohnung betrat, legte ich meinen Ranzen im Flur ab. Dann ging ich zum Schreibtisch im Wohnzimmer und holte meine Arbeit heraus. Meine Mutter war in der Küche und bereitete das Essen vor. Es herrschte eine Stille in der Wohnung, wie sie zwischen den Streitereien, die zu Hause vorkamen, selten war. Keiner sonst war zu Hause. Und diese Stille machte mich noch nervöser, als ich es ohnehin schon war. In der Küche angelangt, stoppte ich und holte noch einmal tief Luft. Ich hatte tennisballgroße

Schweißperlen auf der Stirn. Das Ganze war für mich eine Feuerprüfung, weil ich die Reaktion meiner Mutter nicht abschätzen konnte. Der Versuch mit der Hoffnung auf Verständnis sollte wenigstens einmal in der Praxis angewendet werden. Während sie mit dem Rücken zu mir stand und das Fleisch für das Mittagessen zubereitete, nahm ich all meinen Mut zusammen und begann mit zittriger Stimme zu sprechen. Zum ersten Mal hatte ich Lampenfieber. Und das vor der eigenen Mutter!

„Schau mal", sagte ich, „ich hab' ne Vier in Deutsch. Aber das ist immer noch besser als 'ne Fünf." Der zweite Satz folgte, ohne mit der Wimper zu zucken, gleich hinterher. Dabei zitterten meine Knie.

Sie hörte auf, das Fleisch zu schneiden, und sah mich ernst an. Für einen Moment war es wieder still. Dieser Moment war der schlimmste für mich. Ich konnte nicht einschätzen, was als Nächstes passiert. Wenn deine Mutter dich anstarrt, ohne ein Wort zu sagen, kann das schlimmer sein, als der Stress vor einer Prüfung. Und das Ganze gefühlte zwei Minuten lang. Am liebsten wäre ich unter die Decke gekrochen und nie wieder herausgekommen. Endlich brach sie die Stille und sagte, ich solle gefälligst die Berichtigung machen und ab sofort intensiver lernen.

„Was? Keine Schläge?", waren meine Gedanken und zudem fand ich ihre Reaktion befremdlich, weil ich anderes gewohnt war. Verwundert setzte ich mich an den Tisch und fing mit der Berichtigung an. Der Tisch war im Wohnzimmer. Noch immer hatte ich in der neuen Vier-Zimmer-Wohnung keinen richtigen

Schreibtisch. Nicht weil wir es uns nicht leisten konnten, sondern weil sie nicht daran dachten, dass noch zwei kleine Kinder zu Hause waren, die eine intensive Betreuung und Förderung gebraucht hätten. Nach einer Weile konnte ich mich auf den Text konzentrieren und etwa zehn Minuten vergingen, bis ich Schritte hinter mir hörte. Ehe ich mich umdrehen konnte, hatte ich bereits eine saftige Schelle und die saß sowas von! Die kräftigen Hände meiner Mutter waren deutlich zu spüren. Wie immer war es die rechte Wange gewesen, die als Zielscheibe für die Ohrfeige diente. „Was sagst du? Eine Vier ist besser als eine Fünf? Spinnst du? Du Idiot! Sieh zu, dass du die Berichtigung machst."

Ich weinte bitterlich, aber meine Tränen waren in diesem Moment unwichtig. Es ging darum, dass ich nicht die Leistung erbracht hatte, die sie sich vorgestellt hatte. Und die Ohrfeige sollte bewirken, dass das nächste Mal die Eins an die Stelle der Vier tritt. So war die Logik dahinter, die ich nie verstand. Vielmehr hätte ich mir gewünscht, dass sie mich ermutigt, als jedes Mal den üblichen Zorn entgegengeworfen zu bekommen, der irgendwann für mich „normal" war. Ich denke, sie wollte eigentlich das Beste für mich und wusste nicht, wie sie ihre Enttäuschung und ihre Angst ausdrücken sollte. Zwischen ihr und mir gab es nie Gespräche über den Schulalltag, sondern es wurden stets Ergebnisse erwartet.

Der erste Grundstein in Sachen „Klassenarbeiten zeigen" war erfolgreich gelegt. Seitdem habe ich nie wieder eine Arbeit vorgezeigt. Bis zum Abschluss zog ich das durch – egal, ob ich eine gute oder schlechte Note hatte. Die Tränen tropften an manchen Stellen auf die Tinte, sodass die Schrift verschmierte, aber dennoch habe ich die Berichtigung beendet.

Dass eine Vier im Vergleich mit einer Fünf das kleinere Übel war, wollte sie nicht verstehen. Sie lebte in ihrer Welt, die angefüllt war von der Erfahrung der Flucht vor dem Krieg, dem Zerbrechen der Familie, dem Unglück in der Ehe und dem Gefühl der Einsamkeit im Exil.

Diese Erwartungshaltung der Eltern gegenüber ihren Kindern ist auch bei Flüchtlingen in der Gegenwart zu beobachten. Als ich während meiner Zeit in der Flüchtlingsbetreuung tätig war, genossen die Kinder nicht allzu viel Freiheit. Ihre Eltern hatten Angst, die Kontrolle über die Erziehung zu verlieren. Junge Mädchen durften die Unterkunft nicht ohne Begleitung verlassen, obwohl sie bereits alt genug waren. In dem Moment, in dem die Betroffenen die Freiheit anderer sehen, werden diese Unterdrückungen des eigenen Wunschs nach Autonomie zu einer mentalen Folterkammer. Eines Tages wird ihre Seele schwach und kann dem Druck von außen nicht mehr standhalten. Im Nachhinein betrachtet, waren die Kinder und ihre inneren Zustände das Ergebnis des Verhaltens ihrer Eltern. Ich konnte die jungen Menschen erreichen, und das zählte am Ende des Tages, um ein Stück weit Hoffnung in die Seele junger Menschen zu setzen.

DIE VERÄNDERUNG

Meine Mutter wollte die Kontrolle über meine Erziehung nicht verlieren. Vielleicht wollte sie auch nicht allein zu Hause sein. Allein mit ihren Gedanken und verletzten Gefühlen. Bereits in jungen Jahren wehrte ich mich gegen diese hierarchische Form der Erziehung. Zu widersprechen, lag in meinen Genen. Ich setzte früh meinen Willen durch. Die Konsequenzen waren dementsprechend. Meine Mutter ertrug es kaum, wenn ich mich als Zehnjähriger mit Freunden traf, um meine Freizeit zu genießen. Wenn es hieß, ich solle um 16 Uhr wieder zu Hause sein, kam es schon mal vor, dass ich mich um eine halbe Stunde verspätete. Wenn ich dann ein paar Zehnpfennigstücke in der Hosentasche hatte, ging ich in eine gelbe Telefonzelle – diese gab es damals noch – und rief zu Hause an. Und was glaubst Du, wie viel Verständnis sie zeigte?

Keins! Ihre Reaktion war eindeutig: „Sieh zu, dass du nach Hause kommst!" Dann war nur noch das Freizeichen zu hören. Eiskalt aufgelegt. „Sechzehn Uhr" hieß für sie auch „sechzehn Uhr".

Wie so oft hatte ich ein schlechtes Gewissen, wenn ich wieder einmal das Spielen mit meinen Freunden fortsetzte, statt auf die Uhr zu schauen. Wenn ich schließlich verspätet durch die Haustür kam, stand meine Mutter schon bereit, und ehe ich die Tür schließen konnte, hatte ich bereits einen saftigen Nackenklatscher kassiert.

„Wo treibst du dich rum?", fragte sie.

Um weiteren Schlägen aus dem Weg zu gehen, lief ich im Speedy-Gonzales-Tempo ins Badezimmer und schloss mich ein. Mir blieb nur die Flucht, wenn ich nicht wieder als Kokosraspel enden wollte – zerrieben und klein gemacht. Und natürlich war es mit den Schlägen nicht getan. Nach einem solchen Vorfall durfte ich mich fünf Tage lang nicht mit meinen Freunden treffen. Wir können uns über die Vor- und Nachteile dieses Vorgehens streiten, doch in Sachen „deutsche Pünktlichkeit" war meine Mutter schnell integriert und gewillt, diese Eigenschaft an mich weiterzugeben. Koste es, was es wolle. Ich denke heute, dass es ihre Art war, mir ihre Fürsorge mitzuteilen. Nur war Gewalt ein schlechtes Kommunikationsmittel gegenüber einem Kind. Zu diesem Zeitpunkt spürte ich nur den bitteren Schmerz und die anschließende Einsamkeit im dunklen Badezimmer, denn sie machte immer das Licht aus, wenn ich dorthin flüchtete.

Wollte ich mit meinen Freunden spielen, musste ich eine Art mündlichen Antrag stellen, und dieser führte oft zu unnötigen Diskussionen. Dabei bemerkte ich einen Unterschied: Sie reagierte milder, wenn ich mich mit Freunden getroffen habe, die ebenfalls aus Sri Lanka (Tamilen) stammten. Früher verstand ich nicht, warum sie, was die Kulturen betraf, einen solchen Unterschied machte. Heute weiß ich, dass sie dem Denkfehler erlegen war, dass Kinder, deren Eltern aus dem gleichen Land kamen wie wir, auch konservativ erzogen sein mussten – anders als es in deutschen Elternhäusern (hiesigen Gesellschaft) der Fall war.

Zu Hause in meinem „Glashaus" herrschte ein eigenes Universum, mit eigenen Regeln. Ich denke, es war vielmehr die Angst vor dem „Fremden" und „Neuen", was meine Eltern zu solch einem Denkmuster verleitete. Die Angst, dass ihr Sohn sich zu weit von seinen „Wurzeln" entfernt – und das, obwohl meine „Wurzeln" mit meiner Geburt im St. Marien-Krankenhaus gelegt wurden.

Die Vorstellung, dass innerhalb der eigenen Kreise alles einheitlich ist und dort weniger Gefahr besteht, die Verbindung zu kulturellen Werten zu verlieren, ist bis heute eine trügerische Illusion von vielen Menschen, die neu nach Deutschland kommen.

Während meiner Zeit als Flüchtlingsbetreuer begegnete mir dieses Schema immer wieder. Wenn es zwischen zwei Gruppen aus unterschiedlichen Ländern zu Konflikten kam – so etwas war häufiger der Fall –, zeigte sich jedes Mal die innerliche Wut des Einzelnen auf die andere Nation. Das gleiche Phänomen gab es auch bei mir zu Hause. Zu Hause wurde versucht, mir den Konflikt zwischen Tamilen und Singhalesen einzutrichtern. Als Kind und noch als Jugendlicher glaubte ich, dass die Singhalesen „die Bösen" seien. Bis ich im Erwachsenenalter erkannte, dass es sich um eine pauschale Vorverurteilung handelte, deren

Kreislauf der Völkertrennung ich in meiner Generation nicht weiterführen wollte.

Es gab Tage, da musste ich mit vollem Körpereinsatz Konflikte zwischen Kindern lösen, die drauf und dran waren, einander die Köpfe einzuschlagen. Bis zu sechs Monate brauchte es, bis ich den Sprösslingen den Artikel 3, Absatz 3 des Grundgesetzes unseres Landes nahegebracht habe und dieser nicht auf taube Ohren stieß:

„Niemand darf wegen seines Geschlechtes, seiner Abstammung, seiner Rasse, seiner Sprache, seiner Heimat und Herkunft, seines Glaubens, seiner religiösen oder politischen Anschauungen benachteiligt oder bevorzugt werden. Niemand darf wegen seiner Behinderung benachteiligt werden."

Ein steiniger Weg, und doch erreichte ich manche dieser Kinder. Von klein auf wurde ich im Rahmen eines Programms indoktriniert, und als Kind hatte ich keine Möglichkeit, es infrage zu stellen. Jahrelang lebte ich entlang dieses Programms und war der festen Überzeugung, dass es richtig war. Irgendwann bist du erwachsen und gibst die gleiche Programmierung, ohne sie zu hinterfragen, an deine Kinder weiter. Es sei denn, sie wird überschrieben. So wie es bei mir eines Tages der Fall war. Bis zum 24. Lebensjahr war ich der festen Überzeugung, dass die Kultur meiner Eltern die einzig richtige sei.

Die traurige Wahrheit war, dass ich meine innere deutsche Stimme, die sich in regelmäßigen Abständen meldete, ignorierte. Fast schon zum Stillschweigen zwang. Was ich damals noch nicht wusste: Sie war eine abgekapselte Intention – eine Absicht, die es gut mit mir meinte. Während dieser Zeit versuchte ich, meine innere Unzufriedenheit zu kompensieren. Wenn du deine innere Stimme, die zugleich auch das Fundament deiner Intuition bildet, bewusst ignorierst, hat das eines Tages Folgen. Du bleibst dann an einem Punkt stehen und kommst nicht mehr weiter. Plötzlich verstehst du die Welt nicht mehr und dich plagen unzählige belastende Gedanken, sowie Gefühle.

Anders kann ich meine damalige Situation nicht beschreiben, trotz des erheblichen emotionalen Chaos kam ich meinen Verpflichtungen nach, die sich durch die Kindheit bis ins Erwachsenenalter zogen. Der besagte Damm hatte mit den Jahren immer mehr standzuhalten, bis ich eines Tages nicht mehr konnte.

Und dieses Chaos war bei meinen Eltern jeweils geprägt von ihren Erfahrungen im Exil und im Krieg. Das Problem dabei war, dass beide mit ihrem Schmerz allein gewesen waren und sich – jeder für sich und aufgrund dieser eigenen prägenden Erlebnisse – im Laufe der Jahre veränderten.

Ähnliches ist auch heute noch zu beobachten, wenn Familien aus Bürgerkriegsländern nach langer Trennung hier in Deutschland wieder zusammenfinden. Der Zusammenprall der verschiedenen Welten der Kulturen ist so sicher wie das Amen in der Kirche.

Ein Jahr nach der Trennung meiner Eltern – inzwischen war ich dreizehn – fing ich an, meinen Vater zu besuchen. Am Anfang fanden die Besuche unregelmäßig statt, dann eines Tages regelmäßig. Zuerst war es ein merkwürdiges Gefühl. Eine seltsame Distanz hatte sich in der Zwischenzeit eingenistet. Erst dann ahnte ich, was diese fünf Jahre für ihn und meine Mutter damals bedeutet haben mussten.

Das Gefühl legte sich mit der Zeit, und schon bald fühlte ich mich meinem Vater wieder so verbunden wie früher, als noch vor der Trennung.

In der Anfangszeit gewährte sie mir genau eine Stunde, keine Minute mehr – bis ich mich eines Tages nicht mehr an die zeitlichen Vorgaben hielt und anfing, zu rebellieren. Ich sah es nicht ein, dass der Kontakt zu meinem Vater zeitlich begrenzt sein sollte. Andere rebellieren gegen das Alter, gegen eine Beziehung, gegen Gesetze. Ich rebellierte für die wertvolle Zeit, die ich mir mit meinem Widerstand erkämpfte, und später für meine Freiheit.

Trennungskinder haben manchmal das Pech, dass der Schmerz des verlassenen Elternteils sie zum Opfer macht. Bis zur siebten Klasse war ich kein Musterschüler. Ich sollte mich stets nur hinsetzen und lernen, aber eine Anleitung dafür bekam ich weder in der Schule noch zu Hause. An beiden Orten hieß es: Leistung erbringen, egal wie.

Vielleicht kommt Dir so etwas auch bekannt vor?

Als es um die Versetzung in die achte Klasse ging, musste ich im Fach Biologie in die Zusatzprüfung gehen. Es ging darum, die Note „gut", die ich auf dem Zeugnis hatte, durch die Prüfung erneut zu bestätigen.

Als ich erfuhr, dass ich zur Prüfung antreten musste, bekam ich richtig Panik, denn in den Jahren zuvor hatte ich mich immer durchgeschlängelt, und die Versetzung hatte immer geklappt. Dieses Talent habe ich noch heute. Kurz bevor die Welt untergeht in letzter Sekunde alles zu tun, um sie zu retten, wie Clark Kent. Es wurde ernst und zu Hause hatte niemand so wirklich eine Ahnung davon, in welch einer Situation ich mich befand. Bei dem Chaos aus heutiger Sicht ist das für mich kein Wunder und soll auch kein Vorwurf sein. Alle waren in ihren „Welten" gefangen und vollauf beschäftigt. Und ich in meiner Welt – dem Glashaus.

Zum ersten Mal in meinem Leben musste ich eine Entscheidung treffen. Ich könnte aufgeben oder auch kämpfen. Also setzte ich mich hin und lernte, was das Zeug hielt. Ich lernte alles auswendig, was meine Biolehrerin mir vor den Sommerferien genannt hatte. Zu der Zeit war ich noch ein wenig abergläubisch. Ich bin mit dem Hinduismus und seinen bunten Tempeln und unzähligen Göttern aufgewachsen. Der Lord Shiva war mein Lieblingsgott. Er gilt als Schöpfer und Zerstörer zugleich. Symbolisiert wird er mit seinem Dreizack und der geschwungenen Drei mit dem Halbmond drauf. Danach kam Ganesha. Der Gott mit dem Elefantenkopf. Sie begleiten mich bis heute in meinem Leben, auch wenn ich die Bedeutung des Hinduismus heute für mich ganz anders verstehe als in meiner Kindheit. Damals war mein Glaube noch geprägt von Angst und Furcht vor Gott. Das heißt, ich habe viele Dinge eher aus Furcht nicht getan, denn aus einer grundsätzlichen Überzeugung. Heute weiß ich, dass allein ich der Schöpfer meines Lebens bin und niemand anderes. Niemand hat die Verantwortung darüber, wie ich mich fühle. Die Verbindung zu der höheren Macht schöpfe ich aus meiner tiefsten inneren Überzeugung.

Als ich jung war, habe ich immer gebetet, bevor ich zu lernen anfing. Ich hatte in meinem Zimmer einen kleinen Schrank, in dem ich viele Götterstatuen verwahrte, zusammen mit einer kleinen Glocke, die meine Mutter immer wahnsinnig machte. Wenn ich mit dem Beten fertig war, läutete ich die Glocke. Und wenn es mal abends um 22:00 Uhr war, hat meine Mutter das immer aus dem Schlaf gerissen: „Hör auf, hier rumzuläuten! Geh endlich schlafen". Was völlig verständlich war, denn sie wollte einfach ihre Nachtruhe haben und nicht von irgendeinem Geklingel mitten in der Nacht geweckt werden.

Mein Gebet sprach ich zu der Zeit mit folgenden Worten: „Lieber Gott, ich bin dir auf Lebenszeit dankbar, wenn du mich in die nächste Klasse versetzt. Bitte hilf mir, dass ich es schaffe." Damals glaubte ich felsenfest daran, dass dieses Ritual mir helfen wird. Ich hatte sonst nichts anderes, außer mich an die höhere Macht zu wenden. Gespräche über meine Ängste konnte ich zu Hause mit niemandem führen. Alle waren irgendwie „beschäftigt" mit ihren eigenen Themen, sodass ich mir bereits als kleiner Junge mein eigenes Konstrukt aufbaute, um darin zu „überleben" – mein eigenes „Glashaus". Von Persönlichkeitsentwicklung war ich noch Meilen entfernt. Letztendlich war das Beten für mich auch eine Art der Motivation. Ich lernte den Stoff in Biologie querfeldein, ohne im Ansatz zu verstehen, was ich da lernte. Das war schon seit der Grundschule meine Strategie. Niemand hatte mir beigebracht, wie das richtige Lernen funktioniert.

Der Sommer in den Neunzigern hatte noch was ganz Besonderes. Es war nie glühend heiß und die Abende glichen einem Märchen. Natürlich haben wir die Sommerabende heute noch, doch damals war die Verführung einfach viel zu groß, draußen herumzuturnen, anstatt zu Hause zu hocken. Doch an jenem Morgen musste ich jegliche Versuchung beiseitelegen und mich ganz der Fotosynthese und dem Plankton widmen. Ich habe gepaukt, was das Zeug hielt. Um genau zu sagen, genau eine ganze Stunde am Tag. Für einen dreizehnjährigen Jungen war das, was ein acht Stunden Arbeitstag für einen Erwachsenen war. Dachte ich zumindest.

Kennst Du vielleicht Momente, in denen Dein Herz und Dein Mut in den Keller wandern, ganz egal, wie gut Du vorbereitet bist? Genauso ging es mir, als dieser eine Tag gekommen war. Ich betrat den Raum der Wahrheit, den Klassenraum, in dem neben mir noch weitere 15 Schüler saßen. Alle machten einen selbstbewusst, gut vorbereiteten Eindruck auf mich und ich versuchte, dieselbe innere Haltung vorzutäuschen. Brust raus und stramme Sitzhaltung. Bis ich plötzlich das Prüfungsblatt mit der Skizze eines halben Fisches vor mir hatte. Während die anderen im Raum sofort loslegten, starrte ich lediglich auf die

Zeichnung und hätte am liebsten angefangen, zu weinen. Bei der Frage nach den biologischen Prozessen im Fisch war mein Gedanke: „Game over! Pack ein und geh nach Hause. Du bist einfach nur zu dumm für diese Welt. Dein ganzes Lernen war einfach umsonst." Nach einer Weile versuchte ich, das Beste aus der Situation zu machen, und schrieb, was mir in dem Moment in den Kopf kam. Zu verlieren hatte ich außer einem weiteren Jahr nichts. Aber ich hatte keine Lust, die siebte Klasse zu wiederholen, das hätte mich in meinem chaotischen Zustand emotional noch mehr durcheinandergebracht. Auf dem Heimweg fühlte ich mich wie ein Versager. Ich hatte schon aufgegeben. Zu Hause erzählte ich wie immer nichts davon, wie die Prüfung verlaufen war. Das interessierte aber auch niemanden so wirklich.

Am nächsten Tag kam mir meine Biologielehrerin mit gesenktem Kopf entgegen. „Mensch, Theo", sagte sie. Und das in einem Tonfall, bei dem ich nur denken konnte, dass ich dumm bin.

„Theo" war der Name, den mir meine Tante Dorothee als Kind gab und den ich bis zur zehnten Klasse automatisch und unhinterfragt mit in die Schule nahm. Später, als ich in die Oberstufe kam, änderte ich den Namen zu „Deva" – die verkürzte Form meines bürgerlichen Vornamens Devakumaran. Doro brachte zu ihren Besuchen bei uns immer einen großen Korb voller leckerer Sachen mit. Immer wenn sie da war, ging für mich für einen kurzen Moment die Sonne auf und ich suchte stets ihre Nähe. Sie gab mir das, was ich mir von meiner Mutter sehnlichst wünschte – die Aufmerksamkeit, die ein kleines Kind benötigt. Wärme und Zuneigung. Doch diese Dinge in dieser Klarheit einzufordern, das konnte ich einfach nicht.

Zurück zur Biologielehrerin. Ich dachte nur: Das war's. „Habe ich jetzt eine Fünf?", fragte ich sie geschockt.

„Nein, aber dafür eine schlechte Vier!", sagte sie mit einem heruntergezogenen Mundwinkel. In dem Moment dachte ich nur: „Glück gehabt! Mit einer Fünf wäre ich komplett aus dem Rennen gewesen. Back in the game."

Es ging in die zweite Runde. Ich musste vor drei Lehrern eine mündliche Prüfung ablegen. Das war wie eine Gerichtsverhandlung. Vor mir saß mein damaliger Schuldirektor, breit wie ein Bär und mit der Ausstrahlung eines Löwen. Er war 1,80m groß, hatte eine Glatze und breite Schultern. Rechts vor mir hatte die stellvertretende Schulleiterin Platz genommen, die locker vom optischen her die Schwester von Claudia Schiffer hätte sein können. Links saß meine Biolehrerin, die anfing, mir Fragen zu stellen. Mit meinen mickrigen 13 Jahren zitterte und bangte ich in der Hoffnung, dass es gut ausging. Ich quälte mich durch die Fragen, die das Lehrertribunal mir stellte, und hatte schwitzige Hände. Gut, dass der Tisch, an dem ich saß, meine Beine verdeckte, denn ich war so nervös wie noch nie zuvor und hatte meine Füße nicht unter Kontrolle.

An die genaue Frage erinnere ich mich nicht mehr, nur an das Bild, wie sie sich zu mir hinunter beugte und mit dem Zeigefinger auf einen Zettel auf dem Tisch deutete, auf dem eine Abbildung zu einem Biologie-Thema zu sehen war.

„Was fällt dir dazu ein? Das haben wir doch im Unterricht gemacht!". Und da war sie wieder – die tödliche Stille und der Blick. Und ich kam mir vor, wie ein Ochse, der eine Matheaufgabe lösen sollte. Ich stand richtig auf dem Schlauch und mir fiel, außer der Fotosynthese, die ich ihr locker aus der Hüfte hätte erklären können, nichts zu dem gezeigten Bild ein. Sie wollte mir helfen – das sagte ihr Blick definitiv aus – und ich spürte, dass sie eine von den Guten war. Ein Mensch, der am Ende des Tages nur das Beste für den Schüler wollte. Sie wurde nach einer Weile vom Direktor unterbrochen.

„Danke Frau F., das reicht jetzt". Ich musste den Raum für ungefähr 10 bis 20 Minuten verlassen und ging zum Däumchen drehen vor die Tür.

Nach einer Weile wurde ich wieder hereingerufen und da ging die Folter in die nächste Runde. Der Direktor fing an, in Zeitlupe zu reden, und mit jedem neuen Satz wurde ich nervöser. Ich dachte nur: „Wolfgang (so hieß er mit Vornamen), jetzt sag doch einfach, ob ich bestanden habe oder nicht, anstatt mich hier zu quälen." Doch ich musste meine Gedanken für mich behalten.

„Lieber Theo, du bist heute der Erste, der in dem Fach Biologie die Zusatzprüfung gemacht hat. In dieser Prüfung geht es darum, die gute Note, die man im Zeugnis hat, zu bestätigen. Und so weiter …" Bevor er konkreter wurde, erklärte er mir im Detail den

Sinn dieser Prüfung. Stimmt, woher sollte ich es auch sonst als Teilnehmer wissen? Irgendwann dachte ich nur noch: „Jetzt hör schon auf zu schwafeln und sag!" So wie im Fernsehen bei der Millionenfrage, wenn die Auflösung unnötig in die Länge gezogen wird. Und dann kam der goldene Satz: „Du hast es geschafft."

Mein lieber Herr Gesangsverein für diesen Satz musste ich so lange warten. Ich atmete tief durch. Es war, als wäre mir ein großer Stein vom Herzen gefallen. Während der sechs Wochen davor hatte ich mir die Frage gestellt, ob ich die Werner-Heisenberg-Realschule in Lintorf überhaupt weiterhin besuchen wollte. Ich hatte dort stolz den Stempel als Rüpel-schüler erhalten und die Lehrer hatten mich bereits innerlich aufgegeben. Das ließen sie mich auch spü-ren. Hinzu kam, dass der Freundeskreis, von dem ich es damals nicht schaffte, mich zu lösen, auch kein guter Umgang für mich war. Dort habe ich das Rau-chen gelernt. Der Kreis, in dem ich nur das fünfte Rad am Wagen war. Obwohl sie mir nicht gutgetan haben, bin ich immer wieder zu ihnen geflüchtet. Schnell war klar, dass ich einen Neustart brauchte. Ich entschied, im Falle einer Versetzung auch die Schule zu wechseln. Aus einem winzigen Gedan-ken wurde eine feste Entschlossenheit. Nachdem ich selbstständig die Friedrich-Ebert-Schule in der Gemeinde Ratingen ausgesucht hatte, nahm ich all meinen Mut zusammen und setzte mich am nächsten Tag nach der bestandenen Prüfung in den Bus und fuhr dorthin. Ich spazierte mit meinen jungen Jahren unangekündigt ins Sekretariat, wie ein kleiner Löwe.

Telefonische Terminvereinbarungen waren damals nicht an der Tagesordnung. Die sympathische Sekretärin empfing mich. Mein Herz raste, als ich am Eingang stand.

„Guten Tag, meine Eltern wollen, dass ich auf eine Realschule gehe, die nicht angebunden ist an andere Schulen. Deswegen will ich hierhin wechseln."

Zu diesem Argument hatte mir die Mutter meines besten Freundes geraten, als ich ihr zwei Wochen vorher von meinem Plan erzählte. Bis zu meinem Erscheinen in der neuen Schule hatte sonst niemand zu Hause etwas davon erfahren. Eine geheime Mission. Ich hörte einfach auf meinen Impuls und auf meine innere Stimme, dass sich etwas in meinem Leben verändern muss.

Ich erzählte der Sekretärin von meinen nicht gerade besten Noten. In den drei Hauptfächern Deutsch, Englisch und Mathe hatte ich eine Fünf. Eine glatte Fünf. Ihre Augen weiteten sich. Ehe sie zu Wort kam, bemerkte ich Ihre Körpersprache und sagte: „Ja, aber die Noten können sich noch ändern, und es war nur das erste halbe Jahr, in dem ich die Fünfen hatte, außerdem hab ich ja jetzt die Prüfung bestanden." Sie war still und sah sich weiter das Zeugnis an und mir danach in die Augen.

Schon damals konnte ich überzeugend reden. Das Talent entdeckte ich bewusst erst viel später, als sich mein Umfeld über diese „Inselbegabung" – ein Kompliment, das ich vom Ex-Geschäftsführer eines Fernsehsenders in meiner späteren Karriere bekam – lustig machte. „Laberbacke" war in der Kindheit und

Jugend mein zweiter Spitzname. Das damit einhergehende Gefühl, dass aus mir nichts wird, vermittelte mir mein engstes Umfeld bereits früh.

Doch für meine heutige Passion als Autor, Redner und Podcaster brauche ich genau dieses Talent. Es wäre sonst etwas seltsam, wenn mich 200 Schüler anschauen und ich auf der Bühne stumm bleibe, weil die Zuhörer mich als „Schwätzer" abstempeln könnten.

Für den Schulwechsel benötigte ich noch sämtliche bisherigen Zeugnisse mit den weiteren Spitzennoten, die gerade mal ausreichten für die Versetzung.

Vom Sekretariat aus rief ich meine Mutter an: „Hallo Mutter, ich wechsle jetzt die Schule. Kannst du bitte herkommen und alle Zeugnisse mitbringen?"

Sie fragte mich, wohin ich denn wechseln wolle.

„Nach Ratingen in die Innenstadt. Kommst du bitte jetzt mit den Zeugnissen?"

Nach dreißig Minuten war sie da. Allerdings nicht mit den Zeugnissen, sondern mit meiner Geburtsurkunde.

Da habe ich blöd geschaut, wie ein Erdmännchen, das auf der Suche nach Futter war und weit und breit nichts fand. Dabei hatte ich mit meiner Mutter Tamilisch geredet. Das, was gefordert wurde, wurde prinzipiell durch ihren eigenen Filter geleitet, und am Ende kam etwas ganz anderes dabei heraus. So war sie halt. Irgendwie konnte ich es ihr deshalb nie übel nehmen.

Ich musste mit ihr wieder nach Hause fahren und reichte die Zeugnisse in der neuen Schule am nächsten Tag nach. Dafür war aber nun der Schulwechsel erfolgreich gemeistert! Zwar mit Angst und Selbstzweifeln, die mich innerlich fast wahnsinnig gemacht hatten, aber ich hatte mein Ziel erreicht. Der ewige Verlierer und Nichtsnutz, dessen Bild mein altes Umfeld mir immer wieder zeichnete, gehörte ab sofort der Vergangenheit an. Ich unternahm den ersten Schritt auf einer Reise in ein neues Kapitel. Und zum ersten Mal konnte ich etwas selbst entscheiden, ohne den aktiven Einfluss von Erwachsenen, die in meiner Kindheit sonst immer alles besser wussten als ich.

Nach einer gewissen Zeit merkte ich, dass die neue Schule ein ganz anderes Anforderungsniveau hatte, als ich es gewohnt war. Die Leistungsanforderung war doppelt so hoch wie zuvor. Etwas, worauf mich die Jahre zuvor nie vorbereitet hatten. Ich spürte, dass es mit dem Schulwechsel allein nicht getan war. Dennoch hieß es, durchzuhalten und für weitere Veränderungen offen zu sein. Mit dem Durchhaltevermögen war es allerdings so eine Sache. Ich war noch ein halbes Küken – sowohl körperlich als auch seelisch. Auch wenn ich den Kampfgeist früh in mir entdeckt hatte, war ich immer noch der kleine Junge.

Die neue Umgebung bewirkte zumindest eine kleine Veränderung: Ich fühlte mich wohler in meiner Haut und sicherer. In der alten Schule hatte ich mir Freunde gesucht, die stärker waren als ich – sowohl körperlich als auch in ihrem Selbstvertrauen. Damit versuchte ich, meine eigene Schwäche zu kompensieren. Ein unbewusstes Verhalten, das mir jedoch mehr geschadet als genutzt hat. Und selbst als ich merkte, dass ich mit diesen Freunden die falsche Wahl getroffen hatte, war es mir nicht möglich, mich von ihnen zu lösen – zu sehr war ich von ihnen abhängig.

Stell Dir vor, Du bist mit Menschen zusammen – Freunden, Bekannten, Deinem Partner –, bei denen Dir Deine innere Stimme sagt, dass die Zeit reif für eine Trennung ist. Aber Du trennst Dich nicht, weil Du sie schon so lange kennst. Die Zeit der Verbundenheit hindert Dich daran, zu handeln, das Nötige zu tun. Dieses Gefühl hatte mich jahrelang fest im Griff, während mich auf der anderen Seite die Intuition immer wieder heimsuchte. Bis ich eines Tages den Absprung wagte und es durchzog! Den radikalen Bruch mit dem alten Freundeskreis aus Lintorf, mit dem ich geraucht und weitere Dummheiten angestellt hatte. Während der ersten Zeit in der neuen Schule in Ratingen fühlte ich mich regelrecht befreit. Diesen Zustand wollte ich aufrechterhalten, deswegen sagte ich meiner Mutter, dass sie meine alten Freunde ignorieren soll, wenn sie zu Hause klingeln und nach mir fragen sollten. Sie sollte ihnen dann ausrichten, dass ich nicht da bin. Dieser radikale Schritt war notwendig, um nicht wieder in alte Muster zu fallen. Auch wenn es nicht einfach war, mich von der Clique zu trennen, von der ich einst dachte, dass sie ein fester Bestandteil meines Lebens ist. Es war die Angst vor dem Unbekannten, die mich daran hinderte, dass schädliche Umfeld, in dem ich mich aus Gewohnheit noch befand, zu verlassen. Leider erkannte ich die bittere Wahrheit erst nach Jahren und dennoch bin ich dankbar für diese

Erfahrung. Heute bin ich froh darüber, dass ich den Mut aufbrachte, mich von Menschen zu lösen, die mir lediglich eine Illusion einer „Freundschaft" gaben. Und diesen Mut wünsche ich jedem Leser, der das hier gerade liest. Sich von Menschen und Lebensumständen befreien zu können, die ihn innerlich quälen und auffressen. Neben dem Mut gehört dazu noch das Vertrauen, dass sich die Dinge fügen werden. Das ist keine einfach so dahingeschriebene Motivationsfloskel, sondern meine Erfahrung aus der damaligen Sicht eines Kindes, das für sich bereits früh Lebensentscheidungen treffen musste, die eigentlich im Bereich der Pflichten der Eltern gelegen hatten.

Was das Lernen auf der neuen Schule betraf, hatte ich weiterhin eine lockere Haltung. Dass ich mein Lerntempo hätte verdoppeln müssen, um überhaupt mitzukommen, war mir nicht wirklich bewusst. Ich kassierte weiterhin Vieren und Fünfen am laufenden Band und betäubte das Gefühl des Versagens mit Fernsehen. Damals legte ich den Fokus auf Serien, von denen es für meine Altersklasse viele gab. Vor der Flimmerkiste vergaß ich für einen kurzen Augenblick die Sorgen des Alltags. Die Flucht in die Medien. Dass ich eines Tages selbst von der Ausbildung her ein Fernsehfritze werde, hätte ich nicht im Ansatz gedacht, aber mehr dazu später.

Eines Tages fiel mein Kartenhaus zusammen. Meine Noten waren am Ende des neuen Schuljahres der achten Klasse so schlecht, dass ich sie ohne Nachprüfung wiederholen musste. Ich verstand die Welt nicht mehr. Mein Vater, der mir die Traurigkeit ansah, versuchte, mich zu motivieren: „Denk nicht darüber nach. Du wirst sehen, das eine Jahr wird wie im Flug vergehen." Und bei diesem Satz schnippte er lässig mit dem Finger und ich schaute wie eine Eule aus dem Fenster, weil ich es nicht glauben konnte. Für mich war ein Jahr eine verdammt lange Zeit! Da war ich 14 Jahre alt. Und wenn es einmal vorkam, behielt ich den Schmerz stillschweigend für mich, weil es auch niemanden gab, mit dem ich darüber reden konnte. Aber kleine Jungs dürfen nicht weinen und Männer schon gar nicht – so der damalige gesellschaftliche Kodex, der auch heute noch unausgesprochen weitgehend gilt – sogar noch im Zeitalter von modernen Geschlechterrollen und einem, so meine Meinung, fragwürdigen Sprachkodex, was wer in welchem Ton sagen darf, damit sich keine „Schneeflocke" verletzt fühlt.

In diesem Buch will ich Betroffenen Mut machen und die Perspektive geben, dass ihre „Rebellion" auch eine Entwicklung sein kann, für die sie sich nicht schämen müssen, unabhängig davon, was der Preis für die kindliche Rebellion war. Meiner war der Verlust der Liebe meiner Mutter. Dabei wollte ich nur, dass sie mir mehr Aufmerksamkeit und Zuneigung schenkt. Aber ich war zu jung und bereits „gefangen" in meiner kindlichen Welt, in der ich mir schon früh einen Schutzmantel zugelegt hatte, damit mir von außen nichts wehtun konnte.

Die gesamten Sommerferien über war ich genervt und einfach nur schlapp. Und dann traf ich, als ich alleine im Zimmer saß, von einem Moment zum nächsten die Entscheidung „Jetzt packe ich es an!“, und ich nahm mir ab diesem Moment fest vor, Klassenbester zu werden. Nicht um meine Eltern glücklich zu machen, sondern um endlich etwas für mich zu tun. An dem Tag, als ich diese Entscheidung traf, lag ich in meinem Bett. Es war ein schöner Sommerabend gewesen und ich lag mit offenen Augen im Bett und beobachtete, wie die letzten Sonnenstrahlen verschwanden.

In der ersten Woche des Wiederholungsjahres büffelte ich wie ein Verrückter. Ich kam mir vor, als hätte ich eine ganze Palette an Energy Drinks getrunken. So besessen war ich davon, mich bestmöglich auf die Klausuren vorzubereiten. Dabei hatte das Schuljahr gerade erst begonnen und bis zu den ersten Klausuren blieb noch viel Zeit. Von da an sah mein Alltag so aus: Wenn ich nach Hause kam, habe ich mich sofort hingesetzt und gelernt. Die Jahre zuvor war mir nichts wichtiger gewesen, als nach Schulschluss das Weite zu suchen und mich um jeden Preis abzulenken. Ich fing an, alles auswendig zu lernen, was im Unterricht besprochen wurde. Neu an meiner Strategie war, dass ich anfing, während der Schulstunden alles zu notieren, was ich für wichtig hielt. Als die ersten Einsen hereinflogen, hatte ich ein unglaubliches Selbstbewusstsein. Glückshormone durchströmten mich wie eine Welle. Ich kann mich an meine erste Eins in Mathe erinnern – ich starrte die Note auf dem Heft fünf Minuten lang an. Zuvor hatte ich von der Grundschule bis zur Wiederholung der achten

Klasse fleißig Vieren und Fünfen gesammelt. Und Mathe war damals nicht gerade mein Lieblingsfach gewesen. Auf der alten Schule hatte ich damals innerlich bereits mit meiner Schullaufbahn abgeschlossen und das strahlte ich auch unter anderem mit meiner Körpersprache aus. Das blieb von den Lehrern dort natürlich nicht unbemerkt. Ich denke, es ist ein ganz natürlicher Prozess bei Schülern, wenn sie sich nicht verstanden fühlen und auch sonst niemanden haben, der sie unterstützt. Ich möchte mir nicht vorstellen, wie mein Lebensweg verlaufen wäre, wenn ich nach der Versetzung in die achte Klasse nicht den Mut gefasst hätte, auf eigene Faust die Schule zu wechseln.

Leider war die emotionale Distanz zwischen meiner Mutter und mir bereits so groß, dass sie meine guten Noten überhaupt nicht mehr interessierten. Dafür konnte ich aber die Anerkennung meines Vaters ergattern. Ich war froh, dass es mir in der Schule besser ging und die Gewaltspirale auf dem Schulhof ein Ende hatte. Aber ich litt unter der Trennung meiner Eltern. Es blieb mir nur eine erneute Flucht – diesmal in die Bildung! Ich stürzte mich noch intensiver ins Lernen und entwickelte eine Methode, mit der ich mich fortan auf den nächsten Schultag vorbereitete. Die Formel ging auf. Mein Tagesablauf sah in etwa so aus, dass ich von 8 bis 14 Uhr in der Schule war und nach der Schule bis 17 Uhr zu Hause paukte. Erst dann habe ich etwas gegessen. Eiskalt zog ich diese – erfolgreiche – Strategie bis zum Abschluss durch.

In der Schule hatte ich nicht mehr den Status des Rüpelschülers, stattdessen befand ich mich im Fokus der Neider. So stand eines Tages, nachdem ich als Einziger eine Eins in Englisch geschrieben hatte, „Theo = Neger" an der Wand auf dem Flur der Klassenzimmer. Ich stand wie gelähmt vor der Wand, und im Klassenraum war niemand mehr anwesend, bis auf meine Klassenlehrerin. Ich ging zu ihr: „Frau L. ich muss Ihnen etwas zeigen." Sie starrte ebenfalls auf die Wand und schüttelte sprachlos den Kopf. Daraufhin ging sie ins Klassenzimmer zurück, holte einen Schwamm und wischte es weg. Allein diese Geste half dabei, dass die zu dem Zeitpunkt durch die Schmiererei erlittene Wunde heilen konnte. Neben den bösen gibt es immer auch die guten Menschen. Das sollten wir niemals aus den Augen verlieren. In einer Welt, in der das Böse versucht, die Oberhand zu gewinnen, wird Licht am Ende stets die Dunkelheit besiegen.

Solche und andere Schikanen nahm ich während meiner Schullaufbahn in Kauf, um meinen neuen Weg zu gehen. Ich ließ mich nicht aufhalten und dachte bei mir: „Jetzt erst recht." Neider hast du in jeder Gesellschaft. Heute ist es nicht mehr die Tafel, die für solche Schmierereien herhalten muss, sondern Social Media. Kobolde wird es im Wald immer geben. Wenn ein Weißer Schüler in einer ansonsten komplett schwarzen Klasse als Einziger derart gute Noten schreiben würde, wäre die Situation für den Weißen auch nicht anders – so denke ich zumindest. In dem Moment fühlte ich mich minderwertig, weil ich bei den anderen Schülern, die gute Noten schrieben, solche Schmierereien nicht gesehen hatte. Aber was soll's, wann war der Weg zum Erfolg schon mal einfach? Ich behielt die Hand am Steuer. Und so vergingen die Jahre.

Mit 17 verließ ich die Schule als Jahrgangsbester, mit einem Notendurchschnitt von eins Komma fünf. Und wir waren damals 120 Schüler im Abschlussjahrgang. Nicht im Traum hätte ich jemals daran gedacht, in der Schule die Kurve zu bekommen. Wer weiß, wie mein Werdegang verlaufen wäre, wenn ich bei meinem falschen Freundeskreis geblieben wäre – mit meinen Drogenfreunden – und mich einfach mit meinem damaligen Zustand abgefunden hätte? Vor dem Schulwechsel gab es auch Zeiten, in denen mich jemand aus dem „Freundeskreis" einfach ohne Grund angegriffen und auf mich eingeschlagen hat, und am Ende noch sagte: „Das tat jetzt gut, einen Neger verprügelt zu haben." Dabei war er selbst Koreaner, der im gleichen Alter war und mit Drogen versuchte, „cool" zu sein. Ich war zu schwach und fühlte mich wehrlos, weil mir in der Schule nie wirklich jemand beigebracht hat, wie man sich zur Wehr setzt und seine eigenen Grenzen schützt. Bis heute ist das Thema in der Bildungslandschaft noch ein großes Problem, das von einer flächendeckenden Lösung noch weit entfernt ist. Viele Schüler lassen sich auch heute noch zu viel gefallen und fühlen sich der Situation wehrlos ausgeliefert. Genau diesen Schülern mache ich mit meiner heutigen Arbeit an Schulen Mut, dass sie einen Zustand niemals als gegeben akzeptieren müssen.

Da ich bereits in jungen Jahren Erfahrungen mit Gewalt gemacht hatte, erwähnte ich den Vorfall zu Hause nicht, weil ich dachte, dass sie trotz allem meine „Freunde" wären, die ab und zu einfach draufschlugen. Das wurde für mich irgendwann zur „Normalität", ohne mir dessen wirklich bewusst zu sein, denn mein Selbstwertgefühl war entsprechend niedrig. Die anderen waren stärker und cooler als ich. Und erst mit dem Schulwechsel konnte ich mich aus diesem Umfeld lösen. Mit dem Willen, endlich etwas zu ändern – und schließlich darauf zurückblicken zu können, mit dem Wissen, es endlich getan zu haben.

Komplett weg von der Gewalt in der Schule – was ein versteckter Segen das war! Auch wenn die Gewalterfahrungen weiterhin in meinen Körperzellen gespeichert waren, hatte ich mich so stark abzulenken gewusst, dass ich die Nachwirkungen dieser Erfahrungen während dieser Zeit unter Kontrolle hatte und in der Schule Konflikte nicht länger mit Gewalt löste. Vom Rüpelschüler zum Streber.

Ich hatte meinen Abschluss in der Tasche und trotzdem ging es für mich nicht so weiter, wie ich es mir gewünscht hätte. Auch wenn meine Mutter in ihrer Welt lebte, hatte sie eine konkrete Vorstellung von meinem Werdegang. Es war kurz vor den Sommerferien, als ich ihr eröffnete, dass ich gerne eine Banklehre beginnen möchte. Ihre Reaktion folgt prompt, noch während sie in der Küche mit der Zubereitung des Essens beschäftigt war – irgendwie hatte unsere Küche etwas Magisches, wenn es um Entscheidungen ging. Während sie das Fleisch mit dem Beil hackte, sagte sie zu mir: „Wenn du eine Ausbildung beginnst, brauchst du gar nicht mehr nach Hause zu kommen. Du gehst schön auf das gleiche Gymnasium wie deine Schwestern!"

Ich stand da wie in Stein gemeißelt und war die ersten Minuten sprachlos. Meine Persönlichkeit war noch nicht so weit entwickelt, dass ich meiner Mutter gegenüber auf meinem Standpunkt beharren, geschweige denn sachlich diskutieren und für meine Rechte eintreten konnte. Zu diesem Zeitpunkt hatte ich weder ein eigenes Einkommen noch war ich anderweitig abgesichert. Ich war abhängig von zu Hause.

Ich wurde gezwungen, das gleiche Gymnasium zu besuchen wie meine Schwestern. Verurteilen will ich an dieser Stelle niemanden, denn, wie gesagt, jeder lebte in seiner eigenen Welt. Nur war meine Welt eine ganz andere. Ich wollte nicht den vorgezeichneten Weg gehen, der von mir zu Hause erwartet wurde. Ich wollte das machen, was ich im Innern wirklich wollte. Doch meine Eltern hatten die Fäden lange Jahre in der Hand und ich musste mitspielen, bis eines Tages das Schauspiel ein Ende fand.

Niemand hatte sich zuvor um meine schulischen Leistungen gekümmert. Darüber hinaus interessierte sich auch keiner für mein Erleben und wie es in mir aussah. Der Wunsch nach einer kompletten und vor allem glücklichen Familie war mir all die Jahre verwehrt geblieben. Auf einmal wollten aber alle ihren Senf dazugeben. Mit 17 hatte ich noch kein Einkommen, um mir eine eigene Wohnung leisten zu können, also fügte ich mich der Situation.

Das Gefühl, etwas Aufgezwungenes zu tun, ist kein schönes. Während der Zwangsjahre auf dem Gymnasium flüsterte mir meine innere Stimme ständig die Frage zu, was ich eigentlich auf der Abibank zu suchen habe. Während die meisten Schüler in einzelnen Fächern richtig aufgingen, war ich lediglich dort, um anwesend zu sein. Hauptsache weiter zur Schule gehen und weg von der Arbeitswelt. „Zeitvertreib", so beschreibe ich den Rest meiner Schulzeit bis zum Abitur. Schließlich hatte ich keine andere Wahl. Ich handelte gegen meinen inneren Willen und das fühlte sich nicht gut an. Nach ein paar Jahren der Veränderung fand ich mich erneut in einer Situation wieder, in der ich nicht mehr über mein eigenes Leben entscheiden konnte. Und irgendwann war ein Teil von mir auch erschöpft von dem jahrelangen Kampf, den ich erst als kleines Kind und dann als Jugendlicher, der ins Erwachsenenalter überging, führen musste. Dabei kein Verständnis zu erfahren und keinen Rückhalt zu haben, bedeutete für mich, ständig auf Deck eines Schiffs zu stehen, das jederzeit von einer Welle erfasst werden konnte, ohne dass ich ein Seil zum Festhalten hatte. Ich konnte meine Bedürfnisse nicht in Worte fassen, weil ich es nie gelernt hatte. Eine Fähigkeit, die ich mir erst Jahre später mit dem Heilungsprozess aneignete. Es war ein schmerzhafter und mühsamer Weg und dennoch hat er sich gelohnt. Ich ließ mich auf diese unbekannte Reise ein. Während meiner Reise wechselte ich, wenn es nötig und wichtig war, auch die Helfer. Doch ich habe nie aufgegeben – den Weg, den ich eingeschlagen habe, nie abgebrochen. Es musste weitergehen und ich hatte mein Ziel vor Augen, dass ich frei sein wollte von den seelischen Schmerzen, die mir damals den Schlaf raubten.

Und diese Reise der Heilung von inneren Wunden, die in der Kindheit erlitten wurden, möchte ich jedem ans Herz legen, der gerade sein eigenes Glashaus mit sich schleppt oder in ihm gefangen ist. Zu Beginn Deiner Reise solltest Du die Zuversicht besitzen, dass Dein Schmerz eines Tages abnehmen wird – auch wenn dies im Moment vielleicht nicht so scheinen mag. Ich weiß, wie quälend so etwas sein kann und dass Du vielleicht denkst, dass es eine „Heilung" für Dich nicht geben kann. Die gibt es, wenn Du Dich auf diesen Prozess einlässt und Dir bei entsprechend ausgebildeten und empathischen Menschen Hilfe holst. Menschen, die Dich und Dein Leid wirklich sehen, Dir helfen wollen und Dich auf Deinem Weg begleiten. Sich Hilfe zu suchen, ist keine Schwäche, sondern Selbstfürsorge. Diese Fürsorge ist unerlässlich, um den Wellen des Lebens erfolgreich standzuhalten, ohne dass sie einem den Boden unter den Füßen wegreißen.

RAUS AUS DEM NEST

Mit den Jahren hatte sich die emotionale Distanz zwischen meiner Mutter und mir zugespitzt. Ich war nicht mehr in der Lage, der brave Junge zu sein, der immer das tat, was sie sich vorstellte. Immer wieder erwähnte sie in Streitigkeiten die Option, das Haus zu verlassen. Ich ignorierte es gekonnt. Und natürlich hatte dieser andauernde emotional geladene Streit Auswirkungen auf meine Leistungen in der Schule. Mit Anfang der Jahrgangsstufe 12 gingen die Noten immer weiter den Bach herunter. Ich konnte mich nicht mehr konzentrieren – oder vielleicht wollte ich es auch nicht. Zu sehr herrschte zu Hause eine Atmosphäre der Kälte und der Gleichgültigkeit. Die Schmerzen in Seele und Körper nahmen zu. Ich spürte mit jedem neuen Tag, dass ich daheim nicht mehr willkommen war. Ich konnte es nicht mehr ignorieren, bis zu dem Tag, der mein Leben für immer veränderte. Selbst nach all den Jahren suchen mich manchmal die Erinnerungen heim. Erinnerungen an ein dunkles Kapitel meines Lebens. Und dabei wollte ich nichts sehnlicher, als nur geliebt werden und ein Teil der Familie sein. Mein Anderssein wurde bereits früh nicht toleriert und ich bezahlte einen hohen Preis, weil mein innerer Rebell nicht anders konnte.

Es war der 26. November 2006, als ich nach der Schule nach Hause kam. Draußen war es grau und kalt. Und an dem Tag war auch diese Kälte zu Hause spürbar, direkt nachdem ich die Schuhe ausgezogen hatte und einen Blick in das dunkle Wohnzimmer geworfen hatte. Ich war zu der Zeit 19 Jahre alt und mitten im Abitur. Ich sah, wie die Symptome meiner damals erkrankten Schwester wieder zum Vorschein kamen, sodass ich nicht mehr tatenlos zusehen konnte und sie in die Klinik einliefern wollte. Doch das Einstehen für meine Schwester wurde mir zum Verhängnis. Meine Mutter trat zwischen uns und fing an, mit mir zu streiten. Der Streit eskalierte und das Ende vom Lied war, dass ich in Begleitung der Polizei das Haus verlassen musste: „Packen Sie ihre Sachen", waren die Worte des Kommissars. In dieser Stunde spürte ich das Gesetz am eigenen Leib, und diesmal blieb mir nichts anderes übrig, als meinen schwarzen Mantel und ein paar Sachen für die nächsten Tage zu packen und für immer das „Glashaus" zu verlassen, in dem ich einst gefangen war. Ohne Erbarmen und ohne Gnade. Das Gesetz in seiner vollen Härte. Alles geschah innerhalb von Minuten. Das Schicksal kam diesmal als ungeladener Gast in mein Leben. Ich stand mit beiden Beinen auf der Straße und verstand die Welt nicht mehr. Die ersten Stunden war ich obdachlos. Ich hatte keine Gelegenheit, viel einzupacken, denn die Beamten gaben mir schlichtweg die Zeit nicht. Ich nahm meinen Rucksack und warf dort alle Schulsachen mit meinen Klamotten hinein, die auf dem Wäscheständer hingen. Teils waren sie noch nass. Ich fuhr zum Düsseldorfer Hauptbahnhof und wartete erst mal in der Halle, um zu verstehen, was da überhaupt gerade passiert war. Dieser Augenblick, als sich die ganze Welt um mich herum weiterdrehte und meine Welt aber zum Stehen kam. Mein Glashaus war zerstört! Diesmal war es endgültig und ich konnte nicht mehr zurück.

Spät am Abend rief mich mein Vater an und ich ging darauf zu ihm. Es war 20:00 Uhr. Er redete nicht viel und sagte nur: „Komm nach Hause". Dabei klang seine Stimme entschlossen. Ich blieb die erste Zeit bei ihm. Als ob nichts gewesen wäre, ging ich von seiner Wohnung aus weiter zur Schule. Denn ich trug meine „Maske" fleißig weiter und ließ mir nicht anmerken, so wie die Jahre zuvor. The show must go on. Innerhalb von vier Wochen hatte ich mir eine eigene Wohnung gesucht, die ich mit den mir zustehenden Alimenten bezahlen konnte. Reinste Pionierarbeit war das gewesen. Ich habe keine Ahnung, woher ich dafür die Kraft nahm. Vielleicht ja, weil ich schon seit meiner Kindheit ein Kämpfer war, der nie ans Aufgeben dachte – ich kannte es nicht anders. Oder auch, weil ich meine starke Mutter sah, wie sehr sie bis zu ihrem letzten Tag kämpfte und nie aufgab. Viel zu stark war ihr Wille, um nach außen ihre Schwäche zu zeigen – etwas, das ich als Kind schon an ihr bewunderte. Wenn ich heute 19-Jährige sehe, dann verstehe ich, wie jung ich damals und wie gefährlich die Situation für mich war.

Unvorbereitet ins nackte Leben zu starten, ist keine gute Grundlage, um vernünftige Entscheidungen treffen zu können. Noch dazu, wenn plötzlich die Polizei involviert ist. Den Schmerz über den Verlust meines Nestes habe ich gekonnt ignoriert. Ich musste plötzlich erwachsen werden und vom kleinen Jungen in mir Abschied nehmen.

Dass bei all dem die Schule eher zur Nebensache wurde, war mir gar nicht aufgefallen. Vielmehr stieg in mir die Frage auf: „Was machst du jetzt Anständiges aus deinem Leben?"

Das Glashaus ist zerstört, weil ich mit Steinen warf. Wie bekomme ich die Scherben weg?

In dem Moment, in dem alles perfekt läuft, in dem Augenblick, in dem man denkt, dass alles durchaus so bleiben darf, wie es ist, kommt etwas Winziges, aber Chaotisches, dazwischen. Etwas, das das ganze bisher zusammengefügte Puzzle des Lebens durcheinanderbringt. Und man steht voller Zweifel, Fragen, Ängsten vor diesem Rätsel des Lebens.

„Scheiße! Warum jetzt? Wieso ich?", waren meine Fragen, die ich mir tagein, tagaus stellte. Der Weg musste weiter beschritten werden, trotz Verletzungen, die weitere Wassermassen vor dem Damm versammelten. Der Damm, der eines Tages irgendwann brach und die Wellen so stark und überwältigend waren, dass ich selbst keine Ahnung hatte, wie das geschehen konnte. Meine Jalousien waren in der ersten Wohnung immer unten, als Ausdruck dessen, wie ich mich fühlte, und irgendwie hatte ich auch keine Lust, mich allein in der Wohnung aufzuhalten. Ich hatte jegliche Lebensfreude verloren, als ob jemand meine Kerze ausgeblasen hätte. Vielleicht wollte ich auch nicht mehr glücklich sein, weil ich ein Geheimnis in mir trug, was niemand wissen durfte in der Schule. Nun ging es darum, um jeden Preis die Versetzung in die Jahrgangsstufe 13 zu bewältigen – egal, wie sehr ich keinen Bock mehr auf Schule und das Leben hatte. Mit Mühe und Not schaffte ich die Versetzung und erlangte so auf dem Gymnasium meine allgemeine Fachhochschulreife. Meine Energiereserven waren am Ende und das bereits mit 19. Heutzutage gibt es unzählige Erfahrungsberichte, die erzählen, wie Menschen, die trotz ihres guten Status alles stehen und liegenlassen und die Flucht in die Ferne suchen, weil sie am Ende ihrer Kräfte angelangt sind. Das seelische Hamsterrad kommt irgendwann zum Stehen, weil der Hamster keine Kraft mehr hat, weiter zu strampeln. Die Mühle muss anhalten.

Bereits als kleines Kind hatte ich den Traum, im Flughafen zu arbeiten. Diesen Wunsch erfüllte ich mir, nachdem ich vom Gymnasium ging.

Während der Zeit am Flughafen konnte ich mich wieder sammeln. Ich gewann Abstand zu allem und versuchte, meinen inneren Kompass neu auszurichten, um wieder auf Kurs zu kommen. Es war eine tolle Zeit, die mir ein wenig Stabilität gegeben und wieder einen Sinn im Leben gezeigt hat. Heute sind es nicht mehr die Flugzeuge, sondern die verschiedenen Bahnen und Züge Deutschlands und die unbekannten Städte, die ich kennenlerne, wenn ich auf den Bühnen Deutschlands unterwegs bin. Damals hätte ich nicht im Traum daran gedacht, mich in der Schriftstellerei zu versuchen. Das war weit weg von meiner

Vorstellung, weil ich lange dachte, ich sei dumm. Das behaupteten und dachten alle um mich herum. Menschen, die ich liebte.

Nehmen wir wieder eine kleine Brücke zu den angekommenen Flüchtlingen im Jahr 2015: Bei den Erwachsenen begegnete mir ein Schema recht häufig: das der geistigen Abwesenheit. Sie waren zwar physisch anwesend, wussten aber nicht, wie und auf welche Weise sie ihre Kinder erziehen sollten. Schließlich befanden sie sich mit weiteren Hunderten von Menschen unter einem Dach. Sie hatten nicht viele Optionen, sich zurückzuziehen, ohne unfreiwillig einem anderen Menschen über den Weg zu laufen. Gerade dann, wenn zwei Menschen aus verfeindeten Nationen in einer Unterkunft zusammenlebten, konnte ich die inneren Gräben geradezu erspüren. Das Ganze erinnerte mich an das Verhalten von Löwen in der Wildnis. Mein Revier und dein Revier, und wehe Du betrittst meinen Bereich.

Wenn Kindern diese Art der Trennung bereits von ihren Eltern vermittelt wird, wie sollen sie dann ein weltoffenes Verständnis entwickeln und auf andere Menschen zugehen?

Ich nutzte alle Möglichkeiten, den Kindern die Welt auch außerhalb der Unterkunft zu zeigen. Deshalb ergriff ich die Initiative, an den Wochenenden immer eine Handvoll Kinder aus verschiedenen Nationen zusammenzutrommeln und in die Kölner Innenstadt mitzunehmen, um einfach mal einen Spaziergang zu unternehmen – etwas von der Welt zu sehen. Es mag sich vielleicht banal anhören, aber die Fahrt von der Unterkunft bis in die Stadt und das ganze Drumherum – jedes einzelne Kind war begeistert. Sie kannten es ganz einfach nicht. Ich wollte sie für einen kurzen Moment aus den Händen der „Isolation" wissen und ihnen zeigen, wie die Welt außerhalb der Unterkunft funktioniert. Die Eltern waren dafür viel zu sehr in ihrer eigenen Welt gefangen.

Dieses Verhalten erinnerte mich an meine eigene Kindheit. Zwar waren meine Eltern für mich da, wenn ich irgendwas hatte, doch was Aktivitäten betrifft, musste ich für meine eigenen Abenteuer sorgen. Und dennoch bin ich ihnen dankbar, dass sie für mich da waren. Und das Beste getan haben, was in ihrer Macht stand. Beide. Auch wenn es nicht nur gute Zeiten gab, gab es ein paar schöne Momente, an die ich mich heute noch erinnere, und diese Kapitel bewahre ich in meinem Kopf wie einen Schatz. Es ist das Fenster der Erinnerung, durch das ich diese Erlebnisse sehe.

Manche flüchteten ins Land der Träume. Aus dem Mittagsschlaf wurde der Nachmittagsschlaf und aus dem Nachmittagsschlaf der Abendschlaf. Ich kann mich an drei Jungs aus der Unterkunft erinnern, die unterschiedlichen Alters waren. Der Älteste war achtzehn, die anderen beiden vierzehn und zehn. Mit den beiden Kleinen hatte ich lange zu tun, weil sie regelmäßig an den Wochenendausflügen teilnahmen. Die Mutter lebte noch in der Heimat, während der Vater versuchte, die drei Jungs von Land zu Land zu schleppen. Erst England, dann die Schweiz und zuletzt Deutschland. Der Vater war psychisch labil und nahm täglich einen ordentlichen Cocktail an Medikamenten zu sich, um innerhalb der Familie in der Unterkunft einigermaßen zu funktionieren.

Die beiden kleinen Kinder spürten die Abwesenheit des Vaters und nutzten dementsprechend ihre fast grenzenlose Freiheit aus, was in einer solchen Situation auch normal ist. Die Schwierigkeit für mich als Außenstehender bestand darin, in das geistige Zentrum dieser Jungs vorzudringen. Ständige Widerworte aus einer einfachen Trotzhaltung heraus waren an der Tagesordnung. Aber so konnte ich meine Geduld trainieren. Die Bestätigung, sozusagen ein Zeugnis der Wichtigkeit meiner Tätigkeit erhielt ich am Ende meiner Arbeit, als einer der beiden bitterlich weinte, als ich meinen Abschied verkündete. Damals hat er damit bei mir einen wunden Punkt getroffen. Ich kann Kinder nicht weinen sehen. Unbewusst hatte ich die Rolle des Vaters übernommen. Und um ehrlich zu sein, ich habe es gerne gemacht. Nicht nur für die beiden, sondern für alle Kinder, die sich damals innerlich allein und einsam fühlten, ohne darüber zu sprechen. Sie erinnerten mich an den kleinen Rebellen, der laut war, aber sich niemals traute, ein Wort über seine Gefühle zu verlieren.

DAS WIRKLICHE LEBEN

Die erste Arbeitserfahrung nach dem Rauswurf war für mich gleichzeitig der erste Schritt zurück ins Leben: Mein eigenes Geld zu verdienen und dazu noch in meinen eigenen vier Wänden zu leben, war zugleich eine neue Art der Freiheit, an die ich mich zunächst gewöhnen musste. Ich stürzte mich in die Arbeitswelt und das mit vollem Elan. Ich benötigte ein Ventil für meine verletzten Gefühle. Heute, nach all den Jahren, weiß ich, dass es für mich die nächste Flucht war. Weg von dem Gefühlschaos und der inneren Stimme, die mir gelegentlich zuflüsterte, dass ich niemanden mehr habe und ab sofort allein bin. Dieser Stimme galt es damals, so gut es eben ging, kein Gehör zu schenken, was ich dank Arbeitsstress für die erste Zeit auch relativ gut hinbekam – das dachte ich zumindest.

Zu diesem Zeitpunkt war ich zwanzig. Schon in jungen Jahren ließ ich mir durch nichts und niemanden meine gute Laune und meinen Humor nehmen, unabhängig davon, was um mich herum geschah. Mit Motivation fing ich die Frühschichten an, die am Düsseldorfer Flughafen bereits um fünf Uhr fünfundvierzig morgens begonnen. Noch nie zuvor bin ich so früh aufgestanden. Ich war ja der Prinz zu Hause, wenn auch der geschlagene.

Die meisten Kollegen wunderten sich, wie ich mit strahlendem Gesicht zur Arbeit kam, während sich bei den anderen müde Augen und schlechte Laune zeigten und der Kunde es am Ende abbekam.

Ein hochmotiviertes Küken, das erst ein paar Wochen in der Arbeitswelt war, im Vergleich zu den alteingesessenen Hasen, die immer alles besser wussten. In der ersten Zeit habe ich mir nicht besonders viele Freunde gemacht. Schnell bekommst Du den Stempel der Überheblichkeit, auch wenn Du einfach nur gute Arbeit machen möchtest. Dann wirst Du im Ameisenhaufen schnell zur „Kakerlake". Vielleicht kennst Du solche Situationen, in denen Dir am Anfang jeder seine Schokoladenseite zeigt und erst nach ein paar Wochen die andere Seite zum Vorschein kommt. Warum Menschen so sein müssen, verstehe ich bis heute nicht. Dieses Phänomen habe ich bei fast allen beruflichen Neustarts erlebt. Warum sich nicht gleich von Beginn an so zeigen, wie man ist?

„Das Leben ist kein Wunschkonzert."

Derart hochintelligente philosophische Sätze habe ich oft von Menschen gehört, die der festen Überzeugung waren, dass man sich mit der Situation nun mal abfinden müsse. In solchen Momenten bekam ich immer den Antrieb, zu demonstrieren, dass es noch einen anderen Weg gibt, dass es anders gehen muss.

Durch einen Zweitjob als Nachtwächter im Tagungshotel konnte ich mir bereits ein lukratives Einkommen verdienen. „Tagungshotel" bedeutete abends Tische mit Metallfüßen in entsprechenden Räumen aufzustellen. Dieser Knochenjob war anstrengend, aber ich musste lernen, mich durchzuboxen und in der Welt, die für mich zur neuen Realität wurde, erwachsen zu werden. Arbeitsbeginn war jeweils um 22 Uhr und endete um 8 Uhr am nächsten Morgen. Zusätzlich ein Fitnessstudio zu besuchen, konnte ich mir sparen. Ich lernte die „harte Arbeit" kennen, die mir zu Hause immer wieder ans Herz gelegt wurde.

Heute sehe ich meine damalige Flucht in die Arbeitswelt als eine Art „Ich zeig' es allen"-Plan an. Unbewusst wollte ich den gleichen harten Weg des Geldverdienens gehen, denn in mir hatte sich im Laufe der Jahre eine Wut angestaut, die ich nun durch übermäßigen Arbeitseifer zu ersetzen versuchte.

Also ging ich ihn, den Weg, der zugleich von Isolation begleitet war. Da war noch der Schmerz vom plötzlichen Rauswurf. So etwas wie Psychotherapie kam für mich damals überhaupt nicht infrage, weil ich so etwas einfach bis dato nicht kannte. Ich wollte nach außen den coolen und harten Mann geben. Und harte Männer sind halt so. Illusionen und falsche Glaubenssätze lassen an dieser Stelle grüßen. Harte Schale, weicher Kern oder so ähnlich, nicht wahr? Und mit einem Fremden über meine psychischen Probleme zu sprechen, davon war ich durch die häusliche Prägung zu sehr eingeschüchtert. Also blieb mir nur, wie vielen anderen Menschen, meine innere Kammer übrig. Häufig erlebte ich in den ersten Monaten meines eigenen Weges schlaflose und tränenreiche Nächte. Manchmal war es gut, dass ich dem Schmerz in den eigenen vier Wänden Ausdruck verleihen konnte und manchmal war auch dieser Schmerz eine bittere Qual ohne Ende.

Damals hatte ich gute Freunde, aber selbst die besten Freunde konnten mir nicht immer helfen. Die Gefühle, die ich empfand, konnte ich nicht haargenau in Worte fassen. Meinem Umfeld habe ich für mein eigenes Empfinden aber nie die Schuld gegeben. Ich habe die Gefühle dann ignoriert und mit den Monaten stauten sie sich an. Mein Weg der Autonomie wurde eines Tages jäh unterbrochen, denn ich bekam einen Anruf.

„Mutter geht es sehr schlecht. Wenn Du noch was machen willst, dann tu es jetzt, bevor es zu spät ist."

Ich wusste nicht, wie ich darauf reagieren sollte. Es waren acht Wochen vergangen seit meinem Rausschmiss und plötzlich erhalte ich den Anruf, dass ich mich kümmern soll? Für mich ergab das keinen Sinn, aber wann machte etwas im und um das „Glashaus" jemals Sinn? Ich nahm meinen ganzen Mut zusammen, legte mein Ego zur Seite und machte mich auf den Weg zum Haus meiner Mutter. Als ich durch die Tür trat, erkannte ich sie kaum wieder. Sie hatte Schwellungen an den Beinen und ein angeschwollenes Gesicht. Sofort sagte ich zu ihr, dass wir ins Krankenhaus müssen, doch so stur wie sie damals war, wollte sie sich nicht einliefern lassen und forderte mich auf, die Wohnung zu verlassen.

Ich hatte wirklich keine Ahnung, was ich machen sollte. Ich ging zum Sport, um mich abzulenken, doch selbst dort konnte ich keine Leistung erbringen und erzählte dem Trainer von der Situation. Er gab mir den Tipp, dennoch den Notarzt zu kontaktieren. Der Zustand meiner Mutter ließ mir keine Ruhe. So rief ich an jenem Abend noch beim Notarzt an und schilderte die gesundheitliche Situation meiner Mutter und dass sie sich weigert, sich ins Krankenhaus einliefern zu lassen.

Die damalige Notärztin war nicht nur geduldig, sondern auch ein regelrechter Engel am richtigen Ort. Trotz massiven Widerstands meiner Mutter hat sie fortwährend auf sie eingeredet und am Ende hatte sie ihre Einwilligung zur Einlieferung in die Klinik bekommen. Gott segne diese Ärztin! Meine Mutter konnte richtig stur sein, wenn es darauf ankam. Am nächsten Tag lag sie in der Notaufnahme an Schläuchen. Der behandelnde Arzt diagnostizierte:

„Wasseranreicherung in den Beinen und in der Lunge. Wäre sie nicht jetzt eingeliefert worden, dann wäre sie in den nächsten Tagen verstorben".

Meine Mutter hatte Diabetes, den sie aufgrund ihrer anhaltenden Kriegstraumatisierung und der folgenden Depression nicht ernst genommen hatte. So hatte sie über die Jahre auch die Medikamenteneinnahme vernachlässigt. Ihr Konsum von Zucker war ebenfalls problematisch. Sie war der Meinung, dass man der hiesigen Medizin nicht trauen kann und mied die Medikamente deshalb komplett. Dafür vertraute sie dem Zucker, der ihr am Ende zum Verhängnis wurde. Sie war sich ihres hohen Blutdrucks von 300 nicht bewusst. Ich denke, sie hatte innerlich schon längst aufgegeben, ohne es nach außen zu äußern.

Selbst im Krankenhaus hatte sie kein Vertrauen

ins ärztliche Können. Obwohl sie nach über sechs Wochen Therapie die Klinik verlassen konnte und wieder einigermaßen stabil war, vergingen keine vier Wochen, bis sie wieder zu ihrer alten Gewohnheit zurückkehrte. Zu der Zeit nutzte ich jede Gelegenheit einer Frühschicht am Flughafen, um nach Feierabend meine Mutter zu besuchen und, wenn nötig, die Medikamentendose für die folgenden sieben Tage zu befüllen. Schnell war sie wieder in ihrer eigenen Welt gefangen und in dieser glaubte sie felsenfest daran, nicht krank zu sein. Sternzeichen Stier. Stur, wenn er überzeugt ist, recht zu haben.

Erneut zeigten sich die Symptome, und erneut habe ich sie in die Klinik eingeliefert. Insgesamt war sie viermal in unterschiedlichen Zeitabständen im Krankenhaus, wobei zwischenzeitlich eine Augenoperation notwendig geworden war, weil sich das rechte Auge so verschlechtert hatte, dass es mit der Zeit erblindete. Alles innerhalb von zwei Jahren, von 2006 bis 2008. Es war ein Wettlauf gegen die Zeit und ein Kampf gegen den Tod, der bereits anklopfte. Bald stand bereits der fünfte Krankentransport an. In Begleitung von der Polizei, weil sie sich aktiv dagegen wehrte. Es war keine schöne Erfahrung, zu sehen, wie die eigene Mutter, die nicht einmal stabil stehen konnte, gegen ihren Willen in den Krankenwagen gesetzt wird. Ich hatte zu der Zeit keine Unterstützung, die mir mit Rat und Tat zur Seite stand. Und so ging das Ganze hin und her. Was ich nicht wusste, war, dass sie sich bei ihrem letzten Krankenhausaufenthalt über die komplette Dauer von zwei Wochen nicht behandeln ließ. Ich hatte damals äußerlich keine Verschlechterung ihres Zustandes bemerkt. Eines Tages, genau eine Woche vor ihrem Tod, war ich im Krankenhaus, als der behandelnde Arzt seine Visite machte. Er fragte meine Mutter um ihr Einverständnis, was sie ihm nicht gab. In diesem Zuge fiel der Satz:

„Dann muss ich das respektieren und Sie bitten, den Raum zu verlassen." Ohne Widerworte verließ ich das Krankenzimmer. Ich konnte es dem Arzt nicht übel nehmen. Es war sein Job. Und den machte er korrekt nach Vorschrift. Er war ja nicht mein Kumpel, der mir alles erzählte.

Es soll kein Vorwurf gegen die ärztliche Schweigepflicht sein, aber wenn man weiß, dass die Person sich nicht behandeln lässt und der Sohn vor einem steht, dann frage ich mich, ob es nicht sinnvoll wäre, für solche Sonderfälle Ausnahmeregelungen vorzusehen? Ich glaube ja noch an Wunder. Ich würde es mir für Familien, die zukünftig vielleicht ähnliche Erfahrungen machen müssen, zumindest wünschen.

Den Raum habe ich dann mit großer Enttäuschung verlassen. Drei Tage später erhielt ich einen Anruf, dass es meiner Mutter sehr schlecht gehe. Unverzüglich fuhr ich ins Krankenhaus. Alle möglichen Gedanken fuhren durch meinen Kopf, aber kein Gedanke ging in Richtung Tod. Ich wollte ihm noch nicht begegnen. Ich wollte der Wahrheit nicht ins Auge sehen. Als ich im Krankenhaus eintraf und im Flur stand, suchte ich nach der Krankenschwester. Als ich sie fand, teilte sie mir mit: „Ihre Mutter wird sterben."

Dabei sah sie mich in einer Weise an, als hätte mir das schon längst klar sein müssen.

Was der Arzt vor einer Woche aufgrund der ärztlichen Schweigepflicht nicht zu sagen bereit war, hat die Krankenschwester mit einem Satz über Bord geworfen.

Ich ging ins Krankenzimmer und sah ihren Kopf regungslos auf der Seite liegen. Ihr Mundwinkel, aus dem ein weißer Schaum heraustrat, war leicht geöffnet. Als ich sie berührte, tat sich nichts. Mein Herz fing an, zu rasen. Ich realisierte nicht, dass sie schon tot war. Ich hatte noch nie zuvor einen toten Menschen gesehen.

Ich sagte: „Amma" (=Mutter) und sie bewegte sich nicht. In meinen Augen sammelten sich die Tränen und mein Blick erstarrte. Ich rief die Krankenschwester, die ihren Brustkorb nach einem Herzschlag befühlte und nach einigen Sekunden die Beatmungsmaschine ausschaltete. Das Ganze spielte sich in Zeitlupe ab, dabei rief ich: „Schwester, was ist mit ihr? Antworten Sie mir!" Der Moment schien ewig. Während sie die Maschine ausschaltete, sagte sie leise: „Sie ist tot."

Dieser Augenblick der totalen Stille. Einer Stille, die mit jeder Sekunde mehr zur Folter heranwuchs. Als ob jemand die Zeit angehalten hätte. Ich stand vor dem Bett und stützte mich mit den Händen an der Bettstange. Vor mir der Mensch, der mir das Leben auf dieser Erde schenkte, tot.

Beweg- und emotionslos stand ich da und starrte meine Mutter an. Meine Mutter, die ich über alles liebte und der ich es nie wirklich zeigen konnte. Zu oft standen die belastenden Streitigkeiten dazwischen. Den Wettlauf gegen den Tod habe ich am 25. September 2008 um 17:20 Uhr endgültig verloren. Irgendwann war der Raum leer, weil ich allein sein wollte. Ich nahm einen Stuhl und setzte mich zu ihr ans Bett. Als der behandelnde Stationsarzt hereinkam, erfuhr ich weitere Details.

„Sie hatte bereits aufgegeben, ehe wir es taten. Wenn Sie irgendwas brauchen, bin ich für Sie da."

Eine Herz- und Niereninsuffizienz hatte sich breitgemacht, sodass sie sich freiwillig für den Himmel entschied. Eine Entscheidung, die niemand mitbekommen sollte. Ich glaube, sie wollte niemandem zur Last fallen. Sie musste alles selbst mit sich ausmachen und ließ niemanden an ihre Gefühle heran. Nicht einmal ihren Sohn.

Ich machte mich noch am selben Tag auf den Weg zu meinem damaligen Arbeitgeber am Flughafen. Der Taxifahrer wollte witzig sein und ein Gespräch beginnen, doch mir war nicht danach. Ich sagte zu ihm, dass ich nicht in der Stimmung sei. Am Flughafen im Büro meiner Vorgesetzten angekommen, bat ich um eine Auszeit, die mir auch gewährt wurde. Mein Kartenhaus, das ich mir bis zu diesem Zeitpunkt aufgebaut hatte, brach innerhalb eines Moments zusammen und ich stand im wahrsten Sinne des Wortes komplett neben der Spur. Sämtliche Vorbereitungen rund um die Beerdigung wurden mir von Verwandten abgenommen. Die erste Zeit verbrachte ich in meinem Appartement, ohne aktiven Kontakt zu meiner Familie. Ich wollte es nicht wirklich verstehen. Mit meinen 21 Jahren hatte ich einfach keine Ahnung, wie die Welt da draußen tickt. Zu der Zeit war ich einfach nur ein wandelndes Wrack. Ich versuchte die ersten Nächte mit Cola zu ertränken. Zeit hatte ich genug. Genug, um zu trauern und in dieser Trauer zu versinken.

Im Jahr 2008 befand sich der Bürgerkrieg in Sri Lanka in seiner höchsten Eskalationsstufe mit den *Tamil Tigers* und an Urlaub war kaum zu denken. Aber irgendetwas sagte mir, dass ich ihren letzten Wunsch, nach Sri Lanka zurückzukehren, erfüllen musste, koste es, was es wolle. Ich entschied mich, mit dem Geld, was ich noch hatte, die Reise mit der Urne meiner Mutter im Gepäck anzutreten. Ich wollte meine „Mutter" nicht einfach in den kalten Frachtraum abstellen. So nahm ich sie mit in den Flieger. Die Reise zur Erfüllung des letzten Wunsches konnte starten. Angekommen, mitten im Monsun, war von meinen Nerven nicht viel übrig. Meine beiden Onkel organisierten alles für die Zeremonie. Ich brachte die Urne am Ende der Zeremonie zu einem See. Hinter einen Tempel – den „Modhara Kali Kovil". Ein farbenfroher, bunter Tempel, der sich doch in seiner Eigenart von den anderen Tempeln unterschied, die ich bis dahin in meinem Leben gesehen hatte. Der Ort war etwas düster. Der Ort, an dem die Hindus die verstorbenen Seelen dem Ozean überreichen. Ich hatte die Urne in beiden Händen und sollte bis zu den Knien ins Wasser gehen. Diesen Schritt musste ich allein gehen. Die Wellen waren ziemlich stark. Angekommen im Wasser verabschiedete ich mich endgültig von ihr, als ich die Asche ins Wasser kippte. Meine Mutter wurde eins mit dem Wasser. Ich nahm meine Hände vor meiner Brust zusammen und schloss die Augen. Ich sagte das Gebet auf:

Om, wir meditieren über den Glanz des verehrungs-
würdigen Göttlichen,
den Urgrund der drei Welten, Erde, Luftraum und
himmlische Regionen.
Möge das Höchste Göttliche uns erleuchten, auf dass
wir die höchste Wahrheit erkennen.

Das Mantra war ein universelles Mantra im Hindu-ismus. Was für ein Spiel das Leben manchmal mit einem spielt.

Sie konnte nicht sehen, wie aus mir ein Mann wurde. Nicht meinen Weg als Autor und auf die Bühne. Aber dafür ist dieses Werk auch über mein Leben hinaus ein Fundament. Etwas, das ich ihr nicht sagen konnte, findet seinen Platz in diesen Zeilen. Vielleicht werden wir im nächsten Leben eine bessere Mutter-Sohn-Beziehung haben. Das wünsche ich mir vom ganzen Herzen. Zum Abschied schrieb ich ihr nach ihrem Tod folgenden Brief:

„Liebe Mutter,
groß bin ich geworden. Auch wenn Du bereits mehr als
zehn Jahre tot bist, lebst Du in meinem Herzen noch
weiter. Unsere gemeinsamen guten Zeiten, die wir
gelegentlich hatten, sind heute das Fenster, durch das

ich Dich in meiner Erinnerung sehe. Auch wenn wir uns oft gestritten haben, hatte ich wenigstens Deine Aufmerksamkeit. Ich konnte Dir nicht sagen, wie sehr ich Dich geliebt habe. Manchmal wünschte ich mir, dass wir einfach eine glückliche Familie sein können, so wie die anderen. Ich hatte immer eine große Angst und bin deshalb auch immer von zu Hause weggerannt.

Aber heute ist alles vorbei. Kein Streit.

Heute stehe ich auf der Bühne und sicherlich würdest Du in der ersten Reihe sitzen und wärst stolz auf mich. In meinem Herzen wirst Du immer weiterleben und die Liebe zu Dir hat die Wunden geheilt. Heute gehe ich meinen Weg. Und heute nehme ich Abschied von Dir. Alles Liebe, Dein Sohn."

Die Zeremonie war vollendet und ich verbrachte noch ein paar Tage in Sri Lanka. Wie gesagt, an Strand und Palmen hatte ich keine Gedanken verloren und dafür auch keine Nerven. Ich hatte das Gefühl, dass ich mit der Zeremonie meine Pflicht als Junge und Mann erfüllt habe und dass zu diesem Zeitpunkt der kleine Junge in mir ebenfalls starb und ich meinen Weg endgültig allein gehen musste. Und so war es dann auch, was die kommenden Jahre noch zeigen sollten.

Als ich wieder in Deutschland war, verlor ich meinen ersten Arbeitsplatz am Flughafen, weil die Auszeit einfach zu lang war. Wie erwähnt, ich hatte keine Ahnung von der Arbeitswelt. In den zwei Jahren nach vorzeitiger Beendigung der Schule hatte ich die Formalitäten erfüllt, um ein Studium an einer staatlichen Fachhochschule zu beginnen.

Doch damals einen Studienplatz zu bekommen, war alles andere als ein Zuckerschlecken. Auf der Suche nach einer Fachhochschule traf ich auf die Zentrale Vergabestelle von Studienplätzen, kurz ZVS, in Dortmund. Ende 2008, also noch im Todesjahr meiner Mutter. Draußen war es dunkel und kalt und ich hatte null Ahnung, wie es eigentlich mit meinem Leben weitergehen sollte. Die ZVS war früher eine Stelle, die die Studienplätze innerhalb des Ruhrgebiets vergab. Kurze Zeit später nach meiner Bewerbung bekam ich einen Anruf von der zuständigen Sachbearbeiterin, die mir am Telefon mitteilte:

„Mit Ihrem Durchschnitt von drei Komma fünf einen Studienplatz zu bekommen, ist in Deutschland unmöglich. Sie können es mit Wartezeit probieren."

Hut ab vor solch motivierenden Wörtern, die einem in einer bereits hoffnungslos anmutenden Lage erst recht Hoffnung geben. Natürlich konnte sie nicht wissen, in welch einem emotionalen Chaos ich mich befand, doch geholfen hatte mir die Aussage bei meiner weiteren Suche wenig – bis auf die Tatsache, dass mein Kampfgeist entfacht wurde.

Ich hörte nicht auf, mich weiterhin zu bewerben, denn zu verlieren hatte ich nichts, außer vor einer inneren Sackgasse zu stehen und nicht zu wissen, was ich mit meinem Leben anstellen sollte. Es war der Moment, in dem ich ohne Flügel in einen Abgrund fiel, lediglich in der Hoffnung, den Sturz zu überleben. Der Verlust meiner Mutter kostete mich damals mit jeder vergangenen Nacht immer wieder neue Kraft. Darüber reden konnte ich mit niemandem, weil niemand da war und ich gelernt hatte Gefühle für mich zu behalten.

Kennst Du das, wenn Du etwas in Angriff nehmen willst, aber innerlich die sibirische Kälte hochkommt und Dich daran hindert? Eine Art Kribbeln in den Füßen, das Dir sagen möchte, dass das alles doch keinen Sinn hat. Ein solches Gefühl war auf der Suche nach einem Studienplatz unbewusst mein ständiger Begleiter. Und dennoch hörte ich nicht auf, es zu versuchen. Eine Absage nach der anderen kam per Post eingeflogen. Die Quote, dass man als Härtefall akzeptiert wird, lag damals bei ein bis zwei Prozent. Ich fühlte mich wie ein Stück Elend, was langsam aber sicher vor sich hin schimmelte. Den Bart ließ ich wachsen, und zu der Zeit hätte man mich mit Chewbacca von Star Wars verwechseln können. Ich ließ mich bewusst gehen. Ich hatte keinen Antrieb mehr und keine Richtung im Leben. Dennoch versuchte ich es mit jedem neuen Tag, mich an den Hochschulen zu bewerben. Es musste einfach klappen. Einen Plan B gab es nicht und sollte es auch nicht geben.

Eines Tages bekam ich eine positive Nachricht. Fachhochschule Aix-la-Chapelle – Aachen. Die Traumstadt schlechthin. So wirklich glauben konnte ich es nicht, als ich die Zusage vor mir hatte und fünf Minuten anstarrte. Das eingefrorene Herz in mir begann, langsam zu schmelzen, und die Sonne kam wieder hervor. Noch nie zuvor war ich dort gewesen, aber es fühlte sich irgendwie richtig an. Die erste Hürde war gemeistert, dann folgte die nächste Herausforderung: In einer Studentenstadt eine Wohnung zu finden bei so vielen Studenten und knappen Wohnraum. Auf ging es nach Aachen zu der ersten Wohnungsbesichtigungstour. Ich hatte dafür, auf einen Tag verteilt, unterschiedliche Wohnungen zur Besichtigung terminiert. Am Bahnhof angekommen, überkam mich direkt ein Gefühl von Wärme – etwas, das ich heute noch spüre, wenn ich die Stadt gelegentlich besuche. Der Fotograf Hossein Asgari meines Erstlingswerks wohnt dort, und hier kreuzten sich unsere Wege damals 2012 auch das erste Mal.

Zuvor fühlte ich mich noch im Sumpf der Verzweiflung, doch in diesem Moment spürte ich eine erfrischende Welle positiver Emotionen. Wir erinnern uns an dieser Stelle an die motivierenden Worte der Sachbearbeiterin vom ZVS. Die Entscheidung nach Aachen zu ziehen, stand felsenfest. Während dieser Phase habe ich die Schmerzen über den Verlust meiner Mutter gekonnt ignoriert. Ich war abgelenkt und das war für den Zeitpunkt mein Retter aus dem Kummer, auch wenn dieser mich abends wieder in meinen Träumen heimsuchte und für schlaflose Nächte sorgte.

Die erste Wohnung, die ich besichtigte, erinnerte mich gleich an den Dachboden aus dem Film „Der Glöckner von Notre Dame". Für die Disneyfigur in Ordnung, aber nicht für mich. Die Suche ging weiter. Auf dem Weg zum zweiten Termin wurde dieser noch während der Hinfahrt telefonisch abgesagt. Dann blieben noch zwei weitere Termine am selben Tag, die ebenfalls nicht positiv verliefen. Von wegen Neuanfang ohne Wohnung. Für mich bedeutete die

Wohnungssuche endlose Fahrerei von Ratingen bis nach Aachen. So setzte ich mich am Ende des Tages in eine Imbissbude und machte mir, während ich die Bratwurst mit Pommes aß, selbst ein Versprechen: „Ich werde mir auf die Schulter klopfen, wenn ich die Wohnungssuche hier hinter mich gebracht habe."

Dieses Versprechen gab mir damals die nötige Kraft, um meinen Weg weiterzugehen. Nach dem ersten erfolglosen Tag ging es für mich wieder zurück in meinen einsamen Bunker nach Ratingen. Während ich diese Zeilen schreibe, kann ich es nicht wirklich verstehen, woher ich damals die Kraft nahm für all das. Ich denke, es war die neue Rolle, die ich damals unbewusst eingenommen habe und in der ich aufging. Ein junger Mann, der seinen Weg geht, um das Alte zurück zu lassen.

Zwischenzeitlich begann bereits das Sommersemester an der Fachhochschule. Ein neues Kapitel wurde aufgeschlagen und ich verließ meine Heimat Ratingen. Die Pendelei hinterließ ihre Spuren. So wachte ich morgens um 4 Uhr auf, damit ich um 7:45 Uhr in der Hochschule sein konnte. Wieder zurück in Ratingen war ich zwischen 20:00 und 21:00 Uhr. Viel vom Tag hatte ich nicht und mich groß auf den nächsten Tag vorzubereiten, war mir auch nicht möglich. Einfach nur schlafen und aufstehen. Das Ganze insgesamt zwei Wochen am Stück, bis ich die Nase voll hatte und mich wieder auf Wohnungssuche befand.

Dann geschah ein Wunder. Ein neuer Besichtigungstermin stand an und die Lage der Wohnung war schon mal top. Studentenviertel und Neubau!

Die Wohnung passte und alles war perfekt. Na ja, fast perfekt, denn der Vormieter hatte bei der Wohnungsverwaltung seine Kündigung nicht eingereicht. Hinzu kommt, dass er für die Übernahme seiner gebrauchten Möbel 400 € haben wollte. Es ist Ansichtssache, was man bereit ist, für Gebrauchtes zu bezahlen. Damals war es für mich ein Vermögen. Und ich war als Neustudent nicht bereit, so viel Geld in die Hand zu nehmen. Ich war noch der verwundete Junge, der nach einem Neustart gesucht hatte und ihn in der neuen Stadt fand. Einige Tage später rief mich der zuständige Makler an und berichtete mir über den Stand der Dinge, dass die vom Vormieter angebotene Wohnung nicht vermietbar sei, da das Mietverhältnis noch weiterhin läuft, dafür habe er aber eine andere Wohnung frei in demselben Objekt. Bingo, dann hin zum dritten Besichtigungstermin, denn schließlich sind aller guten Dinge drei. Die Wohnung war wie für mich gemacht und sie war auch nicht möbliert. Allerdings hatte die Sache einen neuen Haken. Im Jahr 2009 gab es da noch die Maklerkaution, die jeglichen Rahmen sprengte.

Mit schwerem Herzen rief ich am nächsten Tag an und sagte ihm ab, weil ich es mir nicht leisten konnte und bat um Stornierung.

„Gut, dann storniere ich die Wohnung.“

„Ja, genau rausnehmen.“

Und im letzten Satz sagte er noch: „Ich kann bei der Kaution etwas runtergehen.“ Seinen Satz realisierte ich erst verspätet und rief dann im Nachgang „Hallo, hallo!“, da hatte er aber schon aufgelegt. „Scheiße“, dachte ich. Und keine zwei Sekunden später rief er mich zurück und ich sagte ihm zu! Hätte er nicht zurückgerufen, dann hätte ich die Wohnung nicht bekommen, in der ich die nächsten vier Jahre meines neuen Lebensabschnitts verbracht habe. Als ich meinen Vater darüber informierte, war er wenig begeistert davon. Obwohl es logisch war, dass ich die Pendelei von Ratingen nach Aachen auf Dauer nicht durchhalten konnte, hatte er das nicht ganz bedacht. Heute verstehe ich, dass es für ihn ebenfalls ein Neuanfang war. Der erneute räumliche Verlust seines Sohnes, der ihn seitdem 13. Lebensjahr tagtäglich besuchte. Es hatte zwischen uns in all dieser Zeit keine wirkliche Trennung gegeben. Als einziges ihrer Kinder konnte ich über die Jahre eine Beziehung zu beiden Elternteilen erleben. Mit der Hilfe eines Bekannten war es dann geschafft. Der Umzug war vollendet. Endlich raus aus dem Chaos. Ich hatte nun alle nötigen Bausteine gelegt, auf denen ich ein neues Leben begründen wollte, und doch … meldete sich das verwundete Herz. Mir fehlten die Zuneigung und Wärme von jemandem, der an meiner Seite stand. Die Liebe eines Menschen.

Du gehst deinem Alltag nach und es scheint alles perfekt zu laufen. So perfekt, dass das Herz aber unglücklich ist, während der Verstand sagt, dass doch alles gut läuft. In diesem Moment habe ich das gemacht, was man eigentlich nicht tun sollte, nämlich den Hilferuf der Seele zu ignorieren. Ich tat das so lange, bis ich in der neuen Wohnung in Aachen nachts nicht mehr einschlafen konnte. Der Verlust meiner Mutter und der bereits drei Jahre zurückliegende Rauswurf hatten mich heimgesucht. Nie habe ich mit jemandem über meine Probleme gesprochen. So bin ich aufgewachsen und hatte es im Freundeskreis in der Schule beigebracht bekommen. Wer cool ist, zeigt seine Gefühle nicht. Der Gefühlsdamm aber war gebrochen und ich war nicht mehr Herr über den Sturm der angestauten Gefühle, die mich schließlich in Momenten der Ruhe und Stille zu Hause einholten. Ich kam an einen Punkt in meinem Leben, an dem es nicht mehr so weitergehen konnte. Weder auf das Studium noch auf irgendetwas anderes konnte ich mich konzentrieren. Zwar waren gelegentliche Partys mit Alkoholgenuss erste Zufluchtsorte für mich, aber selbst diese Form der Ablenkung hatte nach einer Zeit ihren Reiz verloren. Am nächsten Morgen war das innere Loch dann noch größer als zuvor. Ich brauchte Hilfe, und zwar professionell. Ich holte die Überweisung aus der Schublade, die ich kurz nach dem Tod meiner Mutter von meiner Allgemeinärztin aus Ratingen bekommen hatte. Nicht im Ansatz hätte ich daran gedacht, dass ich eines Tages darauf zurückkommen würde.

Ich machte mich auf die Suche nach einem geeigneten Psychotherapieplatz und stellte schnell fest, dass es doch eine Vielzahl von Menschen gab, die diese Art der Heilung in Anspruch nahmen. Das war damals noch ein Tabuthema, über das niemand öffentlich sprach, geschweige denn zugab, dass er oder sie eine Therapie machte.

Wir sprechen offen über alle Krankheiten des Körpers, aber wenn es um die Seele geht, schweigen wir.

Ein völlig falsches Bild von Psychotherapie. Ich hatte dieses Bild ebenfalls, deswegen ließ ich die Überweisung auch lange Zeit in der Schublade liegen.

Erneut lag eine Mammutaufgabe vor mir. Einen Therapieplatz zu bekommen, und zwar sofort. Auf etlichen Anrufbeantwortern hinterließ ich eine Nachricht mit dem Grund meiner Kontaktaufnahme, manchmal auch ein wenig emotional, in der Hoffnung, dass es dann schneller geht. Von einer Therapeutin erhielt ich den Hinweis, mich auf die analytisch-tiefenfundierte Therapieform zu konzentrieren und meine Suche danach auszurichten. Das war schon mal ein kleiner Lichtfunke im dunklen Tunnel. Es gibt nämlich noch die Verhaltenstherapie, Musiktherapie, Gestalttherapie … Und nicht immer weiß man im Voraus, welche Form die Zutreffende für einen selbst ist. Ich hatte erneut Glück. Nach etlichen Versuchen meldete sich die Diplom-psychologische Psychotherapeutin Frau H. Eine zu dem Zeitpunkt bereits ältere Dame, wahrscheinlich über 60. Der Therapieraum war an ihrem Haus angebaut, das auf einem Hügel stand, und hatte ein großes Fenster mit Blick auf ihren Garten. Jedes Mal, wenn ich zu einem Termin dorthin musste, war es ein wenig wie Bergsteigen, denn es ging steil bergauf. Mein symbolischer Weg, um aus dem Sumpf herauszukommen, indem ich mich befand.

Der Raum hatte eine warme Atmosphäre. Es war wie in einem weiträumigen Wohnzimmer, ein großer roter Teppich mit Mustern war verlegt. Ich fühlte mich schnell wohl. In der ersten Stunde, als ich anfing, zu sprechen, fühlte ich mich komisch. Ich sollte sprechen. Worüber konnte ich selbst entscheiden. Du betrittst einen Raum, in dem ein fremder Mensch gegenüber sitzt, den du noch nie zuvor gesehen hast, und von der einen Minute auf die nächste sollst du dich emotional ausziehen. Bis zu meinem 22. Lebensjahr hatte ich meine Probleme mit mir herumgeschleppt, abgesehen von den engen Freunden, die ich um mich hatte, wusste die Außenwelt nur das, was sie wissen musste – und das war nur ein Bruchteil dessen, was ich erlebt hatte. Denn es galt ja, den Schein aufrechtzuerhalten und dabei meine Maske zu tragen. Den Schein, dass ich stark und unverletzlich sei. Vor allem, wenn Du wie ich in so einer Konstellation aufwächst: Von außen ist das innen tobende Chaos sichtbar, aber dennoch wird so getan, als ob dieses Haus Geborgenheit, Zuneigung und Sicherheit gibt. Für 19 Jahre lebte ich nach diesem Muster. Mit dem Rauswurf war zwar das Glashaus kaputt, aber innerlich drehte sich das emotionale Hamsterrad weiter.

Im Gesprächsraum redete ich über alle Dinge, aber nicht über den Tod meiner Mutter. Zu Beginn war ich noch nicht soweit. Die Therapeutin sagte mir, dass alles seine Zeit hat und ich eines Tages von selbst auf dieses Thema zu sprechen kommen werde. Ich sollte mir in dieser Hinsicht keinen Druck machen. Ungeduldig wie ein Delfin wollte ich alle Verletzungen, die ich seit meiner Kindheit erfahren hatte, geheilt wissen. Zackzack. Ich gehörte zu den ungeduldigsten Klienten, die voller Erwartungen in die Therapie gingen, denn bis zu diesem Schritt hatte ich lange mit mir gehadert. Zu den Klienten, die dachten, dass Therapeuten Zauberer der verletzten Gefühle wären. Dass die netten Menschen auf der Couch eine Art Jedi wären, die mit einer Handbewegung jegliche Verletzungen heilen könnten. Sie haben es doch schließlich studiert. Ich war noch zu jung, um das Ganze zu verstehen. Es war ein guter Ort für mich, um das rastlose Schiff, das ich im Innern war, für einen Moment anlegen zu lassen. Die Gedanken zum Schweigen zu bringen und in mich hinein zu horchen war etwas Neues für mich, was ich so in dieser Art zuvor nicht kannte. Es fühlte sich seltsam an.

Die erste Stunde verging wie im Flug und ich sollte das Gespräch auf mich wirken lassen und mich wieder melden, wenn ich weitere Sitzungen wünschte. Als ich den Raum verließ, kam ich mir von einer Last befreit vor. Es war, als wären mir mehrere Steine vom Herzen gefallen, die ich im Laufe der Jahre fleißig gesammelt habe.

Es ist vergleichbar mit dem Kloß im Hals. Du spürst es quasi und wenn Du dann die Gelegenheit nutzt, die Luft raus zulassen – sei es durch Schreien oder durch eine Aussprache – wie entspannt Du Dich danach fühlst, dass Du es getan hast! So in etwa fühlte ich mich und ich war mir sicher, dass ich diesen Weg weitergehen muss. Kurz darauf meldete ich mich wieder bei ihr und teilte ihr meinen Entschluss mit, die Therapie bei ihr beginnen zu wollen. Eine Entscheidung, von der sonst keiner wusste, außer mir. Denn ich wollte meinem neuen sozialen Umfeld gegenüber kein Anzeichen von Schwäche zeigen. Zu sehr lebte ich die Aufrechterhaltung des Scheins – des starken und coolen Mannes. Ich musste zusehen, dass ich schnell richtig erwachsen werde.

Bei der Aufarbeitung kamen all die längst vergessenen Dinge zum Vorschein, die unbewusst eine große Rolle in meinem Leben gespielt haben. Da gingen wir weit in die Vergangenheit und fingen an mit den Gewalterfahrungen, die ich als kleines Kind am eigenen Leib erfahren und bei anderen mit angesehen habe. Ich saß da und redete über meine Geheimnisse. Und was macht das Gegenüber?

Aufschreiben und keine Reaktion zeigen.

Einige Klienten begehen leider den Fehler, dass sie zu viele Erwartungen an den Therapeuten haben, so wie ich damals.

„Jetzt mache ich schon den großen Schritt, über mein Inneres zu sprechen, dann soll er gefälligst alles lösen und Simsalabim ist alles wieder super."

Irgendwann fing ich damit an, mir zu sagen, dass schon alles seinen Grund haben wird – dies behielt ich über die Dauer der verbleibenden Therapiezeit bei. So habe ich im Laufe der Zeit eine unendliche Geduld entwickelt. Geduld gegenüber meinen Erwartungen und verletzten Emotionen.

Mein Ratschlag an alle, die darüber nachdenken: Wenn Dir die Nase des Therapeuten nicht gefällt, dann gib nicht auf. Du hast die fünf sogenannten *probatorischen Sitzungen*, um zu schauen, ob eine Zusammenarbeit Sinn macht oder nicht. Zur Sicherheit kannst Du Dich auch bei Deiner Krankenversicherung erkundigen.

Im Austausch mit einigen Betroffenen habe ich gelegentlich ein Bedauern gegenüber der Wahl des jeweiligen Therapeuten herausgehört. Sogar, dass dieser die Situation verschlimmert hätte. Es muss nicht so weit kommen. Brich die Therapie nicht ab. Ein Wechsel bewirkt manchmal wahre Wunder.

Die Therapie war der erste Schritt, weil ich zum ersten Mal etwas ich für mich selbst tat und nicht für andere. Die Entscheidung, studieren zu gehen, kam nicht zu hundert Prozent von mir. Es war ein Mix aus Verzweiflung und dem Wunsch meiner Familienmitglieder und Verwandten. Natürlich wollten zu dem Zeitpunkt alle das Beste für mich. Doch manchmal sind die besten Wünsche nicht das, was Kinder wirklich wollen oder benötigen. Ich spielte mit dem Gedanken, nach der Schule eine Banklehre zu machen – was ich ursprünglich nach meinem Realschulabschluss vorhatte. Meine Eltern haben sich in ihrer Einflussnahme, was meine Berufswahl betraf, regelrecht abgewechselt. Statt in die Banklehre führte mein Weg also ins Studium. So wirklich interessiert hat es mich nicht. Diesen Eindruck hatte ich auch bei manchen Kommilitonen. Es hieß: Weg vom Elternhaus und rein ins Leben! An oberster Stelle stand damals nicht das Lernen. Meine Priorität war, meine verletzte Seele zu heilen, anstatt wieder zu flüchten. Ich besuchte ausschließlich die Kurse, die mir gefielen, wie Personalwesen oder Berufsfranzösisch, die ich auch mit Leichtigkeit bestand. Alles andere war nicht meins. Diese zwei Fächer sind nach wie vor meine Stärken. Menschen und Kommunikation. Kein Wunder also, warum es mich heute auf die Bühne und vor die Kamera gezogen hat.

Ich mache das, was ich kann und nicht das, was andere denken, was ich tun sollte. Dies würde ich prinzipiell jedem Menschen ans Herz legen, der sich aktuell neu orientiert. Und zwar vom ganzen Herzen. Ich musste es bitter lernen, bis ich wirklich verstand, was ich wirklich wollte. Ich beherrsche nämlich neben Deutsch, Tamilisch, Englisch, Französisch auch Grundkenntnisse im Singhalesischen, der offiziellen Amtssprache Sri Lankas.

Kennst Du solche Jahre? In denen Du vor Dich hingelebt hast, aber in Wirklichkeit einen Weg gegangen bist, den andere Dir vorgeschrieben haben? Es müssen nicht immer die Eltern sein, auch Partner, Freunde, Bekannte etc. geben Dir einen Weg vor, der für das Image gut ist, aber nicht für DICH selbst.

Ich befand mich in einer Findungsphase und habe deshalb die Klausurmantren meiner Therapeutin gezielt ignoriert. Natürlich war sie verärgert, als sie erfuhr, dass ich das Semester ohne eine Klausur zu schreiben beendet hatte, aber mir war das in dem Moment egal. Ich war an einem Ort (Uni), an dem ich nicht sein wollte und offen gesagt auch nie gehörte, so wie viele weitere Tausende von Studenten, die das Studium nach ein paar Semestern abbrechen.

„Na, das haben Sie ja wunderbar hinbekommen“ war ihre verärgerte Reaktion während einer Sitzung. Ich reagierte nicht, schwieg und kam dann hingegen auf das Thema zu sprechen, das mich beschäftigte.

Ich konzentrierte mich in den ersten Jahren meines Studiums auf Therapie, Beziehung und Arbeit. Ein Virus aus drei Bausteinen, mit dem ich mein altes Programm infiziert habe, um mich aus meinem eigenen Gefängnis zu befreien.

Ein wichtiges Fundament war auch die Meditation, der ich seit meinem 14. Lebensjahr täglich nachging. Auch wenn es jeweils nur einige Minuten waren, so habe ich mich doch in die spirituelle Welt geflüchtet, die mir bis zum 24. Lebensjahr Kraft und Energie gab. An dieser Stelle betone ich, dass ich nichts gegen Spiritualität als solche habe. Doch heute sehe ich den Weg zu sich selbst in erster Linie als den wichtigeren Schritt, bevor man sich auf den Weg macht, in Tempeln nach „Gott" zu suchen. Selbst Hermann Hesse fuhr nach Indien, um die Wahrheit zu finden, während ich sie in einer 25 m² großen Studentenwohnung in Aachen fand, wo ich begann, die Frage, wer ich in Wirklichkeit bin, zu beantworten. Daraus wurde 2016 das Programm: *„Die Identitätsreise – Wer bin ich wirklich?"*, womit ich bundesweit in Schulen unterwegs bin.

Die Hindu-Tempel waren damals meine Fluchtorte. Flucht vor der Tatsache, dass ich ein Hamster in meinem eigenen Hamsterrad war und mir selbst etwas vormachte. Die Meditation gab mir für einen kurzen Moment die nötige seelische Betäubung. Umso mehr suchte ich immer wieder Tempel auf, wenn mich die verletzte innere Stimme heimsuchte. Auf meiner Reise durch die verschiedenen Kulturen konnte ich das gleiche Muster auch in anderen Gesellschaftsformen im Exil erkennen. Ich zähle die Herkunftsländer nicht auf, aber ist wirklich in großen Teilen übertragbar auf einige andere Kulturen, die hier in Deutschland isoliert in ihren Kreisen leben.

Ein kurzer Ausritt in den Hinduismus: Wenn man ihn konsistent praktizieren würde, dann dürften Hindus kein Fleisch essen. Weil Tiere als ganzwertige Lebewesen angesehen werden und man laut hinduistischem Weltbild ein Leben beendet, um sein eigenes zu ernähren, was falsch ist, so der Mythos. Doch manche Hindus picken sich die Dinge heraus, die ihnen passen, und stricken sich daraus ihre eigene Philosophie. Eine Lebensphilosophie.

Ihre kunterbunten Farben sind bewusst kraftvoll und so manche Frauen sind auch besonders in den Sarees ein echter Hingucker. Sarees, das sind Gewänder, die die Frauen tragen. Sie kosten locker um die 500 bis 800 Euro – es gibt keine Grenze nach oben. Es gibt ungefähr 60.000 Tamilen, die verteilt in Deutschland leben. Sri Lanka war mir immer ein Stück näher, wenn ich Tempel und Hochzeiten besuchte. In Deutschland gibt es mehr als 100 Tempelanlagen. Während meiner Tempelpilgerzeit als Jugendlicher und Erwachsener habe ich im Stehen die Augen geschlossen und mit meinen Armen, die sich an den Händen zusammenfanden, einen Halbkreis gebildet. Zu dieser Zeit war es das richtige Auffangbecken für mich und meine Seele. Die Flucht in den Glauben. Das gab mir Seelenfrieden in einer Welt, in der ich meine inneren Narben nach außen nicht zeigte.

Mit 24 verabschiedete ich mich vom praktischen Glauben, doch die Theorie, dass es einen Gott gibt, daran halte ich heute noch fest. Nur hat dieser heute bei mir keine Gestalt. Es macht für mich keinen Sinn, in einer Statue, die zuvor durch Menschenhand geschaffen wurde, „Gott" zu sehen. Gott ist für mich heute universell. Ein weiterer Wendepunkt für mich: Zu Beginn dieses Lebensjahres traf ich die Entscheidung, mein Studium endgültig abzubrechen. 2011 war das. Niemand in meinem Umfeld war wirklich begeistert von meiner Entscheidung. Mir blieb nur der Glaube an mich selbst, der mir schließlich den Erfolg brachte, den ich heute habe. Der Glaube, dass ich die richtige Entscheidung getroffen habe. Endlich Verantwortung zu übernehmen.

Und diesmal hatte ich den Mut, mich selbst auf die Suche nach einem neuen Weg zu begeben, weil ich nicht mehr zu Hause wohnte. Auf fünfzig Bewerbungen für eine Ausbildungsstelle sollten mehr als zehn Vorstellungsgespräche in den unterschiedlichsten Branchen folgen. Tourismus, Bank, Wirtschaft. Und bei fast allen Einladungen beschlich mich ein Gefühl von Rückschritt. Ich kann mich noch erinnern, als ich mich beim Dortmunder Flughafen beworben hatte, der mehrere Kilometer entfernt von der Innenstadt lag. Rund dreißig weitere Bewerber waren anwesend. Schon damals galt es für mich, mich nicht zu verstecken. Was ich jedoch vergessen habe, war, dass „Lehrjahre keine Herrenjahre" sind, sprich Klappe halten und tun, was dir der Chef sagt. Dass es mit meinem Mundwerk in

Sachen Kommunikation schwierig wird, hätte ich nicht gedacht. Der Personalleiter gab mir am Ende des Vorstellungsgesprächs Folgendes mit: „Herr Manick, Sie sind sehr selbstbewusst und sehr zielstrebig. Ein wenig zu zielstrebig. Im Einstellungstest fehlten ihnen im Bereich Wirtschaft einige Punkte. Sie kommen vielmehr rüber wie ein Geschäftsführer als ein Azubi. Deswegen hat es nicht geklappt.“ Was für ein Kompliment. In dem Moment wusste ich nicht, ob ich ihm danken oder weinen sollte. Jedenfalls bin ich mit einem breiten Grinsen wieder herausgegangen. Ich verabschiedete mich noch, doch der Herr schaute nur kommentarlos. Als ich auf dem Flur war, konnte ich nicht mehr an mich halten und fing an zu lachen – da war ja keiner mehr, der Flur war bereits leer. Vielleicht lag es auch an dem roten Schlips auf dem weißen Hemd und dem schwarzen Sakko, was ihn verwirrt hat. Oder er hatte Angst, dass ich ihm eines Tages seinen Bürostuhl wegnehmen könnte. Seitdem trage ich ungern Krawatten, denn ich will ja nicht unnötig für einen Vorstandsvorsitzenden eines Konzerns gehalten werden. Vielleicht hätte ich die Stelle bekommen, wenn ich in einer grünen Latzhose erschienen wäre. Ich weiß es nicht. Mittlerweile ist das auch schon mehr als zehn Jahre her. Einstellungstests sind meiner Meinung nach, und das bestätigte sich später im Berufsleben, eine Momentaufnahme, die nicht gleichzeitig die tatsächliche Begabung einer Person widerspiegelt. Das Talent zeigt sich in der Praxis und nicht auf dem Papier. Aber so sollte es sein und ich dachte mir nur:

„Was für ein Glück, dass ich dort nicht anfange." Buben in Form von Azubis gesucht, doch leider war ich längst kein Bub mehr.

Die Suche ging weiter und mit der Zeit verschwand auch langsam meine Motivation, aber ich gab nicht auf. Für mich war das nie eine Option. Eine von vielen Bewerbungen war jene bei der weltweit führenden deutschen Firma für Technik & Elektronik. Mit den fünf großen Buchstaben. Für mich damals eine viel zu große Nummer, aber ich habe mich dort einfach mal aus Lust und Laune beworben – schlicht, um zu sehen, was passiert. Nach zwei Wochen bekam ich die Einladung zum Einstellungstest. Neben mir waren weitere 15 Bewerber anwesend – von insgesamt 100 Bewerbern. Ich gab mein Bestes und der Test lief gut. Insgesamt hatte ich ein neutrales Gefühl. Einer in unserer Gruppe hatte von Anfang an ein recht arrogantes Auftreten. Kariertes Hemd, blaue Jeans, feine Schühchen und ein narben- und faltenfreies Gesicht. Haare zur Seite gekämmt wie eine Eins – mit so viel Gel, dass die ganze Tube bestimmt leer war. Ein schöner Junge halt, der mit seiner Haltung jedem im Raum repräsentierte, dass er den Test so was von bestehen wird und die Firma nur auf ihn gewartet hat. In dem Moment dachte ich nur, dass sich der Freund von Barbie für die Stelle bewirbt. Meine Gedanken behielt ich natürlich für mich. Ich ließ ihm seine Show. Der dachte sich bestimmt: „Was will der Computer-Inder hier?" Na ja, auf jeden Fall schaute der schöne Junge nicht schlecht, als die Auswertung kam.

Die drei Besten wurden am selben Tag noch zum Gespräch eingeladen. Ich gehörte dazu, er wiederum nicht. Und was habe ich ihn angegrinst, als er mich mit Teufelsblick anstarrte. In dem Moment dachte ich nur: „Tja, Mr. Sunshine, so ist das manchmal im Leben, wenn man die Leute von oben herab anschaut."

Runde zwei. Nur mit dem einzigen Haken, dass ich mich nicht über die Firma informiert habe. Warum ich diesen Mut zur Lücke hatte? Weil ich die ganze Sache gar nicht ernst nahm, da es sich um einen Großkonzern handelte und ich zu diesem Zeitpunkt ein ziemlich niedriges Selbstwertgefühl hatte, welches ich von zu Hause aus mitnahm. Bevor ich drankam, war noch eine Mitbewerberin im Gespräch, sodass ich im Foyer die Zeit nutzte, um die zweite Bewerberin, die mit mir wartete, auszufragen, was sie über die Firma weiß. Sie war meine Rettung. Jedes einzelne Wort habe ich abgespeichert wie eine Festplatte. So ging ich als letzter ins Gespräch. Vor mir saßen die Personalleitung, der Innendienstleiter sowie der Niederlassungsleiter. Es war die Höhle der Löwen, nur ohne Kamera. Ich, mit meinen 24 Jahren, meinem hellblauen Hemd und Jeans und der frisch beladenen Festplatte, saß nun da in der Hoffnung, dass endlich die Frage nach dem Wissensstand über die Firma kommt. Die Frage kam und ich habe sie wie aus der Pistole geschossen beantwortet. Zu schön, um wahr zu sein, doch ganz so einfach war es dann doch nicht. Da kam noch eine Hammerfrage hinterher. Und zwar direkt vom Niederlassungsleiter. Dem Rudelführer, der die stärkste Aura von allen hatte.

„Was will der denn jetzt?", dachte ich mir. Ich kam mir vor, als würde ein riesengroßer Scheinwerfer auf mich leuchten.

„Wie wird denn so eine Heizung warm?" und dabei lehnte sich sein rechter Arm mit einem leichten Grinsen an den Heizkörper hinter ihm. Als ob mir der Joker persönlich die Frage stellen würde. Ganz nach dem Motto: „Joar, junger Mann, ist ja alles schön und gut, aber jetzt zeig mal, was du draufhast". Und dieser durchdringende Blick, wie beim Pokern.

Jackpot, da war der Moment der Wahrheit! Ich wurde kreativ und ließ mir meine Nervosität nicht anmerken.

„Ich weiß es zwar nicht, aber ich versuche es jetzt mit meinem logischen Verstand zu erklären. Also unten im Keller gibt es den Heizkessel, der, sobald die Heizung oben eingeschaltet wird, das Wasser nach oben transportiert."

Soweit schon mal richtig. Er nickte.

„Und was passiert mit dem Wasser?"

„Ja, das bleibt dann in der Heizung."

Zack falsch! Das Wasser geht wieder zurück in den Heizkessel.

Aber nur ein kleiner Fehler, was sich später herausstellte.

Das Gespräch verlief recht gut und ich war durch.

Ich war ausgepowert – aber das war es wert, denn es handelte sich um einen Großkonzern. Mit meinem abgebrochenen BWL-Studium war das die Chance schlechthin. Nach etwa drei Wochen bekam ich die

Zusage und ich freute mich wie ein kleines Kind. Etwas, was ich mir in meinen kühnsten Träumen nicht hätte vorstellen können. Manchmal passieren Wunder, wenn man daran glaubt. Und in meinem Leben passierten solche Wunder oft in Momenten, wo ich nicht mehr weiter wusste. Und bei mir war es zu dem Zeitpunkt das zweite Wunder, nach dem Studienplatz.

Von der Vorstellung, dass ich nur auf hoch motivierte Mitarbeiter im neuen Unternehmen treffe, wurde ich schnell des Besseren belehrt. Es gab ja noch den Ausbilder, der weder im Vorstellungsgespräch noch anderswie zu sehen war. An den ersten drei Tagen war er im Urlaub gewesen und dennoch habe ich das Beste aus dem Start gemacht.

Als ich ihn zum ersten Mal sah, waren das seine einleitenden Worte:

„So jetzt sagen Sie mir mal, woher Sie kommen und was Sie hier in den ersten drei Tagen gemacht haben."

Übersetzt sollte es heißen: „Hallo, ich bin dein neuer Kommandant und ich werde dir das Leben zur Hölle machen." Fehlte nur noch die Uniform, dann wäre es filmreif gewesen und ich hätte vor ihm salutiert. Nachdem ich ihm ein paar Sätze zu meiner Vita erzählt habe und er hörte, dass ich der deutschen Sprache mächtig war, nickte er mir die meiste Zeit wie ein Nussknacker zu und setzte zum zweiten Schlag an: „Wenn man kein technisches Verständnis hat, dann wird es hier die nächsten drei Jahre schwierig. Das ist kein klassischer kaufmännischer Groß- und Außenhandelsberuf, sondern eher eine technisch-kaufmännisch fundierte Ausbildung."

Meine Motivation war im Keller. Das nenne ich mal Azubi-Begeisterung. In dem Moment fragte ich mich, warum ich gerade dem schwierigsten Menschen aus der Firma begegnen muss. Wenn Unternehmen solche Mentoren auf die Azubis loslassen, dann wundert es mich nicht, dass wir heute diese schnelllebige Welt mit sogenanntem „Fachkräftemangel" haben. Heute lassen sich die jungen Menschen nichts mehr gefallen, vollkommen anders, als das noch vor 40 Jahren der Fall war.

Ich kam meiner Identität immer näher und fing an, gewisse Dinge aus der Kindheit zu hinterfragen. Ich wollte endlich raus aus der Matrix. In der Firma konnte ich mir innerhalb von sechs Wochen die gesamten Prozesse aneignen und war in der Lage, selbstständig Kundenaufträge ins System einzugeben sowie Aufträge entgegenzunehmen. Eine Geschwindigkeit, die dem Ausbilder nicht passte, bis er eines Tages mein Tempo drosselte.

„Schalten Sie Ihr Telefon auf besetzt und beschäftigen Sie sich acht Stunden mit dem Heizungskatalog und das jeden Tag! Das machen Sie solange, bis Sie alles drauf haben. Sie müssen jedes kleinste Ventil kennen, damit Sie alle Kunden bedienen können."

Zunächst war ich verdutzt, aber ich widmete mich dieser trockenen Aufgabe. Mir blieb nichts anderes übrig. Ich war im Selbstwertgefühl noch ein Küken und hatte keine Ahnung, wie ich als Azubi meine Rechte einfordern konnte. Kein Kundenkontakt, stattdessen Hunderte von Seiten voll minutiöser technischer Details. Und alles drehte sich um Heizungen.

Das Ganze sah aus wie ein Lehrbuch über Lego-Bausteine. Schon wenn ich den Katalog sah, bekam ich leichte Migräne. Meine Kopfschmerzader verlief immer an der Schläfe entlang.

Acht Stunden am Tag hieß es für mich, meine Nerven erneut auf den Prüfstand zu stellen und das zu einem Zeitpunkt, in dem es zusätzlich privat anfing, zu kriseln. Die große Welle hatte sich langsam aber sicher Monate zuvor angekündigt.

Obwohl ich das Gespräch mit ihm suchte, hatte ich das Gefühl, dass er umso sturer in seiner Haltung wurde. Sprich ein Mensch, der mit Tunnelblick durch die Welt ging und jungen Menschen, die schneller und effizienter waren, unnötige Hürden in den Weg stellte. Denn durch interne Gespräche mit anderen Kollegen erfuhr ich, dass zuvor bereits ein anderer Azubi die Firma verlassen hatte. Und das schon in den ersten Monaten der Ausbildung.

Die Tatsache, dass ich bereits mehr als fünfzig Bewerbungen hinter mir hatte und mich als einziger von einhundert Mitbewerbern durchgekämpft habe, gab mir das nötige Durchhaltevermögen, nicht sofort hinzuschmeißen. Also arrangierte ich mich mit meinem negativen Gefühl, das mir immer wieder signalisierte, dass ich am falschen Ort war. Die Frage nach dem Warum wurde in mir mit der Zeit lauter.

Und diese Ignoranz meiner inneren Stimme hatte mir am Ende mehr Probleme eingebracht, als ich erahnen konnte. Meine Gefühle hatten sich aufgestaut und brachen dann in einem Gespräch mit dem damaligen Ausbilder wie eine unaufhaltsame Welle hervor.

Ich bat um eine Verlegung der Ausbildungsstätte. Auf die Bitte folgte nach vier Wochen die Kündigung. Das war das Beste, was mir zum damaligen Zeitpunkt passieren konnte – mir aber noch nicht bewusst. Denn die gewaltige Welle, die mich noch überrollen sollte, kam langsam aber sicher immer näher.

Meine damalige erste Beziehung ging in die Brüche. Danach folgte die oben beschriebene Kündigung. Meine Freunde waren auf einmal wie vom Erdboden verschluckt. Zu dieser Zeit waren sie nicht für mich da. Und das liebe Geld war dann auch weg. All das geschah unabhängig voneinander. Für mich war das die volle Ladung Schicksalsschläge auf meinem neuen Weg, den ich gerade erst eingeschlagen hatte. Ich fiel in einen dunklen Tunnel und war ohne Orientierung.

Nächtelang konnte ich nicht einschlafen. Gedanken plagten mich und mit jedem neuen Tag versank ich tiefer in meiner Isolation, bis ich eines Tages nicht mehr weiterwusste und die Klinik aufsuchte. Angekommen im Krankenhaus, sollte ich im Flur warten. Eine Situation, in der ich zum Stehen bleiben gezwungen wurde. Ich schaute zum Ende des Flurs und dachte: „So weit ist es schon gekommen. Endstation." Ich blickte auf meine Hände und konnte es nicht fassen. Kälte stieg in mir hoch und ein Gefühl der Ohnmacht machte sich in mir breit. Nach etwa 30 Minuten kam dann ein Engel in Gestalt einer Ärztin zu mir und bat mich, ins Zimmer zu kommen. Frau Dr. M. hielt mir darauf einen Spiegel meiner Seele vor Augen. Ich vertraute mich ihr an und während ich sprach, fing ich leicht an, zu stottern. Sie hörte mir in Ruhe zu und ich wünschte, ich hätte in diesem Moment genau ihre innere Ruhe gehabt.

Ein Mensch, der zu diesem Zeitpunkt für mich eine unheimliche Wärme ausstrahlte, antwortete auf meine Geschichte mit folgenden Worten: „Ich glaube, dass Sie ein sehr starker Mensch und aufgrund der aktuellen Ereignisse erschöpft sind. Gerade jetzt müssen Sie auf sich Acht geben. Seien Sie behutsam! Ich nehme Sie hier nicht auf. Dann würde es Ihnen nur noch schlechter gehen, glauben Sie es mir."

Das war nicht die Antwort, die ich in diesem Augenblick hören wollte, doch mich selbst ins Zimmer einweisen, das konnte ich nicht. Dieses kurze Gespräch allein hatte mir irgendwie ein Stück weit Kraft gegeben und ich ging wieder nach Hause. Es war der Monat November, draußen war es kalt und dunkel. Und diese Kälte durchströmte meinen ganzen Körper.

Ich hatte die Sätze der Ärztin auf mich wirken lassen und wirklich darauf geachtet, dass ich mich nicht selbst fertigmache oder zu sehr belaste. Aber geschwächt war ich noch. Ohne an dieser Stelle in Selbstmitleid zu verfallen, hatte ich damals weder meine noch sonst jemanden, der mir nahestand und mich aufbaute. Die einzigen Anlaufstellen, um überhaupt über mein inneres Befinden zu sprechen, war die Therapie und bis heute meine ehemalige Realschullehrerin Frau L., die mich seit nunmehr 24 Jahren begleitet. Diese zwei Menschen gaben mir als Vertrauenspersonen damals den nötigen Halt, um nicht komplett in die Opferrolle zu fallen. Hätte ich damals noch den Glauben an mich selbst verloren, wäre ich sicher woanders gelandet. Selbstzweifel oder Selbstverurteilung sind das Öl für das innere Feuer der Depression, das damals in mir brannte. Ich hatte unzählige Chancen, mich auf diesen Gefühlen auszuruhen und ihnen die Schuld an allem Übel zu geben.

Obdachlose sind häufig Menschen, die irgendwann aufgegeben haben, zu kämpfen. Den Kampf gegen psychische Verletzungen und gegen das Spiel des Schicksals. Vor allem bei wohnungslosen Männern findet sich häufig das Muster des Verlustes von Familie und Arbeit. Als ich 12 Jahre alt war, sah ich im Fernsehen die Reportage eines seit über zehn Jahren auf der Straße lebenden Obdachlosen. Auf die Frage des Reporters, wie es dazu gekommen ist, antwortete er: „Ich war Dreher beim Großkonzern. Zuerst hat mich meine Frau mit den Kindern verlassen, dann habe ich meinen Job verloren und dann bin ich hier gelandet." Zwölf Jahre später war ich in einer ähnlichen Situation. Ich hatte alles, was ich zuvor aufgebaut hatte, verloren. Meine Säulen, die mir Kraft und einen Sinn im Leben gaben, waren weg.

Zu der Zeit, als bei mir alles zusammenbrach, hörte ich die gleiche Aussage von einem Obdachlosen, den ich an diesem Tag an einer Bushaltestelle am Kaiserplatz in Aachen traf. Ich stellte ihm die Frage, wie es dazu gekommen ist, und bekam als Antwort: „Ich war viermalverheiratet gewesen. Ich bin studierter Diplom-Kaufmann. Und viermal haben mich die Frauen verlassen."

Diesen Satz sprach der Mann mit einer schweren Trauer und ich schaute ihm dabei tief in die von Tränensäcken untermauerten Augen. Dieser Moment prägt mein Leben bis heute. Tatsächlich war in diesen Augen eine Geschichte zu sehen. Die Geschichte eines Menschen, der einst gelebt und geliebt hatte, verletzt wurde und aufgegeben hat. Was wäre nur passiert, wenn ihm damals gute Menschen beiseite gestanden hätten? Ein Freund, der an seiner Seite gewesen wäre? Und das nicht nur in guten Zeiten, sondern auch in schwierigen.

Ich fühlte mich allein und einsam. Um ein Haar hätte ich den Weg der Heilung verlassen und die Flucht ins Aufgeben auf der Straße gesucht. Ich war in einer geistigen Sackgasse. Der stärkste Kämpfer kommt eines Tages an seine Grenzen. Um wenigstens abends die Augen schließen zu können, habe ich mir zum ersten Mal selbst eine Flasche Wodka an der Tankstelle gekauft. Ich trank nur ein paar Schlücke, weil ich das Zeug einfach eklig fand. Ich habe keine Wirkung gespürt und mir dann nur etwas vorgemacht. Irgendeine höhere Kraft hinderte mich daran, dass es mir schmeckte. Am nächsten Morgen sagte eine innere Stimme ganz leise zu mir: „Einmal kommst Du noch mal wieder. Besser und stärker." Es war die Stimme, die ich über Jahre hinweg ignoriert habe. Mich dick gefressen hatte ich ebenfalls zu der Zeit. Von Hüftgröße 46 auf satte 50. Ich stand an dem Morgen aus dem Bett auf und entschied: „Es muss anders gehen!", und schmiss die noch volle Wodka-Flasche in den Papierkorb.

Ein neuer Plan musste her, ein neuer Weg, denn wenn ich so weitermachte wie bisher, war es wieder nur eine Frage der Zeit, bis mich die nächste Welle aus der Lebensbahn warf. Neustart bedeutete in meinem Fall, alles, was ich gesehen und erlebt habe, auf Reset zu setzen. Doch wie? Ich setzte mich an den PC und suchte nach „Persönlichkeitsentwicklung", „Neustart im Leben" und „Coaches". Begriffe, die mich vorher überhaupt nicht interessierten. Bis ich auf jemanden aufmerksam wurde, der auf mich einen authentischen Eindruck machte. Schnell gewann er mein Vertrauen, weil ich weder Zeit noch Nerven hatte, die Angebote auf dem Markt großartig zu vergleichen. Damals war Coaching noch nicht so verbreitet wie heute, wo jeder Zweite diesen Titel für sich in Anspruch nimmt. Für sein Coaching-Produkt hatte ich kein Geld und so kreativ wie ich damals war, kontaktierte ich das Management und schilderte meine Situation. Ich hatte Glück und erhielt das Produkt, das den Grundstein meines neuen Lebens stellen sollte, gratis! Mehr als ein Nein hätte ich nicht bekommen können. Und manchmal hat man im richtigen Moment Glück, wenn man sich einfach traut. In dem Modul gab es die Methode „Stirb und werde = Die Feuerzeremonie", die mir half, neu anzufangen, und die ich hier kurz vorstellen möchte. Das war das erste große Mosaik auf einer Reise von 1000 Schritten im Tal der verletzten Gefühle, mit der Hoffnung, eines Tages wieder Licht zu sehen. Auf einem Blatt Papier sollte ich alles niederschreiben, was ich bis zum 24. Lebensjahr erlebt hatte. Wenn Du so etwas noch nie gemacht hast, wie ich damals, dann fühlst Du Dich am Anfang echt komisch. Und wenn Du dann noch ein Mann bist, ist die Hürde doppelt so hoch, denn wir sind cool. (Möchtegern-)Alphatiere. Aber ich hatte keine andere Wahl. Also schrieb ich alles nieder, was ich bis dato sowohl an positiven als auch an negativen Erlebnissen zu verzeichnen hatte und pickte mir bewusst die negativen Ereignisse raus, um mich endgültig von ihnen zu verabschieden. Wie gesagt, ich hatte zuvor nie irgendetwas damit zu tun. Mein Erleben spielte sich ja bisher im Hamsterrad ab.

Es war außerordentlich schwierig für mich, die ersten Sätze zu schreiben. Doch nach den ersten beiden Zeilen war ich bereits versunken in der Vergangenheit – um mich endgültig von ihr zu verabschieden.

„Ich löse mich von den Gewalterfahrungen meiner Kindheit, Freunde. Ich löse mich von der Trennung und dem Schmerz. Ich löse mich vom Kummer …" Ich schrieb so lange, bis mir nichts mehr einfiel. Irgendwann legte ich den Stift zur Seite und holte erst mal tief Luft, weil ich keine Kraft mehr hatte. Ich war erschöpft und einfach nur platt. Um mich wieder zu sammeln, öffnete ich das Fenster und schaute zum Himmel auf.

Nachdem ich die negativen Ereignisse schwarz auf weiß vor Augen hatte, wurde mir eines klar. All die Erinnerungen und das unbewusste Festhalten an dem Erlebten haben mich in meinen Entscheidungen im Leben immer blockiert. Ich suchte einen ruhigen Ort auf, an dem ich für mich war – ich ging in den Wald. Dort verbrannte ich das Papier, bis es zur Asche wurde. Während des Brennvorgangs sagte ich:

„Ich lasse JETZT los!" Im Anschluss blickte ich auf die Asche, zertrat sie und sagte noch mal innerlich: „Ich habe JETZT losgelassen". Und bin dann weggegangen, ohne mich umzudrehen.

Das war mein Ritual – die Befreiung meiner Seele von den Ketten der Schmerzen. Der erste Schritt. In dem Moment fühlte ich mich erstmals gedanklich nackt. Ein neues Programm musste her. Was sind die täglichen Gedanken und was sind überhaupt Probleme? Welche Menschen lasse ich in meinem Leben zu und welche nicht? Aus dieser Entscheidung, die mittlerweile 14 Jahre her ist, bin ich der geworden, zu dem ich immer bestimmt war. Natürlich frage ich mich manchmal, was passiert wäre, wenn ich den anderen Weg gegangen wäre. Doch ich folgte der Stimme der Vernunft. Der inneren Kraft, die wie ein winziger Funken in mir schlummerte.

Es war ein schwieriger Prozess, der notwendig war, um das Leben leben zu können, das ich heute führe. Nämlich ein emotional freies und glückliches Leben, fernab vom Geflüster der Kultur, Gesellschaft und von all denen, die mir in meiner Kindheit und Jugend stets eintrichterten, was richtig und falsch für mich sei. Wie ich denken, fühlen und handeln sollte.

Wären die Schicksalsschläge damals nicht passiert, dann wäre der Entschluss, etwas Neues zu beginnen, nicht gefasst worden und ich wäre immer noch gefangen im kulturellen „Glashaus".

Das heißt aber nicht, dass Du alles verlieren musst, um in Deinem Leben etwas zu verändern. Manchmal gibt das Leben auch frühzeitig die ersten Zeichen, die ich allesamt mit Erfolg ignoriert habe, bis ich eine dicke Ohrfeige vom Leben selbst bekam. Eine Kündigung kann manchmal auch der Beginn des Wegs zu einer besseren Arbeitsstelle sein, was man nicht immer sofort erkennt, weil einem der Boden unter den Füßen weggezogen wird.

Heute bin ich dankbar dafür, dass ich nicht im Großkonzern geblieben bin. Hätte es diese Situation damals nicht gegeben, wäre mein Erstlingswerk nie entstanden und auch nicht das zweite „Glashaus", das Du jetzt in Deinen Händen hältst. Dann hätte ich nicht die Begegnung mit der Ärztin gehabt, die mir den Anstoß gab, zu schreiben. Das Programm wäre nicht entstanden, um Lesungen und Vorträge in Schulen zu halten, mit denen ich bereits mehreren Tausend Schülern geholfen habe, ihr eigenes Glashaus zu hinterfragen, um sich von dem Schmerz zu befreien. All dies wäre heute nicht der Fall, hätte es nicht diese gewaltige Welle von Ereignissen damals gegeben. Training und Ausdauer machen stark. Kein Mantra, sondern ein Versprechen. Das sage ich mit Entschlossenheit, weil ich vor der Veränderung nie an mich geglaubt habe und das seit meiner Kindheit. Ausgelacht wurde ich oft und überall. Zu Hause und in der Schule. Von Menschen, die mir nah standen. Es war immer ein gewisser Zweifel da, den ich versucht habe, zu ignorieren. Diese Zweifel hinderten mich, Entscheidungen zu treffen, wie zum Beispiel der häuslichen Gewalt frühzeitig ein Ende zu setzen.

In meiner Kindheit wuchs ich mit dem Glauben auf, dass ich für die Fehler, die ich mache, verantwortlich bin und dementsprechend auch zu Recht bestraft werde.

Es heißt durch die Bank, dass Eltern ein Vorbild sind. Dies ist vor allem in den ersten Jahren der Kindheit tatsächlich so. Sie signalisieren uns, wie das Männer- und Frauenbild in der Welt auszusehen hat. In meiner Familie war dieses Bild veraltet, bis ich für mich entschied, es neu aufzusetzen. Aber ich bin mir sicher, dass es eine Fülle von Menschen gibt, die mit dem Weltbild der Eltern, ohne es zu hinterfragen, einfach weiterleben und dieses Weltbild ungefragt an ihre eigenen Kinder weitergeben. So wird es für die Kinder ein Prozess sein, den sie über die Jahre hinweg durchleben. Wenn sie so weit sind, werden sie die innere Stimme wahrnehmen, die ihnen zuflüstert, dass sich das, was die Eltern versuchen, kulturell einzutrichtern, nicht auf das neue Leben in Deutschland übertragen lässt. Und vielleicht werden sie eines Tages ihren eigenen Weg gehen. Das wünsche ich mir für jeden einzelnen von ihnen, der einen Weg gehen muss, den er nicht gehen will.

Erneut ein Blick zu den Hilfesuchenden im Jahr 2015: Wie Du nun bereits weißt, habe ich in meinen jungen Jahren bereits mehrfach den Wohnort gewechselt. Ratingen, Lintorf, Aachen, Köln und Bergisch Gladbach. Alles mit mehr oder weniger Mühen und Stress. Wie sieht die Situation der Menschen aus, die zu uns kommen? Sie haben nicht die Möglichkeit, sich groß etwas auszusuchen. Versteh mich an dieser Stelle bitte nicht falsch. Ich finde es nach wie vor großartig, wie unser Staat und wir alle (als Gesellschaft) diese Mammutaufgabe bisher gemeistert haben und weiterhin meistern. Abgesehen von den schwarzen Schafen, die sich unter den Hilfebedürftigen befinden. Spinner, die von heute auf morgen durchdrehen und das Bild der Flüchtenden massiv beschädigen – durch Terroranschläge oder sexuelle Straftaten. Dafür habe ich kein Verständnis und so etwas muss entsprechend geahndet werden, ohne dass ich jetzt den politischen Stempel dafür bekomme.

Während meiner Zeit in der Flüchtlingsbetreuung habe ich mich immer wieder an die Situation meines Vaters erinnert. Wie muss er sich damals gefühlt haben? Lediglich gewappnet mit seinem Willen, nicht aufzugeben und mit jedem neuen Tag die Chance darin zu sehen, dass es irgendwann besser wird, während in Sri Lanka die Bomben fielen.

Die sogenannte Umverlegung – auch unter dem Begriff „Transfer" bekannt, den die Flüchtlinge benutzten, wenn es darum ging, in eine Regelunterkunft umgezogen zu werden – war immer mit dem emotionalen Leid der Kinder verbunden. Nach etwa vier bis sechs Monaten der Eingewöhnung mussten sie ihr neues „Nest" wieder verlassen. Irgendwann habe ich aufgehört zu zählen, aber es sollten während meiner Zeit dort viele Kinder weinend in meinen Armen liegen, wenn sie die Nachricht erhielten. Unabhängig davon, wie erfahren ich in meiner Kinder- und Jugendarbeit war, gingen auch solche

Situationen nicht optional spurlos an mir vorüber. Das war unter anderem auch der Grund, warum ich dieser Arbeit nicht länger als zwei Jahre nachgehen konnte.

Ich frage mich auch, wie die Menschen sich wohl fühlen mögen, wenn sie von A nach B transportiert werden, ohne wirklich unser System zu verstehen. Vom Königsberger Verteilungsschlüssel, nach dem die Menschen nach Ländergröße und Bevölkerungsdichte im Land verteilt werden, erfuhr ich auch erst in den Nachrichten. Dass es solche Verteilungsvorgaben gibt, hat mir auch während meiner Zeit als Flüchtlingsbetreuer niemand mitgeteilt. Gleichzeitig erinnerte mich die (vor allem räumlich) eingeschränkte Privatsphäre an meine eigene Kindheit im Asylheim. Umso mehr konnte ich den Drang nach Toben und Schreien bei den Jungs verstehen. Räumlich eingeengt und allein mit ihren Emotionen, die sie niemandem anvertrauen können – kein Wunder, dass sich dies irgendwie seine eigene Möglichkeit zum Ausdruck schafft.

Auf meiner Wohnungssuche oder bei gesundheitlichen Belangen war ich so gut wie auf niemanden angewiesen. Ich kenne die Sprache und das System. Die Bewohner in der Notunterkunft waren hauptsächlich auf uns Betreuer angewiesen. Da ich den Kinderbereich betreute, hatte ich weniger Kontakt zu den Erwachsenen, die wiederum für meine Kollegen eine Herausforderung darstellten. Denn eine Sache hat in unserem Land oberstes Gebot. Geduld! Egal, wer und wo du bist, du musst in den meisten Fällen

Zeit mitbringen. Sei es nun beim Bäcker, am Bahnhof auf den Zug oder bei der Behörde.

Warten, bis der Vorgang in die Wege geleitet wird, und danach brauchst du Geduld, bis es bei der richtigen Stelle ankommt. Es sind Prozesse, die ihren jeweiligen strikten Ablauf und ihre Ordnung haben. Und gerade diese Form der Bearbeitung kannten viele aus ihren Heimatländern nicht. Selbst die Menschen nicht, die aus den europäischen Nachbarländern zu uns kamen.

Dieses Buch soll kein Werk der Vorwürfe, gerichtet an den deutschen Staat, sein, sondern es ist geschrieben für Dich, um einen Einblick in meine eigene, teilweise eben auch *Flüchtlings*geschichte zu geben und darin, wie mein Berufsalltag im Flüchtlingsheim war. Bewusst eine „teilweise" Flüchtlingsgeschichte, weil meine Mutter einen Fluchthintergrund hatte und mein Vater nicht. Meine Mutter hat das Leben meiner Geschwister und ihr eigenes gerettet. Sie ließ alles zurück und wollte einen Neuanfang in Deutschland wagen, doch so wirklich angekommen ist sie bis zu ihrem Tod nie. Vielleicht wollte sie es auch nicht? Die Antwort werde ich nie erfahren. Zu traumatisiert war sie von den Erlebnissen, die sie auf ihrer Flucht vor dem Krieg mit nach Deutschland gebracht hatte. Vielleicht war das der Grund, warum sie nach außen immer „stark" wirken musste, damit niemand die inneren Verletzungen sehen konnte, die sie prägten.

Auch die eingeschränkte Privatsphäre hat bei den Geflüchteten einige Gemüter erhitzt. Dass sich Familien untereinander geschlagen haben, war keine

Seltenheit. Manchmal ging das so weit, dass einige Handgreiflichkeiten im Krankenhaus und im polizeilichen Einsatz endeten. Bei solchen Situationen wurde jeweils das Ordnungsamt angerufen, das dann versuchte, seine Autorität zu demonstrieren. Die Menschen aber waren einen anderen Ton gewohnt, nämlich den aus ihrer jeweiligen Heimat. Dieser war in der Regel rauer und vielleicht sogar härter als hierzulande. Dementsprechend fiel die Reaktion gegenüber einer staatlichen Behörde nicht unbedingt respektvoll aus. Den Behörden selbst waren die Hände gebunden.

© Hossein Asgari

DIE ALTE IDENTITÄT

Du kennst sicherlich das Gefühl, wenn Du Dir etwas Neues kaufst. Es fühlt sich gut an und Du möchtest, dass der Moment am besten permanent bestehen bleibt. Doch bei meiner persönlichen Veränderung trat die Angst in den Vordergrund. Angst gepaart mit der Frage, was, wenn die Veränderung nach hinten losgeht und ich scheitere? Dann stehe ich doch wieder da, wo ich gerade stehe. Dann lohnt sich doch der ganze Aufwand nicht. Bin ich dann erneut ein Versager?

Als ich in jungen Jahren alles bis auf meine Wohnung verloren hatte, konnte ich einfach nicht mehr. Der nächste Morgen wurde zur täglichen Herausforderung. Woran sollte ich mich festhalten und vor allem für wen oder was noch?

Ich fing an, mich das allererste Mal mit mir selbst zu beschäftigen. In den Jahren zuvor waren mir die Probleme und Belange meiner Umgebung wichtiger gewesen als mein eigenes Leben. Im Nachhinein betrachtet war es die perfekte Ablenkung gewesen, um mich nicht mit meinen eigenen Wünschen und Verletzungen zu beschäftigen. Nachdem ich das „Feuerritual" beendet habe, musste ich mir in kleinen Babyschritten das Aufrechtgehen wieder beibringen.

Eines der Themen, die ich aus meinem Kopf löschen wollte, war die Schulzeit, die in der ersten Hälfte nicht ganz so prickelnd war.

Ich habe mich in der Schule fast täglich geprügelt, weil mir niemand beigebracht hatte, wie man Konflikte verbal löst. Es wurde damals als „selbstverständlich" angesehen. Wenn ich zu Hause Blödsinn gemacht habe, bekam ich den Gürtel oder den Besen zu spüren. Manchmal aber auch das Fernsehkabel, wenn die anderen Dinge gerade nicht griffbereit waren.

Bei den Lehrern war mir schon nach den ersten sechs Monaten in der fünften Klasse der Status als Problemschüler sicher. So kann ich mich noch an folgende Situation erinnern: Wir saßen im Klassenraum und sahen uns in Erdkunde eine Dokumentation über den Gletscher an. Meine Begeisterung als 12-Jähriger hielt sich im Rahmen. Ist es nicht total interessant, sich 45 Minuten lang einen Berg anzuschauen? Damals wurden die Filme noch auf einer Filmrolle und mit einem Projektor gezeigt. Damals heißt 90er-Jahre. Meine Freunde und ich nutzten die Verdunklung des Raums, um uns in der hintersten Reihe zu verstecken, wo die Stühle gestapelt waren. Als der Lehrer das bemerkte, krochen wir auf allen vieren wieder zurück. Bei der ganzen Aktion musste natürlich einer besonders auffallen. Kurz bevor ich die vordere Reihe erreichte, stolperte ich über das Kabel und die Vorstellung des Gletschers war vorbei. Der Projektor ging aus. Ich versteckte mich hinter dem Gerät. Doch keine Chance. So blöd war unser Erdkundelehrer nicht. Er schaltete das Licht an und sah mich, wie ich im Schneidersitz auf dem Boden neben dem Projektor saß. Mit Lichtgeschwindigkeit kam er mir entgegen und ehe ich mich noch ducken konnte, bekam ich mit dem Schnellhefter einen deftigen Schlag an den Hinterkopf. Der saß ordentlich. Seine Wut konnte ich deutlich spüren. Den Schlag an sich habe ich gar nicht als sonderlich schlimm empfunden, weil ich härteres von zu Hause kannte. Schlimm fand ich vielmehr die Strafe, die er dann ankündigte.

„Das gibt es nicht. Du hast nur Blödsinn im Kopf. Ich schick dir einen Tadel und jetzt raus mit dir."

Den Kopf zum Boden geneigt ging ich raus und die ganze Klasse war mucksmäuschenstill. Ich habe den Mann fast in den Wahnsinn getrieben durch meine Aktionen. Ich denke heute, dass er in dem Augenblick selbst nicht Herr der Lage war, weil er gegenüber Schülern sonst nie so reagiert hat. Ich wollte eben witzig sein. Neben seinem Ärger befürchtete ich, dass ich zu Hause noch mehr Ärger von meinen Eltern bekommen würde. In solchen Situationen blieb mir nur die Jokerkarte. Die Karte der Entschuldigung.

Nach dem Unterricht rannte ich ihm den Flur hinterher und entschuldigte mich. Ohne eine Reaktion ging er mit jemandem die Treppen hoch und winkte mit seinem rechten Arm: „Ja, ja." Irgendwie spürte ich in diesem Moment, dass es ihm leid tat. Ich sah ihm lange hinterher. Es fühlte sich an wie im Film, wenn der Meister seinen Schüler verlässt. Das Ende vom Lied war: Es gab keinen Tadel. Zumindest nicht im Briefkasten. Ich glaube, er hat auch gemerkt, dass seine Reaktion nicht ganz pädagogisch war. Weil mir die geballte Ladung des Schnellhefters auch lange Zeit nach diesem Ereignis noch in Erinnerung geblieben ist, war das Ereignis auch im Feuerritual auf dem Papier gelandet, um mich davon zu lösen.

Das war die eine Seite meines Schullebens. Dann gab es noch mein fotografisches Gedächtnis. Ich konnte innerhalb kurzer Zeit ganze Texte haargenau aufnehmen und wieder abrufen. Diese Fähigkeit nutzte ich für alle Chemie- und Biologietests, die mit denen der Parallelklasse identisch waren. Dabei habe ich bewusst meine Kontakte aus der anderen Klasse genutzt. Insgesamt hatte ich für das Auswendiglernen des jeweiligen Tests immer 15 Minuten Zeit, sprich eine ganze Pause. Anstatt mein Butterbrot zu essen, hieß es manchmal Auswendiglernen binnen Minuten. Und dennoch hat es in den meisten Fällen für eine Eins oder Zwei gereicht. Das war das widersprüchliche Bild von mir, das meine Klassenlehrerin und auch manche Lehrer nicht verstanden. Ein Junge, der den ganzen Tag Blödsinn machte und auf der anderen Seite in manchen Fächern Spitzenleistung erbrachte.

Manchmal wurde ich auch zu Unrecht bestraft. Im Biologieunterricht haben die bekanntesten Klassenclowns mit Strohhalmen kleine Taschentuchkügelchen durch die Gegend gespuckt. Und die letzte Ansage von der Lehrerin war:

„Der nächste, der es macht, bekommt eine Lehrerkonferenz." Das Thema des Unterrichts war irgendwas mit Plankton und Sonne. Richtig spannend für Rabauken wie mich.

Ich habe diesen Satz wirklich nicht gehört. Ich saß in der hintersten Reihe in der Klasse und habe in dem Moment den Strohhalm nur in meinen Mundwinkel gesteckt. Mehr nicht. Ich habe nicht gespuckt! Keine zwei Sekunden später:

„So, Lehrerkonferenz!"

„Aber ich hab' nichts gemacht."

„Nein, du hattest den Strohhalm im Mund, das reicht."

Tja, dumm gelaufen. In der Tat, ich hätte ihn auch einfach liegen lassen können. Habe ich aber nicht, denn der Rebell in mir wollte sich auflehnen. Und ich schwöre bis heute, dass ich nicht eine Papierkugel im Strohhalm hatte. Bereits in der sechsten Klasse eine Lehrerkonferenz zu bekommen, das war sportlich. Da saß ich an einem langen Tisch auf der Anklagebank und 13 Lehrer schauten mich an, wie Löwen ein Stück Fleisch. Wer schnappt sich die Beute zuerst? Ich musste mir eine Fülle von Dingen anhören, die sich in meiner Laufbahn als „The Showmaster of Desaster" angehäuft hatten. Wer hätte damals gedacht, dass meine Fähigkeit, die Aufmerksamkeit der Menschen auf mich zu lenken, die Grundlage für meine heutige Karriere als Redner sein würde? Meine Mutter war in der Konferenz mit dabei. Da sie der deutschen Sprache nicht mächtig war, musste ich jeden einzelnen Satz haargenau übersetzen. Am Ende der Übersetzung fragte sie mich immer: „Stimmt das, hast du das gemacht?" Und dabei war ihr Blick hoffnungsvoll, dass ich sage, dass das alles nicht stimmt und ich unschuldig bin. Mir blieb nichts anderes übrig, als immer wieder zu sagen: „Ja, hab' ich gemacht." Und dabei schaute sie mich mit einem Blick an, der Bände sprach. „Warum kannst du nicht einfach still sein und dich in der Schule benehmen?" waren bestimmt ihre Gedanken. Unausgesprochen kam er bei mir an. Und auch in der Konferenz herrschte so eine bedrückende Stille. Die Stille, die einer Folter glich und vor der ich mich am liebsten unter einer Decke versteckt hätte.

Ich denke, es war auch nicht einfach für sie, mich in so einer Situation zu sehen. Ein rebellisches Küken, was zu Hause und in der Schule nur Ärger verursachte und dabei eigentlich was ganz anderes damit sagen wollte – nämlich, dass es nur geliebt werden wollte.

Ich stimmte allem zu, auch wenn ich innerlich gegen bestimmte Sachen widersprach. Ich wollte einfach, dass dieser Moment so schnell wie möglich endet. Zur Strafe wurde ich suspendiert und das für fünf Tage. Dafür musste ich jeden Tag kurz in die Schule gehen, um mir die Aufgaben für den jeweiligen Tag abzuholen.

Damit hatte ich meinen offiziellen Stempel als Nichtsnutz in der Schule und zu Hause erhalten.

An manchen Tagen saß ich in meinem Zimmer und habe entweder gemalt oder etwas anderes Kreatives gemacht. Zu dieser Zeit war ich für mich allein. Eine Auszeit von allem. Ich hatte nie die Möglichkeit, die Lehrer über meine Situation zu Hause zu informieren. Ich hatte viel zu viel Angst vor den Konsequenzen.

In meiner Zeit als Betreuer in den Unterkünften war mein Ansatz, zu jedem einzelnen Kind und Jugendlichen eine emotionale Bindung aufzubauen. Gerade in Situationen, in denen Kinder vor meinen Augen geschlagen wurden, war ich zur Stelle und nahm das Kind in die Arme, damit das verletzte Kind innerlich nicht noch mehr vereinsamte. So etwas hätte ich mir damals auch manchmal gewünscht. Manchmal saß ich mit dem Kopf hinter den Knien unter dem Tisch oder in der Ecke des Zimmers und wollte nicht wahrhaben, was passiert war. Die körperlichen Schmerzen vergingen, doch die Narben auf der Seele taten weh. Viel zu jung, um sie selbst zu heilen. Mit jemandem darüber reden, das kannte und durfte ich nicht. Schließlich war es die „perfekte" Kultur, die ich in jungen Jahren versuchte, nach außen mit einer „Maske" zu präsentieren, die heute als Symbol auf der Bühne mir dient. Und als Kind habe ich mir manchmal gewünscht, einfach woanders zu sein, im Heim oder so. Im Innern wusste ich, dass ich eines Tages nicht mehr geschlagen werde – dass sich eines Tages die Sonnenseite des Lebens zeigen wird. Und dieser Tag kam, als ich mit 19 Jahren von heute auf morgen hinaus geschmissen wurde. Ab diesem Tag war die Gewalterfahrung fürs Erste passé.

Manche Flüchtlingseltern in der Unterkunft waren der festen Überzeugung, dass ihre gewaltvolle Erziehungsmethode richtig sei. Auf eine Belehrung meinerseits reagierten sie entweder mit einem Grinsen oder ignorierten sie schlicht und einfach. Was für mich hieß, dass ich gegen eine Wand sprach. Also blieb mir in solchen Situationen nur übrig, das Kind zu trösten und mich zu bemühen, ihm beizubringen, dass es auch anders geht. Wie oft hätte ich mich in der Schule nach Betreuern oder Pädagogen gesehnt, die meine verschlossene und verletzte Kinderseele erkannten und mich in der verletzten Welt abholten. Ich bekam zu Recht den Stempel für meine Streiche, doch ein Gespräch, in dem es auch einmal um mich ging, hätte mir den Veränderungsprozess vielleicht früher erleichtert.

Die eigene Kultur zu verlassen, um die andere kennenzulernen, bedeutet für viele die Gefahr bzw. die Befürchtung, die eigene zu verlieren. Ein Glaubenssatz, der manche in ihren eigenen Reihen hält.

Das ist meiner Meinung nach eine der Kernursachen, warum wir in Deutschland immer noch Generationen haben, die, obwohl sie hier geboren und aufgewachsen sind, in ihren eigenen Kreisen verhaftet bleiben. Es ist eine Art Schutzbunker, um nicht verletzt zu werden. Manchmal aber auch ein Resultat aus Erfahrungen der Nichtakzeptanz.

Als ich mich mit 24 für den Neustart entschieden hatte, stand ich am Anfang der Reise zu mir selbst. Offen gesagt, war ich auf diesen Veränderungsprozess überhaupt nicht vorbereitet und erlebte eine regelrechte Achterbahnfahrt, die es durchzustehen galt. Ich fing langsam mit dem Sport an, um mich wieder „wohl" in meinem Körper zu fühlen. Im Anschluss baute ich neue Gewohnheiten auf, wie eine feste Morgenroutine, die mir Stabilität für den Tag gab. Ich fing an, Bücher zu lesen, um meinen Geist zu schulen und die Schwingung der Energie

beizubehalten. Und noch immer fühlte ich mich
nach wie vor „schwach" und „verletzt.

Manchmal muss man für seinen Traum kämpfen.
Und manchmal lohnt es sich. In meinem Fall hatte
ich durch den Einstieg in die Medienwelt eine neue
Chance und die Möglichkeit, ein neues Kapitel zu
schreiben, in dem ich dieses Mal in jeder Hinsicht der
Regisseur bin. Und dann ging alles schnell, als ich die
Möglichkeit ergriff mich in der Fernsehwelt ausbilden
zu lassen, worauf ich später noch näher drauf eingehen werde. Innerhalb von wenigen Wochen schaffte
ich den Umzug von Aachen nach Köln, und das neue
Kapitel wurde aufgeblättert. Als ich in der neuen
Stadt Köln ankam, konnte ich es selbst nicht ganz realisieren, doch es war geschehen. Ich war endlich raus
aus dem „dunklen Tunnel", indem ich einst gefallen
war. Auch wenn nicht alles verheilt war, wusste ich,
dass das Leben weitergeht, und zwar diesmal ohne
das Glashaus.

Mein altes „Ich" war zugleich mit dem Umzug verstorben, während ich mich in den darauffolgenden
Jahren nach und nach auf die Suche begab, wer ich
bin. Die Suche nach einer neuen Identität.

Wenn Du in Deinem Leben eines Tages an solch
einem Punkt ankommen solltest und Du dann erst
18 Jahre alt oder jünger bist – und mit Dir haderst,
ob Du diesen Schritt zur Veränderung machen sollst
oder nicht –, dann kann ich Dir empfehlen, es nur
dann zu tun, wenn Du die Veränderung auch wirklich willst! Dein Wille muss stark genug sein. Ansonsten ist die Gefahr, dass Du zurückfällst und noch

frustrierter bist als zuvor, ziemlich hoch. Emotional frei sein, meine eigene Meinung vertreten, das eigene Leben selbst bestimmen, raus aus dem Wettbewerbsdenken und dem Erfolgsdruck von der Familie, mich annehmen, wie ich bin und nicht so, wie die anderen es erwartet haben, etc. Die Liste von Dingen, mit denen ich nicht zufrieden war, war lang. Es war Zeit, sie nun abzuarbeiten. Stück für Stück in meinem Tempo. Ich hatte das Gefühl, dass ein Teil der negativen Erlebnisse in Aachen mit dem Umzug nach Köln hinter mir liegen werden. Manchmal tut ein Tapetenwechsel in der Tat gut. Köln war für mich damals turbulent und laut, sodass ich mich schnell in diese Stadt verliebt und integriert habe, weil es in meinem Kopf gleichermaßen chaotisch war. Ich habe mich auf den neuen Prozess eingelassen und musste mein „Nest" wieder neu aufbauen und sortieren. Zwar waren die Erinnerungen aus den vergangenen Erlebnissen noch in meinem Kopf präsent, doch konzentrierte ich mich auf das Neue im Hier und Jetzt und widmete ihm meinen kompletten Fokus. Ich zwang mich an manchen Tagen regelrecht dazu, weil ich nicht mehr zurück in die Dunkelheit der verletzten Gefühle und Schicksalsschläge wollte, die mir einst nicht nur schlaflose Nächte bescherten, sondern auch wertvolle Lebensenergie raubten. Der Wille, etwas in meinem Leben zu ändern, war größer als jeglicher Schmerz.

©Stephan Schmick

DER NEUSTART

Mit dem Neuanfang begann ich, auch meinen gesamten Freundeskreis, den ich bis zu meinem 24. Lebensjahr behielt, infrage zu stellen. Eine Bestandsaufnahme der kompletten Vergangenheit. Und da war ein riesiger Aspekt, der sich immer wieder herauskristallisiert hat. Ich war derjenige in der Gruppe gewesen, der sich immer den Wünschen der anderen gebeugt hatte. Zurückhaltend und immer zum Wohle aller im Freundeskreis. Das Schlimme bei dem Ganzen war, dass ich dachte, dass es meine Freunde zu würdigen wüssten. Leider Gottes hatte aber jeder seinen Vorteil daraus gezogen, dass ich immer zur Stelle war. Mir war nicht klar, dass sich eine solche Eigenschaft im späteren Berufsleben sowohl negativ als auch positiv auswirken würde.

Als Erstes stand auf der Agenda, dass ich mich von meinem aktuellen Freundeskreis lösen musste. Und zwar vollends. Dieser Schritt war notwendig. Wenn du plötzlich beginnst, dich charakterlich zu verändern, stößt das im Freundeskreis manchmal auf Gegenwehr, denn dein soziales Umfeld hat sich an deinen Charakter gewöhnt. Warum sollte sich das jetzt auf einmal ändern, nur weil du im Leben weiterkommen willst? Das Rudel muss schön zusammenbleiben und du musst gefälligst in die Schablone passen, die für dich ausgewählt wurde.

Natürlich gibt es auch die Sorte von Freunden, die Dir nur das Beste wünschen und jeglichen Veränderungsprozess befürworten. Hast Du solche Menschen in Deinem Kreis, dann herzlichen Glückwunsch. Behalte sie.

Der Schritt, sich vom bekannten Umfeld zu lösen, war nicht einfach für mich, denn schließlich war sie ebenfalls ein Zufluchtsort für mich gewesen.

Zudem begann ich, den Hinduismus, in den ich hineingeboren war, in seiner Gänze zu hinterfragen. Ich fragte mich, warum ich als gläubiger Mensch im Tempel eine Art „Gebühr" entrichten muss, nur damit mein Name von einer Person, die der „höchsten" Kaste angehört, nämlich dem Priester, genannt wird. In diesem Kapitel mache ich einen kleinen Ausflug in den hinduistischen Tempel, die sich in manchen Großstädten in Deutschland befinden. Ein Hindu-Tempel darf nicht mit Schuhen betreten werden. Dies ist eine hygienische Maßnahme, damit der Boden des Tempels nicht durch den Schmutz der Schuhe verunreinigt wird. Dann gibt es die Trennung zwischen Männern und Frauen. Eine unsichtbare Linie, die von der „Götterstatue" durch den Eingang verläuft. Auf der rechten Seite befinden sich die Männer, auf der linken Seite die Frauen, unabhängig davon, ob sie verheiratet sind oder nicht. Ganz vorn steht meist ein Mann mit nacktem Oberkörper und einem dünnen weißen Seil, das schräg über seine Brust verläuft.

Dieses Seil symbolisiert die Zugehörigkeit zur Priesterkaste. Nur dieser darf die Zeremonie im Tempel durchführen. Das oberste Gebot im Kastenwesen. Das heißt, selbst wenn man so etwas lernen möchte, ist es einem aufgrund der Kastenzugehörigkeit verboten. Dieses eingeschränkte Weltbild verfolgte ich bis zu meinem Neustart vehement und ich war der felsenfesten Überzeugung, dass das Kastenwesen auf dieser Welt seine volle Daseinsberechtigung hat. Auch wenn es menschenverachtend war. Sätze wie „Wir gehören zur Elite und die anderen stehen unter uns" waren gelegentlich zu hören, als ich noch zu Hause lebte. Primär ging es dabei um eine Legitimation der bevorzugten Stellung innerhalb der Gesellschaft dieser Kultur.

Als Kind und heranwachsender Jugendlicher habe ich das nicht hinterfragt.

In meiner Jugend beschäftigte ich mich intensiv mit einem Buch für Hindus, der „Bhagavad Gita". Darin ist unter anderem auch davon die Rede, dass sich Gott dort versteckt, wo ihn niemand sucht, nämlich im Herzen des Menschen. Wie kann es also sein, dass sich eine durch Menschenhand geschaffene Statue als „Gott" verkaufen lässt? Millionen von Hindus verfolgen bis heute diesen Glauben in seiner Wahrhaftigkeit. So auch meine Familie. Das infrage zu stellen, ist für konservative Hindus ausgeschlossen, denn das würde das über Jahre aufgebaute Bild zerstören. Den Ton und die Richtung der Zeremonie gibt der Priester vor. Er gilt als Oberhaupt im Tempel. Ich erkannte eine klare Hierarchie und mit diesem System konnte ich mich nicht mehr weiter identifizieren. Das Kastensystem ist ein diskriminierendes System und es wurde von den Hindus geschaffen, um andere Menschen in den gesellschaftlichen Grenzen dort zu halten, wo sie – ihrer Ansicht nach – hingehören. Den Tempel sehe ich heute als einen Ort der inneren Ruhe und als Oase für die Seele. So kann ich heute einen Tempel betreten, ohne dabei „Gott" in den Statuen zu suchen, und den Klang der Glocken auf meine Sinne wirken lassen. Am Beispiel meiner Geschichte möchte ich zeigen, wie der Ausstieg gelingen kann, trotz aller Programmierungen, die man von zu Hause mitbekommt. Dass gewisse Dinge auch auf die deutsche Kultur zutreffen und ob Du Dich vielleicht selbst in einer der Zeilen widergespiegelt siehst, darüber zu urteilen, das überlasse ich Dir.

Folgst du nicht den Regeln der Kultur, so bist du automatisch ein Außenseiter. Das Außenseiterdasein ist kein Zuckerschlecken. Ich war sehr früh einer, und zwar in beiden Welten. Diese Rolle nahm ich manchmal bewusst in Kauf, weil ich nicht anders konnte, als mich zu widersetzen – da, wo Ratio und Emotio etwas anderes signalisierten.

Seit der Veröffentlichung meines Erstlingswerks im Jahr 2012 habe ich Lob und Zustimmung bekommen, aber auch Gegenwind erfahren. Letzteres meist von Kulturverfechtern. Ich habe mich bewusst auf diese Welle vorbereitet, bevor ich das Buch veröffentlichte und an die Öffentlichkeit ging. Es ist mir wichtig, Betroffenen den Spiegel ihrer Seele vorzuhalten und einen möglichen Ausweg aus dem Dilemma des

Wandelns zwischen kulturellen Welten aufzuzeigen, was mich mit 24 endgültig zerrissen hat. Doch soweit muss es vielleicht bei Dir nicht kommen.

Ein Rebell der kulturellen Normen, der sich nicht mehr versteckt und schweigt, sondern seiner Rebellion ein Gesicht und einen Ausdruck gibt, ohne dabei einen radikalen Weg einzuschlagen oder für ihn zu plädieren.

Für mein neues Leben war dieser Schritt notwendig, da ich heute meine eigenen Werte definiere, ohne dass mir jemand etwas zuflüstert. Ob es jemand anerkennt oder nicht, lässt mich in meinem Veränderungsprozess nicht stillstehen. Auch wenn wir emotional sehr an unsere Eltern gebunden sind, ist es wichtig, dass wir irgendwann unseren Weg gehen, um das Leben zu führen, für das wir bestimmt sind. Damit meine ich nicht, den Kontakt abzubrechen, sondern emotional frei seinen eigenen Weg zu gehen. Nur jeder Einzelne kann für sich entscheiden, welche Art von Beziehung er oder sie zu seinen Familienmitgliedern führen möchte, und ich kann dafür kein Patentrezept ausstellen. Meine Heimat ist Ratingen und das war sie schon immer seit meiner Geburt im St. Marien-Krankenhaus. Egal, was andere sagen und denken.

Mit Beginn der Neuprogrammierung konnte ich das Kastenwesen nicht länger tolerieren. Auch das habe ich damals im Feuerritual aufs Papier gebracht und mich durch das Verbrennen endgültig davon gelöst.

Jedes Mal gegen die Einflüsterung anzukämpfen, ist auf Dauer mühsam und kostet unnötig Energie und

Kraft. Ein Aspekt, der in verschiedenen Kulturen oft außer Acht gelassen wird. Manchmal opfern Betroffene ihren emotionalen Frieden gegen den „heiligen" Familiensegen, der manchmal jedoch Bedürfnisse und Träume am Boden zerschellen lässt. Die Familie als Konstellation will ich an dieser Stelle in keinster Weise schlechtreden. Es ist etwas Wunderbares, wenn die komplette Familie mit Rat und Tat hinter einem steht und das mit bedingungsloser Liebe. So etwas gibt enorm viel Kraft und Selbstbewusstsein, weil man auf Menschen aus seinem engsten Kreis bauen kann. Ich habe es bis zur Trennung meiner Eltern in leichter Variante kennengelernt und danach nicht mehr. Mit der Trennung brach auch der Familiensegen nach und nach in sich zusammen und ich spürte es als Kind recht früh.

Als Kind war ich oft angetan von den kunterbunten Farben-Festen, doch so wirklich wohl fühlte ich mich selten, denn meine innere Stimme flüsterte mir immer zu, dass es sich um eine „Scheinwelt" handelt. Mit dem Loslassen des Kastenwesens spürte ich auf einmal eine komplette geistige Entspannung. Ich brauchte niemanden mehr zu „fürchten" und musste auch keine Rechenschaft mehr ablegen, wenn ich im wirklichen Leben einen Fehler begangen habe. Da gibt es noch den weltweit bekannten Freitag, an dem Hindus kein Fleisch essen sollen, weil er als „heiliger Tag" gilt. Auch das habe ich als Kind nicht verstanden. Was ist mit den restlichen Wochentagen? Sind diese unheilig?

Manchmal konnte ich beobachten, dass gläubige Hindus bewusst die Flucht in den Tempel unternahmen, um sich so von ihren „Sünden" durch eine teuer bezahlte Zeremonie freizukaufen.

Ohne zu hinterfragen, folgte ich einer Religion mit ihren Traditionen. Die Muttersprache im Hinduismus ist Sanskrit – eine Ursprache aus Indien, die damals von den Swamis, den indischen Geistlichen, gesprochen wurde. Mit der Verbreitung des Hinduismus unter den Tamilen verbreitete sich diese Sprache auch in Sri Lanka. Ich begreife nicht, wie man in hinduistischen Zeremonien eine Sprache verwenden kann, die die Anwesenden nicht verstehen. Das könnte man sich in etwa so vorstellen, dass der Pfarrer im Kölner Dom auf einmal etwas auf Japanisch sagt und die Gläubigen dastehen und nicken. Die Priester im Kastenwesen beherrschen Sanskrit. Auch diejenigen, die in Sri Lanka und Deutschland in den Tempelanlagen ihre Zeremonien durchführen. In Hochzeitszeremonien wird das Ritual durch den Priester in dieser Sprache vollzogen. Jegliche Kritik oder das Hinterfragen bestimmter Traditionen wird niedergeschmettert. Schnell war das Thema auch erledigt. Für mich war es in meinem persönlichen Wachstum ein Meilenstein, zu erfahren, was hinter dem unverständlichen Mantra auf Hochzeiten steckt.

Meine kulturelle Scheinwelt des Glaubens hatte ich mit einem Knopfdruck ausgelöscht. Alles wieder neu. In der Tat, und ich fühlte mich im wahrsten Sinne des Wortes geistig nackt, denn diesmal war die Maske endgültig und für immer gefallen. Mein Selbstwertgefühl war im tiefsten Keller und das Selbstbewusstsein, von dem ich über die Jahre dachte, es zu haben, war auch dahin. Ab dem Zeitpunkt fing ich an neue Werte für mein Leben zu definieren. Was will ich, wo will ich hin und wofür stehe ich?

Wenn Du das Gefühl hast, dass Du Dein ganzes Leben nur nach den Wünschen der Eltern, Freunde und des Umfeldes ausgerichtet hast und eine unsichtbare Lücke im Herzen spürst, so darfst Du eines Tages mal ehrlich zu Dir selbst sein. Es ging voran, allerdings in winzigen Schritten. Veränderung ist ein Prozess, also gab ich dem Ganzen Zeit und Geduld. Dinge, die ich lernen musste, weil ich zu Anfang meiner Zwanziger ein ziemlich ungeduldiger Mensch war. Nachdem ich mich von meinem alten Freundeskreis getrennt hatte, habe ich „Freundschaft" neu definiert. Nur noch Menschen, die das Leben und den Tag als Chance sehen und nicht als „alles ist immer dasselbe", durften in meinen engen Kreis. Fündig wurde ich und umso mehr schätze ich den neuen Freundeskreis, den ich heute habe. Ein großer Unterschied zu dem, was vorher war. Es ist keine Verurteilung von meiner Seite, wenn Menschen ihr eigenes „Hamsterrad" nicht erkennen – vor allem, wenn sie sich in einem Rudel Gleichgesinnter befinden. Ich habe meines auch lange nicht erkannt und wollte es auch nicht. Ich denke einfach, dass ich damals einfach nur meine Ruhe haben wollte. Meine innere Ruhe, nach der ich stets gesucht hatte.

Ein kleiner Schwenker zu den Unterkünften: In der
Flüchtlingsunterkunft waren die meisten Menschen
nicht im Hier und Jetzt. Das hatte zur Folge, dass sie
die Zeit dazu nutzten, um sich Gedanken zu machen.
Gedanken über die Zukunft und die verlassene Heimat. Die Trauer sah ich fast täglich in den Augen.
Die Kinder hatten gut zu tun, denn sie waren damit
beschäftigt, die neuen Kickertische so schnell wie
möglich zu demolieren, sodass wir nach zwei Monaten schon wieder einen neuen brauchten. Mit geballter Power gingen die Kids an die Spielsachen ran. Ich
denke auch, dass ihr Frust irgendwo abgeladen werden musste.

Den Eltern jedoch fehlte eine solche Ablenkung. Es
gab Elternteile, die nichts anderes taten, als den ganzen Tag zu schlafen.

Kein Vorwurf an den Staat, der seit der Flüchtlingskrise alles tut, um den Menschen ein Dach über
dem Kopf, Essen und Trinken zu gewährleisten. Von
außen sieht es immer so einfach aus, aber die tatsächliche Verantwortung als Land bzw. Regierung für
knapp eine Million Menschen zu übernehmen, ist die
größte Herausforderung für Deutschland seit dem
Zweiten Weltkrieg. Und da finde ich ganz persönlich, dass dieses Land sich von seiner menschlichen
Seite wirklich gut gezeigt hat, und ich als Ratinger bin
dann auch stolz, ein aktiver Teil der Gesellschaft zu
sein.

Die Gefahr ist hoch, dass bei einer Unterbringung
ohne psychologische Betreuung das erlebte Trauma
unbewusst weitergeführt wird und die Eltern das

Erlebte auf ihre Kinder projizieren. Ein seit Jahren in sich geschlossener Kreislauf, der durch die Flüchtlingswelle erneuert wird, ohne dass selbst die Betroffenen es merken. So war meine Mutter so stark von ihrer Kriegstraumatisierung geprägt, dass sie sich am Ende leider nicht mehr helfen ließ.

DIE THERAPEUTEN-COUCH

Der Tod meiner Mutter war für mich der ausschlaggebende Grund, warum ich mit 22 Jahren Hilfe bei einem Therapeuten gesucht habe. Vorher war ich der felsenfesten Überzeugung gewesen, dass normale Menschen wie ich sich nicht auf die Couch setzen müssen. Ich wollte wie viele andere auch „cool" sein. Ich hatte das von Hollywood-Filmen vermittelte Bild im Kopf, in dem der Hauptdarsteller in der Klapsmühle landet. Wenn Du den Film „A Beautiful Mind" kennst, verstehst Du vielleicht, warum ich am Anfang so skeptisch war. Diese übertriebene Szene am Ende, wie der Hauptdarsteller im Bett liegt, angeschnallt, umringt von den Ärzten, und plötzlich einen Anfall hat, bei dem sein ganzer Körper zittert. Solche Szenen hatten mich stets von einer Therapie abgehalten, weil ich dachte, dass ich mich dann auf dieselbe Stufe begebe, wie einst der Darsteller im Film. Zumal ich auch glaubte, dass ich viel zu stark sei und ein Therapeut mir nichts Neues beibringen könnte. Ich hatte sonst nie mit irgendjemandem über meine Probleme geredet. Also warum jetzt?

Da gab es Fragen in meinem Kopf, die umher-
schwirrten. Was würden meine Freunde über mich
denken, wenn ich eine Therapie mache? Die denken
bestimmt, dass etwas mit mir nicht stimmt und würden sich von mir abwenden. Doch ich hatte keine
andere Wahl, weil ich nicht mehr einschlafen konnte.

Die erste Sitzung ist immer die schwierigste, weil
Du da sitzt und Dich auf einmal öffnen musst. Du
weißt nicht so wirklich, was Dich erwartet und vor
allem, was Du anfangen sollst, zu erzählen. Über die
einfachsten Dinge zu reden, die Du den ganzen Tag
über selbstverständlich machst, fällt dann schwer.
Wenn Du so etwas noch nie gemacht hast, kommst
Du Dir in den ersten Minuten schon etwas komisch
vor. Doch dieses Gefühl verschwindet, sobald Du
anfängst, zu sprechen. Dann realisierst Du, dass der
Raum und die Zeit nur Dir allein gehören. Als ich
da saß und anfing, zu sprechen, holte mich ein kal-
ter Schauer über meine Nackenhaare ein. Ich begann
damit, tief in meine eigene Vergangenheit zu blicken.
Das erste Thema war meine Schulzeit. Es war die Zeit,
als ich mich fast täglich geprügelt hatte und selbst
nicht wirklich wusste, warum ich es tat. Die Sitzung
wurde eine richtige Achterbahn durch den Dschun-
gel vergessener Erinnerungen und Schmerzen. Manche Menschen scheuen sich davor oder haben Angst,
sich mit ihnen auseinanderzusetzen. Eine verständli-
che Angst, doch Du hast immer die Wahl. Du kannst
den Schmerz ignorieren und Dich ablenken oder vielleicht beginnen, Dich langsam aber sicher um Deine
Narben zu kümmern. Zu einer Therapie zwingen will

ich Dich an dieser Stelle nicht. Heutzutage hört man lediglich von „Burn-outs", „Depressionen" etc. – alles Begriffe, die nichts anderes sagen, als die Tatsache, dass die Seele erschöpft ist und nicht mehr kann, weil die Weckrufe einst nicht laut genug waren oder unbewusst ignoriert wurden?

Wo wird schließlich einem schon beigebracht, wie man die Seele stärkt?

Wenn Du solche Zeichen bereits bemerkst, dann hab den Mut, professionelle Hilfe zu suchen. Dein Herz wird Dir eines Tagesdanken, unter der Voraussetzung, Du verstehst Dich mit dem Therapeuten und machst die Therapie zu Ende. Einfach nur mit Freunden reden, reicht nicht aus, wenn es sich wirklich um belastende Themen handelt. Meinen Eltern hätte solch eine Therapie gutgetan – und das bereits vor meiner Geburt. Und mit Sicherheit wären uns Kindern gegenüber einige Streitigkeiten erspart geblieben. Ich habe auch von Klienten erfahren, die bei ihren Therapeuten genau das Gegenteilige erlebten. Nämlich, dass ihre seelische Situation schlimmer wurde. Es handelt sich dabei um Fälle, in denen die Klienten eigentlich schon nach wenigen Sitzungen gemerkt hatten, dass der Therapeut nicht gut zu ihnen passt, sie sich aber dennoch gezwungen haben, bei dieser Person in Therapie zu bleiben. Nach zwei Jahren musste ich die Therapeutin wechseln, weil sie damals die Kassenzulassung aufgegeben hat. Mein damaliger gezwungener Wechsel zu einer anderen Therapeutin, die mich im dritten Gespräch mit geballter Ladung emotional verletzte, traf mich so stark, dass ich schnell die Entscheidung traf, erneut zu wechseln. Ihren Satz zitiere ich an der Stelle nicht, weil er wirklich nicht in Ordnung war. Ich habe die Entscheidung gefällt, den Weg meiner psychischen Heilung woanders fortzuführen und war letztendlich froh darüber. Ich kann Menschen verstehen, wenn sie sagen, dass ihnen die nötige Kraft fehlt, sich erneut auf die mühselige Suche zu machen, weil sie einfach keine Lust mehr haben und von ihrer Situation geschwächt sind. Hier ist mein Appell, den Mut nicht aufzugeben. Ich weiß sehr gut, wie mühselig und doof das alles ist. Aber wenn Du auf dem Weg zu Dir durchhältst, wirst Du eines Tages Deine geheilte Seele kennenlernen. Es gab auch Gesprächsstunden, in denen ich manchmal das Gefühl hatte, dass ich Selbstgespräche führe. In dem Moment dachte ich mir auf der Couch:

„Ich zieh' das jetzt bis zum Ende durch!"

So eine Stunde kann schnell vorbei sein. Und manchmal war diese Reise für mich auch schmerzhaft, sodass ich an manchen Sitzungen mittendrin abbrechen musste. Zum Beispiel als wir die folgende Geschichte behandelten: Als ich eines Tages wieder zu spät nach Hause kam, erwartete mich mal wieder eine Reaktion der besonderen Art. Meine Klamotten waren dreckig und zudem hatte ich mich um 20 Minuten verspätet. Ich sprintete auf meinem Fahrrad, was das Zeug hielt, mit regelrechter Todesangst im Nacken. Zu Hause angekommen, klingelte ich an der Tür und spürte bereits die angespannte Atmosphäre, bevor ich den Wohnungsflur überhaupt betrat. Meine Mutter stand wie immer hinter der Tür und wartete, bis ich hineinging. Ganz langsam betrat ich mit einem Fuß die Wohnung und ehe ich diese betreten hatte, da bekam ich bereits den ersten Nackenklatscher. Das war beim Zu-spät-Kommen schon eine Art Tradition für mich geworden. Ich gewöhnte mich halt früh daran, weil ich es nicht anders kannte und je kennengelernt habe. Als ich ins Zimmer rannte, kam sie hinterher. Diesmal aber mit einem Gegenstand. Zum Schutz streckte ich meinen Arm vor mich, wohin dann auch die Schläge mit dem Gürtel gingen. Ich saß auf der Bettkante. Bei 60 Schlägen hatte ich aufgehört, weiterzuzählen. Ich fing an, nach Hilfe zu rufen und schaute dabei aus dem Fenster, wo ich einen Mann sah, der mich nur fassungslos anschaute, aber nichts tat. Je mehr ich um Hilfe schrie, desto härter wurden die Schläge. Ich war hilflos und ausgeliefert in dieser Situation. Ich konnte nicht wegrennen und musste die Schläge über mich ergehen lassen. Der Hilfeschrei, den ich zum ersten Mal ausstieß, kam aus der Verzweiflung heraus. Ich war noch ein Kind und kannte meine Rechte nicht. Die Angst vor den Konsequenzen, wenn ich damals über das Thema mit jemandem aus der Schule gesprochen hätte, war in mir viel zu groß. Denn ich wollte nicht ins Heim. An einen Ort, wo ich niemanden kannte. Deshalb nahm ich damals meine Situation als „normal" hin. Aus diesem Grund ist es mir heute eine Herzensangelegenheit, jungen Menschen ihre Rechte und Möglichkeiten aufzuzeigen, und ihnen nahezulegen, gewisse Dinge eben nicht als normal hinzunehmen und rechtzeitig ein Stoppsignal zu setzen. Denn kein Kind sollte annehmen müssen, dass eine häusliche Gewaltspirale einen normalen oder gar legitimen Teil von Erziehung darstellt.

Letztendlich gab meine Mutter ihre angestaute Wut und das Kriegstrauma, das sie nie verarbeitet hatte, an mich weiter. Blöd für mich, dass sich dafür die Verspätungen oder auch andere Streitigkeiten geradezu anboten. Mein dunkler Teint half dabei, dass die Narben nicht auf den ersten Blick in der Schule sichtbar waren. Doch einige sind bis heute geblieben, wie z. B. die Narben an der Oberlippe. Irgendwie konnte ich sie nie hassen dafür, weil ich auch die Schuld bei mir gesucht habe. Erst Jahre später verstand ich, dass Erziehung auch ohne Gewalt möglich ist, nämlich mit Liebe und Geduld. Sie konnte nicht anders und hatte es wahrscheinlich auch nicht anders gelernt, als sie selbst noch ein kleines Mädchen war. Das ist keine Entschuldigung oder Rechtfertigung für ihre Taten, nur eine Erkenntnis, um das Geschehene in der Retroperspektive zu verstehen.

Für mich gilt es, die begangenen Fehler zu erkennen und zu verstehen, ohne zu werten.

Sie hatte nicht gelernt, Ihre negativen Emotionen und Impulse zu kontrollieren oder mit ihnen umzugehen. Hass würde zudem nur dafür sorgen, dass der Schmerz nie heilt, er immer neu auflebt und ich die Schallplatte der Vergangenheit in einer Endlosschleife in meinem Kopf laufen lassen würde. Ich würde nie weiterkommen, stillstehen. Nach der Therapiesitzung ging ich erschöpft nach Hause, um das Erzählte zu verarbeiten. Die Therapeutin hatte mir auf den Weg gegeben, die Folgetage behutsam mit mir zu sein, weil ich eine alte Wunde frisch aufgerissen hatte, die nun heilen musste. Nicht im Ansatz hätte ich gedacht, dass mich das Erlebnis noch beschäftigt hatte. Die ersten Nächte waren unruhig und einige Szenen kamen immer wieder in mir hoch. Erst nach ein paar Wochen kehrte Ruhe ein. Bei der nächsten Sitzung fragte mich die Therapeutin, wie es mir nach der letzten Sitzung ging.

„Wie geht es Ihnen heute und wie war es nach der letzten Sitzung?"

„Jetzt geht es mir wieder gut, nur nach der letzten Sitzung konnte ich für ein paar Tage nicht gut einschlafen. Das legte sich aber schnell. Ich bin froh, dass ich das Erlebnis mit Ihnen besprechen konnte."

Das Emporholen von Kindheitserlebnissen kann beim ersten Anlauf mehr als nur eine Qual sein. Doch ich möchte jeden Menschen dazu ermutigen, diesen Erinnerungen Aufmerksamkeit zu widmen. Vor allem, wenn er oder sie noch Erinnerungen mit sich schleppt, bei denen die Seele geradezu verlangt, dass man sich diese anschaut. Lange Zeit ignorierte ich den unsichtbaren Appell, bis ich ihm letztlich folgte. Das Vertrauen und die Zuversicht, dass sich das Leben eines Tages wieder von seiner Sonnenseite zeigen wird, war meine Motivation, den Weg der seelischen Heilung niemals aufzugeben, auch wenn dieser manchmal unerträglich erschien. In diesem Zuge habe ich den Abstand zwischen den Sitzungen manchmal vergrößert, um Zeit vergehen zu lassen, damit ich mich der nächsten Sitzung dann wieder innerlich geordnet widmen konnte. Und keine Eile. Heilung braucht Geduld und Zeit.

DIE VERGANGENHEIT LOSLASSEN

Vielleicht kennst Du solche Momente, in denen Du plötzlich mit Dingen aus der Vergangenheit konfrontiert wirst, die Du seit vielen Jahren einfach nicht mehr auf dem Schirm hattest und vielleicht sogar verdrängt, weil das Erlebte so schlimm war.

Diese eine Erinnerung, die nach so vielen Jahren real ist, als wäre es gestern erst passiert. Als ich 13 Jahre alt war, verletzte ich mich bei einem Streit mit meiner Mutter an der rechten Hand. Mit dieser Hand habe ich die Schläge mit dem Besen abgewehrt. Nicht ohne Folgen, wie sich erst Stunden später herausstellte. Als der Streit vorbei war, suchte ich das Zimmer meiner Schwester auf und setzte mich im Schneidersitz unter dem Schreibtisch und schob den Stuhl vor mich. Ich buddelte mich so richtig ein. Mein Kopf war versunken in meinen beiden überkreuzten Armen. Das war immer meine Haltung nach jedem Streit, wenn ich mich innerlich zurückzog und nichts mehr mit irgendwas zu tun haben wollte. Dies war meine innere Welt, in der ich allein sein konnte. Ich suchte in dem Moment die Einsamkeit bewusst, um den inneren und äußeren Schmerz zu dämpfen. Eine

Methode, von der ich damals glaubte, sie sei gleichbedeutend mit seelischer Heilung – vergeblich. Es war nur ein mickriges Pflaster auf eine immer größer werdende Wunde, deren wahre Größe und Tiefe ich vorerst nicht wahrnahm. Je mehr ich gedanklich in meine Schmerzen versank, desto mehr verletzte ich mich selbst. Mit der Trauer fühlte ich mich als Kind irgendwie verbunden. Suchte dort die Wärme, die ich in der wirklichen Welt nicht bekam. Eine Scheinwärme, die nicht echt war, sondern ein Gift, von dem ich mich im Veränderungsprozess vollkommen löste.

Zurück zum Moment der Erinnerung. Nach einer Weile merkte ich, dass mir die rechte Hand wehtat. So sehr, dass ich irgendwann meine Schwester, die im Zimmer war, bat, mich zum Arzt zu fahren. Angekommen beim Orthopäden, musste zunächst ein Röntgenbild erstellt werden. In den 90er Jahren gab es noch die alten Geräte, bei denen das Röntgenbild auf einer großen dunklen Plastiktafel abgebildet wurde.

„Sind Sie 15?", fragte mich der Arzt, nachdem er sich das Bild angeschaut hatte.

„Nein, ich bin 13."

„Wie ist das denn passiert, junger Mann?"

Da war die Frage aller Fragen. Was sollte ich darauf antworten? Dass ich verprügelt wurde zu Hause mit einem Besen? Stattdessen habe ich mir eine Ausrede einfallen lassen, dass ich vom Schrank gestürzt und auf meinem rechten Arm gelandet bin.

„Hm, vom Schrank gestürzt … so, so." Er sah mich durch seine auf der Nase sitzenden Brille an. Der Arzt war so um die Mitte 50. So ganz wollte er mir die

Ausrede nicht abkaufen, hat aber auch nicht weiter nachgebohrt. Zum Glück. Ich hätte damals auch nicht die Wahrheit gesagt. Ich erhielt am rechten Arm eine Bandage und verließ gemeinsam mit meiner Schwester die Praxis. Den kompletten Weg über hat sie absolut nichts zum Geschehenen gesagt. Ich saß im Auto und konnte es selbst nicht wirklich glauben. Aber die Situation war nun mal so wie sie war und ich musste damit leben und vor allem zusehen, dass ich wieder gesund werde.

Ich bin nach wie vor der Meinung, dass meine Mutter selbst nicht wusste, was sie tat. Als ich später älter war und mich diese Erinnerung heimsuchte, habe ich mich diesem Augenblick bewusst gestellt. Und ich habe ihr verziehen. Verziehen auch deshalb, weil sie es in ihrem Leben selbst nicht anders gelernt hatte. Ihre Erziehung sah nicht anders aus als die Erziehung, die ich nach der Trennung von ihr bekommen hatte. Ein emotional distanziertes Verhältnis hatte sie auch zu ihrer Mutter gehabt – was ich nach ihrem Tod erfuhr. Ich glaube, dass diese Erfahrung, die sie in der Kindheit gemacht hatte, sie unbewusst so stark prägte, dass sie es an die eigenen Kinder weitergab, ohne sich dessen wirklich bewusst zu sein.

Wie viele Flüchtlinge tragen solch ein Trauma aus ihrer eigenen Kindheit mit sich herum, ohne dass sie sich selbst darüber im Klaren sind?

Sich geistig von meinen Eltern zu trennen, war eine große Herausforderung. Sie haben mich großgezogen, mich ernährt, mir gute Werte vermittelt und sich gekümmert, wenn mir etwas fehlte. Alles bis zu ihrer Trennung vor Gericht, bei der ich damals als 12-Jähriger mit dabei war. Pädagogisch unheimlich sinnvoll und notwendig ein kleines Kind mitzunehmen. An diese Zeit bin ich nach wie vor emotional gebunden. Als ich mich entschied, meinen eigenen Weg zu gehen, musste ich mich emotional von beiden lösen. Das war das Schwierigste in meinem Veränderungsprozess. Denn geistig war da immer noch die Mutter, die sich gelegentlich in meinem Kopf zu Wort meldete: „Ich meine es doch gut mit dir … Vertrau mir, ich habe bereits lange vor dir meine Erfahrungen gemacht etc." Diese lehrreichen Momente, wenn ein Elternteil mit gedacht gehobenem Haupt vor einem steht, wie eine Königin oder ein König, und die Weisheiten des Lebens diktiert.

Ich wollte die Welt kennenlernen, was meinen Eltern stets ein Dorn im Auge war. Beide waren sich einig, dass aus mir ein Stubenhocker werden sollte, der seine Zeit möglichst zu Hause verbringt. Am besten noch hinter Büchern. Ein Stückchen Wahrheit hat es in sich, da ich heute anstatt hinter Büchern zu sitzen, selbst welche schreibe. Als sie merkten, dass ich ihre Programmierung zu Hause immer wieder sabotierte, fing meine Mutter irgendwann an, mich mit emotionaler Distanz zu bestrafen. Nach und nach bekam ich die emotionale Distanz zu spüren. Das fühlte sich immer an, als ob mir jemand Salz in eine frische Wunde streuen würde.

„Du hast verloren, was ein Mensch nicht hätte verlieren dürfen. Die Liebe."

Als ich diesen Satz zum ersten Mal hörte, befand ich mich in der chirurgischen Abteilung des Krankenhauses in Ratingen. Zu dem Zeitpunkt war ich 19 und es war meine erste Operation, zwei Monate vor meinem Rausschmiss. Am Tag der Operation kam bis auf meinen Vater niemand sonst. Die Nebenwirkungen des Eingriffs waren unter anderem, dass mir die ganze Nacht über Tränen aus den Augen flossen. Ein riesiges Krankenzimmer, in dem ich allein lag, mit einem großen Fenster zum Garten. Neben den Post-Operationstränen flossen parallel noch die richtigen Tränen. Ich spürte den Schmerz nach meiner Nasenscheidenwand-Operation zum ersten Mal, als ich mir zum ersten Mal meiner Einsamkeit bewusst wurde. In diesem Moment musste ich daran denken, wie der Rest der Familie sich um die anderen kümmerte, wenn sie im Krankenhaus waren. Diese Erkenntnis und die Erinnerung an diese Nacht haben mir mehr wehgetan – mehr als die Schmerzen, die ich durch Operation spürte. Das Herz weinte mit. Und ich fühlte mich der Situation einfach nur ausgeliefert. Aufstehen und einfach spazieren gehen war mir nicht möglich. Mir blieb nur die Situation als solches zu akzeptieren.

Im Jahr 2005 waren die Methoden noch nicht ganz so fortschrittlich wie heute. Schmerzmittel musste ich im 2- bis 3-Stunden-Takt – also auch mitten in der Nacht – zu mir nehmen. Meine Stütze – auch emotional – waren sowohl die netten Krankenschwestern, die sich wirklich super kümmerten, als auch die Anwesenheit meines Vaters. Durch diesen Sturm der Erkenntnis musste ich diesmal gehen. Er sollte mich letztlich stärker machen. Es war die Geburtsstunde meiner Resilienz, die ich mit den Jahren weiterentwickelte.

Die Wohnung, in der ich nach meinem Rauswurf mit 19 Jahren wohnte, war – entsprechend meiner Stimmung – düster. Nicht viel war eingerichtet – die Jalousien waren stets unten. Das Schlimme an der ganzen Geschichte war, dass mir mein Zustand, indem ich mich seelisch befand, persönlich gar nicht auffiel. Ich dachte, das ist die Art der Trauer, die ich nun durchmachen muss. Man darf und soll trauern. Immer dann, wenn sich etwas Überwältigendes ereignet, wie zum Beispiel der Verlust eines geliebten Menschen. Wenn Du aber merkst, dass die Trauer Dich wie ein ständiger Begleiter verfolgt, solltest Du professionelle Hilfe suchen. Glaub mir, es ist einfacher, das Ganze von Anfang an zu stoppen, als darauf zu warten, dass der Damm der Emotionen irgendwann von selbst bricht. Dieser gebrochene Damm kann sich durch körperliche Beschwerden, wie Appetitlosigkeit, Antriebslosigkeit u. v. m. äußern. Von den ersten Jahren an, bis zu meinem 21. Lebensjahr und dem Tod meiner Mutter habe ich diese Hilfe nicht in Anspruch genommen. Die Folge war, dass ich lange Zeit unter meinen Gefühlen litt. Obwohl ich Freunde um mich herum hatte, bekamen sie meine Trauer nur indirekt mit. Denn ich hatte die „Maske des ständigen Glücks" getragen.

Doch selbst als ich hinausgeworfen wurde, hatte ich noch Gewissensbisse, mit meiner Familie komplett abzuschließen und einen endgültigen Schlussstrich zu ziehen. Seit der Kindheit wurde mir einprogrammiert, dass die Familie das Wichtigste im Leben ist und die Geschwister vor allen anderen Menschen Priorität haben. Ich will an dieser Stelle diese Haltung nicht kritisieren, weil es durchaus Familien gibt, die wirklich zusammenhalten und in dieser Hinsicht die Haltung vollkommen richtig ist.

Was ich vom Leben gelernt habe und seitdem für mich anwende, ist, dass die einzige Erwartung, der man gerecht werden sollte, die eigene ist! Für diese Erkenntnis brauchte ich all die Schmerzen, die ich auf meinem Weg erlitt, weil das Programm, das ich von zu Hause und aus meiner Umgebung mitbekommen hatte, es mir einfach nicht erlaubte, anders zu denken. Heute bin ich dankbar für den seelischen Frieden, den ich habe. Nicht mehr im Konflikt mit meiner inneren Stimme zu sein und meinen Frieden gemacht zu haben mit der Tatsache, dass ich einst über lange Zeit ungerecht behandelt wurde.

Mein Wille hat dafür gesorgt, dass mein Herz nicht verbitterte. Im Gegenteil! Je mehr Schmerz ich erfuhr, desto stärker konzentrierte ich mich darauf, eben nicht so zu werden.

Ein gedankliches Hamsterrad des Gewissens sorgte dafür, dass ich die häusliche Programmierung über Jahre unbewusst mitgenommen habe. Die Stimmen der Eltern. Entweder der Vater oder die Mutter sitzen mir in verschiedenen Situationen geistig im Nacken und haben mich daran gehindert, den Schritt der Veränderung schon in jungen Jahren zu wagen.

Was in der öffentlichen Diskussion gerne übersehen wird, ist, dass es auch in der deutschen Kultur diese Art von elterlichem Einfluss gibt. Wir sind so konditioniert, dass wir glauben, all die strengen Regeln und häuslichen Einflüsse gäbe es nur in „fremden" Kulturen.

Wenn Du beginnst, jegliche Einflüsse zu hinterfragen und sie vor Dir zu sehen, sie sogar aufzuschreiben, wird es Dich am Anfang viel Kraft und Energie kosten. Dies ist es aber wert! Es erforderte Mut, alles Negative loszulassen, von dem ich vorher glaubte, es festhalten zu müssen, weil es zu meiner Vergangenheit gehörte. Meine Mutter hielt an Vergangenem fest, weil es für sie das seelische Nahrungsmittel war, mit dem sie ihre eigene innere Leere füllte.

Ich musste lernen, den verletzten inneren Jungen in mir zu umarmen und ihm die Gewissheit zu geben, dass sich die schrecklichen Dinge aus der Vergangenheit im Erwachsenenalter nicht wiederholen werden. Dass der „kleine Deva" nun endlich erwachsen geworden ist und niemand das Recht hat, ihn jemals wieder zu schlagen und er es auch nicht zulassen wird. Dies gelang mir über die Jahre, indem ich immer wieder in Kontakt mit dem inneren verletzten Jungen aus der Vergangenheit trat, damit ich endlich im Hier und Jetzt ankommen konnte. Zuvor war ich gefangen im Hamsterrad der ewigen Schuldzuweisungen, adressiert an Menschen, die die Seele meiner Kindheit durch unberechtigte Handlungen quälten.

Wenn Du einen Berg an Belastungen hast, den Du abtragen willst, erscheint er zunächst gigantisch und einschüchternd. Fang mit einer Sache an. Wenn diese abgearbeitet ist, dann fahre mit der nächsten fort und so weiter. So habe ich mit 24 Jahren meine Veränderung in Angriff genommen.

Vorher dachte ich immer, dass es mich niemals treffen wird, weil ich seit meiner Kindheit immer schlank war. Tja, die Kindheitsjahre waren auch schon eine Weile her. Ich habe mich vier Monate lang an einen Ernährungsplan gehalten, begleitet von einem radikalen Trainingsplan. Geschwitzt habe ich wie in der Sauna. Ein Funken Hoffnung blühte auf. Ich wollte mich zusätzlich mental stärken. Mit der körperlichen Veränderung veränderte sich gleichzeitig auch mein Denken, das ich langsam auf Erfolg und positive Sichtweisen umprogrammierte. Langsam aber sicher. Ein Schritt nach dem anderen. Hierzu verschlang ich Unmengen an Literatur, alles, was sich um die Themen „Achtsamkeit" und „Veränderung" drehte. Nach einem halben Jahr bemerkte ich bereits die deutliche Veränderung in meinem Bewusstsein. Ich fühlte mich emotional freier im Kopf und konnte mich nach und nach auf die Gegenwart konzentrieren. Ich erlangte mein früheres Gewicht zurück und fühlte mich wieder wohl in meinem Körper. Jetzt hieß es, sich nicht auszuruhen, sondern weiterzugehen. Nicht jedem gefällt die Fitnessbude. Es gibt etliche andere Sportarten, die geeignet sind, sich durch ihre Ausübung im eigenen Körper wohlzufühlen. Sei es Schwimmen, Reiten,

Tennis, Fußball, Basketball etc. Der Kopf und der Körper werden es Dir danken.

Die Vergangenheit loszulassen, bedeutete für mich zugleich, nicht in der ewigen Frage nach dem Warum zu verbleiben. Von nun an akzeptierte ich die Ereignisse, die in meinem bisherigen Kapiteln passiert waren, und versprach mir, es ab sofort anders zu machen. Die Zeit zurückdrehen, das kann ich nicht, aber dafür im Hier und Jetzt als erwachsener Mann die bewusste Entscheidung treffen, dafür bin ich allein verantwortlich. Diese Neuausrichtung half dabei, den seelischen Heilungsprozess in den Therapiesitzungen leichter in Gang zu bringen. Auch wenn heute dann und wann Erinnerungen aus der Vergangenheit hochkommen, bin ich mir stets bewusst, dass es sich um ein altes dunkles Kapitel handelt, das heute keine Kontrolle mehr über meine Seelenwelt hat. Diese Gewissheit wünsche ich jedem Leser, der aufgrund von Erlebnissen aus seiner Kindheit und Jugend vielleicht selbst betroffen ist und noch im Erwachsenenalter unter ihnen leidet. Ich weiß, dass es nicht einfach ist. Allerdings will ich Dir mit meiner Geschichte aufzeigen, dass es einen Ausweg geben kann, wenn Du bereit bist, durch das Tal der verletzten Gefühle zu gehen – mit all den Höhen und Tiefen, die Dich auf dieser Reise erwarten. Doch am Ende kann ein Funken Licht das Leben wieder lebenswert machen. Das wünsche ich Dir vom ganzen Herzen.

DIE LIEBE

In diesem Kapitel widme ich mich dem Thema, das jeden Menschen im Laufe seines Lebens betrifft. Die erste große Liebe, von der man vorher immerzu geträumt hat. Eingetrichtert von Disney und Liebesschnulzen aus Hollywood werden wir bereits in jungen Jahren mit einem Liebesbild konfrontiert, das der Realität fremd ist. Ich gehörte ebenfalls zu der Kategorie von Menschen, die dieses Bild von Liebe für bare Münze nehmen. Mit dem Unterschied, dass es bei mir Bollywood war. RTL II hat diese Filme zum ersten Mal vor über zehn Jahren in die deutsche Fernsehlandschaft überführt. Der erste Schritt, Deutschland mit Indien bekannt zu machen, geschah mit 3-Stunden-Liebesschnulzen, die plötzlich mit einem Getanz und Gesang aufwarten, die damals ihres gleichen hätten vergeblich suchen müssen. Heute findest du in jeder Stadt eine Yogaschule nach der anderen. Ich erinnere mich an viele Wochenenden – da war ich noch im Kinderwagen", an denen die ganze Familie vor dem Fernseher saß. Das hat mich schon als kleines Kind gestört. Selbstredend war ich damals viel zu klein, um selbstständig aufzustehen und zu gehen. Aber hätte ich es gekonnt … So musste ich es leider über mich ergehen lassen. Da hätte ich mir noch lieber freiwillig *Arielle, die Meerjungfrau* angeschaut. Irgendwann, als ich alt und groß genug war, suchte ich ständig das Weite. Ich ging raus. Manchmal auch einfach ohne triftigen Grund. Während die ganze Familie zu Hause saß und in der Scheinwelt versank, suchte ich die Verbindung zur „realen Welt".

In dem Alter kreisten meine Gedanken ums Spielen, Blödsinn machen, Experimentieren. Ich kletterte auf Bäume und kam mit aufgeplatzten Knien nach Hause. Meine Eltern widmeten mir selten Zeit, also suchte ich eigenständig das Abenteuer und brachte einige Schlamassel mit nach Hause, was ihnen ordentlich Kopfschmerzen bereitete. Es war nicht selten, dass ich in jungen Jahren auf der Straße zu kämpfen wusste, wenn ich zu Unrecht angegriffen worden war. Als ich mit meinem damaligen besten Freund Daniel in einem ehemaligen Mobilfunkanbieter-Gebäude herumlungerte, kam irgendwann der im Viertel unsympathischste Junge vorbei und fing grundlos wieder einmal an, uns blöd anzumachen. Murat, der mit seinen sechs Jahren bereits satte 50 kg wog, war uns beiden Lauchen haushoch überlegen. So dick und überzeugt von seiner Kraft war er, die er auch zu nutzen wusste. Doch diesmal wollten wir nicht wegrennen. Ich stellte mich vor meinen Freund und ließ nicht locker, was nach hinten losging. Ich kassierte ordentlich, während Daniel versuchte, uns auseinanderzuhalten. Bis letztendlich ein alter Mann eingriff. Meine Haare waren völlig durcheinander. Zusätzlich hatte ich am Hals eine offene Wunde, weil ich auf dem Boden gelegen hatte, während er mich kratzte und an mir zerrte. Weinend ging ich nach Hause, allerdings wischte ich die Tränen weg, bevor ich die Wohnung betrat. Ich richtete mir noch halbwegs die Haare und setzte einen möglichst unauffälligen Blick auf. An dem Tag hätte mir nur noch ein Heiligenschein gefehlt. Meine Eltern durften davon nichts mitbekommen, das war nach jeder Auseinandersetzung das oberste Gebot für mich. Und so behielt ich den Streit für mich und hoffte, dass es niemand zu Hause bemerkt – mit Erfolg. Von vielen Auseinandersetzungen habe ich zu Hause gar nicht erst erzählt. Aus Angst, dass es dadurch nur noch schlimmer wird. Diese Angst begleitete mich jahrelang. Ich setzte mich in meinen Kinderbuggy und schaute den „Bollywood-Film" dann ebenfalls.

Das war die Geburt meiner Flucht in die indische Filmwelt. Ohne dass ich mir dessen wirklich im Klaren war, nistete sich über die Jahre, bis hin zur Pubertät, ein falsches Bild der „Liebe" und des Führens einer „Beziehung" bei mir ein. In den indischen Filmen wird die Frau als eine Art „heilige Maria" dargestellt, geradezu als jungfräulicher Engel auf Erden. Bis zum Zusammentreffen mit dem männlichen Hauptcharakter hat sie sich nie in einen anderen verliebt und versucht mit allen Mitteln, ihre Jungfräulichkeit für die einzig große Liebe zu bewahren, auch vor dem männlichen Hauptcharakter des Films. Dieser wiederum verliebt sich Hals über Kopf, als er ihr begegnet. Am besten noch an der Haltestelle oder beim Vorbeigehen am Kiosk. Völlig Banane. Aufgewachsen mit diesen Filmen, glaubte ich tatsächlich an die einzig wahre große Liebe und hatte die Vorstellung von der „Traumfrau", die mir diese Filme vermittelten. Wie Du bereits weißt, wurde bei uns zu Hause kein Deutsch gesprochen, zumindest nicht von meinen Eltern. Ich kannte nur die Kultur meiner Eltern und dachte, das sei die „einzig wahre" kulturelle Identität – und so halt auch meine. Was sich später mit dem Zusammenbruch des Glashauses als Illusion herausstellte.

„Alle anderen haben nicht so eine tolle Tradition mit so vielen bunten Farben und Gebräuchen wie meine." Das war das Programm, das meine Eltern versuchten, über die Jahre hinweg in meinen Kopf zu installieren. Und wenn sie das Gefühl hatten, dass ich mich diesem Programm widersetzte, kassierte ich. Mit emotionalen und auch körperlichen Verletzungen wurde versucht, aus mir einen Jungen zu formen, der einem gleicht, der in Sri Lanka aufgewachsen ist. Ein weichgespülter Milchbubi, der zu allem Ja und Amen sagt. Vergeblich, weil ich genau deshalb im Glashaus mit Steinen warf. Und eines Tages hatte ich so stark geworfen, dass es kaputtging. Es musste auch kaputtgehen, damit ich mich auf die Suche nach meiner emotionalen Freiheit begeben konnte.

Die tamilischen Frauen, die man auf den traditionellen Feierlichkeiten traf, waren gänzlich anders als jene aus den Filmen. Nämlich so, wie junge Frauen halt sind. Launisch, wählerisch, dem Anschein nach (fast) unnahbar etc. Das Bild von Frauen, das ich mir über die Jahre aufgebaut hatte, hatte mit der Realität überhaupt nichts zu tun. Da konnte man nicht mittendrin aufstehen und ein Lied singen, das als „Flirt" interpretiert wird. So musste ich meine eigenen Erfahrungen sammeln. Die Vorstellung, die heilige Maria zu treffen, entpuppte sich schnell als falsch, als ich meine Beziehung zu Landsfrauen suchte und diese nicht mit dem Bild übereinstimmten, das mir in den Filmen und über die im Exil lebende tamilische Gesellschaft vermittelt wurde.

In der traditionellen Realität ist das öffentliche „Flirten", was wir hier in der heimischen Gesellschaft kennen, offiziell verboten. Dieses Kulturgesetz gilt selbst im Exil, z. B. in Deutschland, sodass die Kinder, wenn sie später erwachsen sind, an einen Partner, den die Eltern aussuchen, versprochen werden. Auch bekannt unter dem Begriff „arrangierte Ehe". Bis dahin dürfen die Kinder keine Liebesbeziehung eingehen. Das ist die goldene Regel. In der Realität machen es die meisten aber heimlich und mittlerweile geht der Trend so weit, dass in einigen Elternhäusern „Liebesbeziehungen" offiziell anerkannt und erlaubt werden. Zu meiner Zeit undenkbar, und wir sprechen von den 90er-Jahren. In Internetforen und Chatrooms tummelten sich nämlich die ansonsten lieben und artigen junge Frauen, weil es dort den großen Vorteil der Anonymität gab. Menschlich gesehen ist so etwas vollkommen verständlich. Liebe ist das Wesentlichste, was ein Mensch braucht.

Mein innerer Rebell war so groß, dass ich all die Dinge, die zu Hause und innerhalb der kulturellen Gesellschaft verboten waren, heimlich machte. Ich habe sozusagen für meine häusliche und kindliche

Freiheit gekämpft, mit Erfolg, auch wenn ich dafür einen hohen Preis zahlen musste. Mit 18 bekam ich zu Hause zum ersten Mal einen eigenen PC mit Internetanschluss. Wie gesagt, ich gehöre noch zum alten Eisen, sodass wir noch weit entfernt von der digitalen Revolution waren. Die Realität von Smartphones lag noch in weiter Ferne im Jahr 2005. Auf dem Nokia – Nokia war die damalige Vorreiterfirma in Sachen mobiler Kommunikation – war für alle Handynutzer ein einziges Spiel namens „Snake" vorinstalliert. Das war´s. Eine digitale Schlange, die mit der Zeit immer größer wurde. So simpel und doch interessant zugleich. An der Stelle grüße ich alle Kinder der 90er und 80er.

Über den Austausch im Netz habe ich erste Kontakte zu Landsfrauen geknüpft, die ich dann auch in der realen Welt getroffen habe. Online-Dating gab es also schon damals. Es ist keine Erfindung des 21. Jahrhunderts. Undercover natürlich. Oberste Priorität bei solchen Treffen war stets, zentrale Orte zu meiden und eine Stadt auszuwählen, in der die Wahrscheinlichkeit ziemlich gering ist, dass dort Bekannte oder Freunde der eigenen Familie anzutreffen sind. Die Gefahr, Inhalt der Gerüchteküche zu werden, war noch viel zu groß. Und so sammelte ich Date um Date meine Erfahrungen mit dem anderen Geschlecht und merkte schnell, dass diese Art des Kennenlernens für einen extrovertierten Wassermann nicht das Wahre ist. Im Vergleich zu heute war das damals noch die harmloseste Variante. Mittlerweile haben wir einen ganzen Markt, auf dem Firmen mit der Hoffnung von Menschen Milliarden verdienen.

Während meine Mutter aus der Touristenmetropole Negombo kam, stammte mein Vater aus dem nördlichsten Kleininseldorf Velanai. Dorfmann trifft emanzipierte moderne Frau aus der City. Hinzu kam der große Bildungsunterschied zwischen meinen Eltern, der die Kommunikation und das Verständnis über gewisse Dinge, die sich in Deutschland ereigneten und in der hiesigen Gesellschaft galten, zwischen ihnen erschwerte. Die Themen Liebe und Beziehung brauchte ich gar nicht erst eröffnen, weil sämtliche Andeutungen in diese Richtung jeweils mit Zorn und Gewalt bedroht wurden.

Meine oberste Priorität war, meine Eltern stolz auf mich zu machen, während ich meine Bedürfnisse dahinter zurückstellte. Die Scheidungsrate in Deutschland hat in den letzten Jahren enorm zugenommen. Sogenannte „Pflichtbeziehungen" verpflichten einen Partner quasi gedanklich dazu, mit dem anderen zusammenzubleiben, weil man doch so viel gemeinsam aufgebaut hat. Als sich meine Eltern damals trennten, stand viel auf dem Spiel: Unser Wohlstand, den mein Vater über die Jahre in Deutschland eigenständig aufgebaut hatte, und die Verantwortung gegenüber den kleinen Kindern um jeden Preis aufrecht zu erhalten. Ich war zum Zeitpunkt der Trennung 12 Jahre alt. Die Trennung hat dann ihre unsichtbaren Spuren hinterlassen.

Meine erste Beziehung endete in einem Scherbenhaufen. An dieser Stelle will ich keine weiteren Angaben machen. Auch zum Schutz des und aus Respekt vor dem anderen Menschen gegenüber. Respekt gegenüber der gemeinsamen Zeit.

Ab diesem Zeitpunkt fing ich tatsächlich an, alles zu hinterfragen. Das gesamte Programm, das ich von zu Hause und von meinen Freunden mitbekommen habe. Zu dem Zeitpunkt der Trennung meiner Beziehung war ich 24 Jahre alt. Manchmal spielt das Schicksal ein Spiel, in dem Du manchmal Glück hast und manchmal Dein Unglück hinnehmen musst. Ich saß auf dem Gerichtsflur und konnte nicht wirklich glauben, was gerade passierte. Zwölf Jahre zuvor saß ich als junger Zeuge neben meiner Mutter im Gerichtssaal. Das Gefühl, das zuvor über viele Jahre durch Gewalt und seelische Verletzungen von nahestehenden Menschen niedergeschmettert wurde, hatte mir erneut Schmerzen eingebracht. Innerlich habe ich mich von der Liebe für eine Zeit verabschiedet. Ich dachte, dass ich mein Herz auch in Zukunft vor diesem Gefühl schützen muss, um nicht verletzt zu werden. Deshalb verschloss ich die Jahre danach mein Herz. Ich wollte niemanden mehr an mich heranlassen.

Ich konzentrierte mich von da an vollends auf meinen Weg der Heilung.

Weder zu Hause noch in der Schule bekam ich die wahre Bedeutung von Liebe beigebracht. Das ist kein Vorwurf, sondern eine Beschreibung aus meiner Sicht – genau wie Folgendes. So ist heute meine eigene Definition von Liebe: Eine bedingungslose Wärme und Zuneigung zu allen Menschen, die in meinem Leben wichtig sind. Wenn ich in der Lage bin, einem anderen Menschen Wärme und Zuneigung zu geben, ohne im Gegenzug etwas dafür zu erwarten, dass ich etwas bekomme, dann bin ich in der Lage, das Gleiche auch zu empfangen. Für diese Erkenntnis benötigte ich die bitteren Lehrstunden des Kummers, und dafür bin ich heute dankbar.

Wir leben heute in einer Zeit, in der uns eingespeist wird, schneller sein und höher hinaus zu wollen, selbst nie genug zu sein, nie genug zu haben – um uns das Gefühl zu vermitteln, dass uns etwas fehlt. Es wird uns auf sozialen Medien suggeriert, dass wir am besten einen Körperfettanteil von unter fünf Prozent haben sollten und wer nicht im Fitnessstudio angemeldet ist, begeht den Fehler seines Lebens. Alles, was darüber hinaus geht, ist schon zu dick. Nichts gegen schlank sein. Alles schön und gut, wenn es sich im Rahmen hält. Das was ich schreibe, meine ich nicht böse. Der Schein des Perfektionismus ist mittlerweile wie ein unsichtbarer Virus in unsere Leben gedrungen und treibt dort sein Unwesen, ehe es Betroffene bemerken – in der realen Welt da draußen und vor allem auch digital. Und wenn die ganzen Apps aus sind, ist auch die Illusion mit den Smileys aus. Was bleibt, ist die Realität. Meine war der Scherbenhaufen, den ich mit den Jahren erfolgreich weggeräumt habe. Und manchmal verletzte ich mich noch an der einen oder anderen Scherbe. Aber heute sind es nur Narben der Erinnerung. Die Gewissheit, dass es vorbei ist, gibt mir heute jeden Tag mit der Morgensonne Lebensmut.

Wer erklärt die Basis, die wir für ein glückliches und erfülltes Leben benötigen? Alle dreschen uns im Laufe des Erwachsenwerdens ein, was richtig und falsch ist. Dabei wird zu häufig ignoriert, was wir in Wirklichkeit wollen. Und vor allem, was Du willst.

Auf der Suche nach der Definition, was „Liebe" überhaupt ist, kam ich zu folgender Erkenntnis: Es ist eine bedingungslose Verbindung zwischen zwei Seelen, die keinen Raum und keine Worte braucht. Eine Kraft, die das unsichtbare Band zwischen zwei Menschen hält, auch in stürmischen Zeiten. Ein Gefühl, welches einem allein durch das Denken an das Gegenüber innere Sicherheit gibt. Es ist der Hafen des emotionalen Zuhauses deiner und der Seele des Gegenübers. Als Kind war für mich solch ein Hafen in der Seele meines Vaters zu finden, bis heute. Ich wusste damals, dass ich mich stets auf ihn verlassen konnte, was er mir versicherte – und auch durch seine Taten immer wieder bestätigte. Gern hätte ich mir solch ein Band auch bei meiner Mutter gewünscht, doch es blieb nur bei der inneren Sehnsucht. Als Kind konnte ich diese emotionale Kluft zwischen mir und ihr nicht in Worte fassen. Dafür konnte ich als Erwachsener diese Wunde heilen. Auch das Heilen von alten Wunden ist eine besondere Form von Selbstliebe. Wenn wir beginnen, jegliche Handlung mit Liebe in Verbindung zu bringen, dann trainieren wir unsere Seele darauf, die Dinge aus einer anderen Perspektive zu betrachten. Das Ego tritt somit nach und nach in den Schatten. Du erhältst mehr Kontrolle

über Deine tatsächliche Gefühlswelt, die nicht länger
Opfer schneller impulsiver Entscheidungen ist. Denn
das war lange ein Thema, unter dem ich in meinen
20ern gelitten habe, und niemand konnte mir wirklich
helfen. Ich wollte es in den Griff bekommen, wusste
aber nicht wie – bis ich mich dazu entschloss, meinen
Blickwinkel nicht vom Ego auszurichten, sondern
vom Herzen. Dafür brauchte ich Jahre. Diese Entscheidung war richtungsweisend, sodass ich meine
Impulsivität aus jungen Jahren endgültig verbannen
konnte. Und falls sich ein emotionaler Sturm ankün-
digen sollte, so kann ich heute besser denn je damit
umgehen. Habe Vertrauen in den Prozess und in die
liebevolle Reise zu Dir selbst.

DAS NEST

Manche haben das Glück, in einer intakten Familie aufzuwachsen. Ein Segen des Himmels. Was ich im Austausch mit zahlreichen Menschen immer wieder gesehen und bestätigt bekommen habe, ist die emotionale Verwahrlosung, in der manche Kinder auch in wohlhabenden Elternhäusern aufwachsen – ohne dass es den Eltern bewusst ist. Die Betonung liegt auf *manche* und nicht *alle*. Ich lernte als Kind zwei unterschiedliche wirtschaftliche Welten kennen. In der Zeit, in der ich im Asylheim lebte, gab es an manchen Tagen nur eine warme Mahlzeit am Tag. Und ich habe es als Zustand akzeptiert, weil ich es nicht anders kannte. Als Kind konnte ich noch nicht äußern, was ich will, und nicht für meine Bedürfnisse einstehen. Deswegen kam es vor, dass ich bei Heißhungerattacken Süßigkeiten im Supermarkt nebenan geklaut habe. Heute steht der Markt „Real" dort, wo früher noch „Continent" und dann „Wal-Mart" war. Ich erinnere mich, wie ich einmal eine Packung „Mamba" unter dem Gerüst der Spielekonsole versteckt hatte, an der ich immer „Super Mario" gespielt habe. Ich wollte die Süßigkeiten am nächsten Tag weiteressen. Mit meinen sechs Jahren waren meine Hände und Ellenbogen noch so zart und dünn, dass sie zwischen sämtliche Lücken passten. Die

Sachen direkt zu klauen, traute ich mich nicht, deswegen hatte ich meine eigene „Theorie". Wenn ich die Süßigkeiten direkt vor Ort esse, dann ist das kein Diebstahl. Dachte ich zumindest. Zwischen den Regalen erstreckte sich ein langer Flur, wo sich auf der linken Seite die Spielkonsole befand, während auf der rechten Seite im Regal die ganzen Spiele aufgestapelt waren. Ich hatte die Tüte an der mittleren Konsole unter dem Gerüst versteckt. Wie sollte auch jemals jemand darauf kommen, dass darunter etwas versteckt liegt? Als ich am nächsten Tag wieder in den Markt ging, wartete ich ab, bis kein Kunde mehr im Flur stand und legte mich mit meinem gesamten Oberkörper auf den Boden, um meinen rechten Arm auszustrecken. Kein Wunder, dass mir die berühmte Szene im Film „Mission Impossible", in der sich Tom Cruise abseilt, Jahre später so gefiel. Ich kam mir selbst vor wie ein kleiner Agent.

Ich griff die Packung und wollte den Arm wieder herausziehen, doch ich klemmte fest! In dem Moment, in dem ich meinen Arm zurückzog, stieß ich mit meinem rechten Ellenbogen an die Kante des Gerüsts. Ich versuchte es immer und immer wieder, nur mit mehr Kraft. Du kannst Dir gar nicht vorstellen, was für eine Angst in mir hochkam und was für ein Film in meinem Kopf vor sich abspielte. Krankenwagen, Polizei, Eltern, Ärger, Schläge Später kamen dann zwei Kunden, die mir helfen wollten, doch auch sie konnten nichts ändern. Ich klemmte fest und lag dabei mit dem Gesicht auf dem Boden. Ich hätte heulen können. So eine Angst hatte ich bis dato noch nie gehabt. Immer und immer wieder versuchte ich, meinen

Arm herauszuziehen. Keine Chance gegen das Stück Metall. Und kurz bevor ich losheulen wollte, spürte ich einen starken Arm hinter meinem Rücken, der das Gerüst hochhob und ich so meinen Arm herausziehen konnte. Der Mitarbeiter ging weiter und ich sah nur seinen Rücken, als er davon spazierte. Er war mein Held. Der Ratinger Superman war für mich der netteste Mitarbeiter, der kleine Jungs aus der Klemme befreit. Und die Mambas, auf die hatte ich dann auch keine Lust mehr, denn der Appetit war mir im wahrsten Sinne des Wortes vergangen. Seitdem sollte ich dann nichts mehr im Markt verstecken – oder Lebensmittel im Supermarkt essen.

Ich war noch zu klein, um meinen Hunger in Worte zu fassen und meiner Mutter mitzuteilen. Daher suchte ich, wenn mich nach der Schule gelegentlich der Heißhunger heimsuchte, eigenständig nach Essensmöglichkeiten. Bei uns gab es das Mittagessen in der Regel zwischen 16 und 17 Uhr, was zugleich auch das Abendessen war. Gefrühstückt habe ich jeweils in der Schule. Ein gemeinsames Frühstücken mit der Familie gab es in meinem „Nest" nicht. Auch das war etwas, das ich bei meinen deutschen Mitschülern immer bewundert habe. Ich wusste lange Zeit nicht, dass so etwas eigentlich normal ist. Den berühmten leckeren Ceylon-Tee aber, den gab es jeden Morgen. Deshalb hat er in meinem Leben auch noch heute Tradition. Mit Milch und Honig.

Weihnachten war zum Beispiel ein Fest, so erinnere ich mich heute als Erwachsener, zu dem es bei uns schön und besonnen war. Ich bewunderte immer den

Weihnachtsbaum. In meinem Glashaus gab es also auch schöne Zeiten, zum Beispiel, wenn wir als Familie gemeinsam kulturelle Feste besuchten. An solchen Tagen waren meine Eltern für einen kurzen Moment eine Einheit und es herrschte ein „Wir"-Gefühl, wo sonst jeder für sich war. Im Nachhinein bin ich heute dankbar dafür, wie sich die Dinge in meinem „Nest" ereignet haben. Denn wäre es nicht so gekommen, hätte sich mein Charakter nicht zu dem entwickeln können, der mich heute ausmacht. Deshalb will ich Dich dazu motivieren, unabhängig von den Erlebnissen, die in Deinem Leben passiert sind, auch die Dinge zu sehen, an denen Du gewachsen bist. Die dazu beigetragen haben, dass Du Deinen Weg bis hierhin gegangen bist.

WEIHNACHTEN

Schauen wir uns in diesem Kapitel auch noch mal an, wie ich das Fest der Liebe nach meinem Rausschmiss mit 19 Jahren persönlich neu definiert habe und mit welchen Herausforderungen ich dabei zu kämpfen hatte.

Es ist die Zeit, in der viele Menschen auf der Welt, ob christlichen Glaubens oder eines anderen, sich Zeit nehmen, um mit der Familie zusammen Weihnachten zu feiern. Die Geburt von Jesus Christus. Für mich war dieses Fest, trotz der Trennung meiner Eltern, immer noch etwas ganz Besonderes. Ich habe diese Zeit oft mit meinem Vater verbracht, obwohl ich noch zu Hause bei meiner Mutter lebte. Doch mein Vorhaben, das von mir gebaute Nest, was ich über die Jahre versuchte, zu erhalten, sowie das Gleichgewicht in der Beziehung zwischen meiner Mutter und meinem Vater zu wahren, endete leider mit meinem Rauswurf. Ab 2006 war Weihnachten für mich erst einmal ad acta gelegt.

Erst nach meinem Neustart fing ich an, wieder eine Beziehung zu Weihnachten aufzubauen. Seit 2011 schnappe ich mir zu Heiligabend eine volle Lebensmitteltüte und fahre in einige Stadtteile von Köln und halte nach Obdachlosen Ausschau. Manche setzen sich gezielt an bestimmte Plätze, an denen viel los ist – so auch zu Heiligabend. So erinnere ich mich noch an Weihnachten 2014, als in der Innenstadt gefühlt alle 200 Meter Obdachlose mit einem Pappschild „Ich habe Hunger" vor sich ihre Matte ausgelegt hatten und jeden Passanten bewusst anschauten. Ich war auf der Suche nach einem Menschen, der innerlich aufgegeben hatte. Ich ging die Passage weiter auf und ab, bis ich im rechten Augenwinkel einen Mann sah, der an der Ecke eines Ladenlokals auf der Hohe Straße saß. In sich gekehrt, ohne Decke und Pappschild, saß er da, während die Menschen voller Hektik an ihm vorbeiliefen. Als ich auf ihn zuging, hat er mich erst spät bemerkt. Ich gab ihm einen warmen Kaffee und die Lebensmitteltüte und wünschte ihm: „Frohe Weihnachten." Er konnte es kaum glauben, aber letztendlich hat er die Sachen angenommen. Ich mache es, nicht um mich besser zu fühlen, sondern weil ich damals auch kurz davor war, aufzugeben, und wäre auch beinahe da gelandet, ohne dass es irgendjemand mitbekommen hätte.

Es ist jedes Jahr ein symbolischer Akt für mich. Ein Zeichen, dass ich denjenigen helfe, die keine Kraft mehr haben, ihren Lebensweg weiterzugehen. Es ist eine Zeit für mich, die ich gezielt nutze, um das Jahr Revue passieren zu lassen. Der Gang zur Kirche gehört für mich auch zu diesem Ritual. Für Einsamkeit und Trauer gibt es heute keinen Platz mehr. Denn diese Zeit ist vorbei und die Narben der Seele sind verheilt, zum Glück. Ich füttere die dunklen Kapitel meines Lebens nicht mehr mit der Opferplatte.

Wenn Du Dich manchmal in solchen Gefühlszuständen befindest, in denen Dich ein Zug voller negativer Gefühle heimsucht, dann kannst Du ihn anhalten und gar nicht erst einsteigen! Ich war zu Hause gefangen zwischen den Welten meiner getrennt lebenden Eltern. Die abendlichen und morgendlichen Meditationen gaben mir den seelischen Balsam, der mich von den emotionalen Wunden heilte.

Ich habe dieses Kapitel bewusst geschrieben, weil ich weiß, dass es da draußen auch den einen oder anderen Menschen gibt, der vor allem an solchen Feiertagen nicht die Zeit mit einer Familie oder anderen lieben Menschen verbringen kann – einfach, weil es diese Menschen nicht mehr im Leben dieser Person gibt, warum auch immer. Diesen Lesern möchte ich Mut machen. Es ist keine Schande und man muss sich nicht dafür schämen. Es war nicht einfach für mich, den Rauswurf – und den Schatten den dieser zu der Zeit auf mein Leben warf – nicht mehr mit Weihnachten in Verbindung zu bringen. Ich musste aus diesem Fest schlicht das Beste machen, um nicht im Sumpf des Selbstmitleids zu versinken. Am Ende ist es die Bedeutung, die wir den Dingen geben, die darüber bestimmt, wie emotional belastend etwas sein kann. Eines Tages werde ich Weihnachten mit meiner eigenen Familie, die ich gegründet haben werde, verbringen und dann wird dieses Fest auch in meinem Leben nochmals eine ganz andere Bedeutung erhalten. Bis dahin mache ich das Beste draus. Niemand sagt, dass ich mich einsperren und mich einsam fühlen muss. Heute bin

ich der Regisseur meiner Geschichte und schreibe sie
so, wie ich es will. Es gab genug Zeit, um zu trauern.
Diese Zeit ist vorbei.

DER WEG

Zu Hause herrschte eine ziemlich hohe Erwartungshaltung, was schulische Leistungen betraf. Aber sich mal mit dem Jungen hinzusetzen und ihm zu helfen, wie „Lernen" eigentlich funktioniert, darauf ist keiner der Experten zu Hause gekommen. Ich habe nur den Leistungsdruck gespürt, den meine Eltern und die Schule aufbauten. Ich konnte mich einfach nicht konzentrieren, der Stress war zu groß. So kam es oft vor, dass ich bei Aufgaben, die einzeln vor der Klasse gelöst werden mussten, wie der letzte Depp dastand. Bis zur siebten Klasse war das so. Zu Hause war ich kein Vorzeigesohn. Im Freundeskreis war ich zudem das fünfte Rad am Fahrrad – was, wie ich heute weiß, nichts zu sagen hatte. In den Augen der Lehrer schließlich konnte ich dem Bild des braven Musterschülers nicht gerecht werden.

Mit 24 Jahren erinnerte ich mich zurück, als für mich damals mit 13 der Fall mit dem Schulwechsel klar war. Ich stellte mir die Frage, was und wohin will ich? Schnell kam ich zu dem Entschluss, dass ich schon immer im Bereich Medien und Fernsehen arbeiten wollte. Es war ein Kindheitswunsch, den ich mir nicht wirklich zugestehen wollte, weil ich dachte, einen „vernünftigen" Job zu erlernen, wäre wichtiger. Doch was ist schon vernünftig? Warum also sollte ich nicht vor einem Publikum stehen? Dass ich gerne rede, war schon damals ein Dorn im Auge meiner Umgebung. Und zwar allen! Familie, Lehrern, Mitschülern usw. Wer aus der Reihe tanzt, ist nicht immer willkommen in einem Kreis des Schweigens und Gehorchens. Und ich liebte es, bewusst aus der Reihe zu tanzen. Da, wo etwas zu sagen war, habe ich als Erster den Mund aufgemacht. Es wäre auch etwas komisch, wenn ich heute als Vortragsredner auf der Bühne vor den Schülern nichts sagen würde. Da wäre das Publikum schnell enttäuscht und würde irgendwann den Saal verlassen.

Ich recherchierte, welche Möglichkeiten es gab, in die Medienwelt einzusteigen. Und so habe ich ein Weiterbildungsinstitut gefunden. Ich musste nicht lange zögern, um zu merken, dass es sich diesmal richtig anfühlt, dass dieser Bereich zu mir passt. Da gab es noch eine kleine Hürde. Nämlich die Behörde dazwischen und dementsprechend die Berater. Während ich beim ersten Berater eine ordentliche Absage kassierte, obwohl die Förderung auf deren Liste stand, und er mir eine aus den Fingern gezogene Begründung gab, warum es nicht ging, wollte ich es diesmal nicht einfach so hinnehmen. Dafür stand viel zu viel auf dem Spiel und ich stand viel zu tief im Wasser. Nachdem ich die Tür hinter mir schloss, ging ich auf gut Glück zu einer anderen Tür und klopfte. Auf den ersten Blick sah der Berater einen kleinen Tick freundlicher aus, als der andere. Dieser strahlte eine gewisse Wärme aus. Ich erklärte ihm, was ich wollte und dass ich diesen Weg gern gehen möchte und Unterstützung brauche. Er vereinbarte einen neuen Termin bei einem „Teamleiter", bei dem ich noch mal vorstellig werden sollte. Ich musste da jetzt einfach durch – auch wenn es nicht gerade angenehm war. Beim zweiten Termin zog ich alle Register und sagte: „Ich möchte endlich das machen, was ich seit meiner Kindheit machen wollte, es aber nie durfte. Medien und Kamera haben mich schon immer interessiert und die Fächer, die an der Wirtschaftsakademie in Köln unterrichtet werden, sind genau die Fächer, mit denen ich etwas anfangen kann, anstatt das trockene BWL-Studium, das ich nach vier Semestern abgebrochen habe."

Es dauerte keine zwei Minuten, da reagierte der Teamleiter mit den Worten: „Also, sie kriegen den Bildungsgutschein."

Mit 26 Jahren noch einmal die Schulbank in Köln zu drücken, war auch für mich eine interessante Erfahrung und so ließ ich mich zum Kaufmann für audiovisuelle Medien ausbilden. Parallel dazu entstand mein erstes Buch „Im Glashaus gefangen zwischen Welten". Und so wirklich glauben konnte ich es auch nicht, als ich mein erstes Werk in den Händen hielt. Etwas, das ich für die Gesellschaft getan habe, um einen Beitrag zu leisten. Und gleichzeitig als Ausdruck meiner jahrelangen Rebellion, als erster Exil-Tamile in Deutschland öffentlich über bis dahin mit Tabus belegte Dinge zu reden und zu schreiben. Aus Angst vor der Reaktion der im Exil lebenden Gesellschaft der Tamilen redete vorher niemand darüber. Danach haben etliche Landsleute den Weg fortgeführt, was mich freut. Ein

Gedanke wurde zu einem Werk. Aus diesem wurde meine heutige Berufung. Deshalb sage ich, dass das „Glashaus" zu mir gekommen ist und mich zu dem gemacht hat, der ich heute bin. Es verlieh der jahrelangen Rebellion ein öffentliches Fundament.

Mein weiterer Weg führte mich schließlich dann nach Köln, wo ich neun Jahre lebte. Dazu war es für mich wichtig, den Entschluss zu fassen, mich wirklich auf die Stadt einzulassen und meinen Horizont zu erweitern. Jeder, der nach Köln kommt und die „Kölsche Frohnatur" kennenlernt, kommt um eine gelungene Integration in dieser Stadt nicht herum. Der Kölner Karneval zeigt sich in seiner vollen Farbenpracht und man lernt die Kultur der Stadt, das „Jeföhl", kennen. Eine Art Integrationsritual für alle Neuen. Mit der Zeit heilten meine inneren Wunden und ich merkte, dass das Leben weiterging. Irgendwann begriff ich, dass ich mich nicht mehr im „dunklen Tunnel" befand, sondern endlich das Licht der Hoffnung wirklich spürte. Ich begann zu strahlen. An dieser Stelle möchte ich allen Mut machen, die sich vielleicht in einer Lebenssituation befinden, in der ihnen der Boden unter den Füßen weggezogen wurde. Auch wenn es schwer zu glauben ist, diese Leidenszeit geht eines Tages vorbei, wenn Du an Dich glaubst und an das Licht am Ende des Tunnels. Irgendetwas hat mich damals davon abgehalten, die Flucht in die Obdachlosigkeit oder in die Drogen zu suchen. Eine höhere Kraft, die mir Hoffnung in die Arme legte. Und diese Kraft und Hoffnung wünsche ich Dir von ganzem Herzen und dass Du Dich an diese Zeilen erinnerst, wenn Dir das Schicksal einmal einen Strich durch die Rechnung machen sollte. Der ständige Hang zum Vergleich, den ich als Kleinkind mit in die Wiege gelegt bekommen habe, war unter anderem der Grund dafür, warum ich mich in jungen Jahren nicht „glücklich" gefühlt habe.

„Als ich damals noch dies und jenes gemacht habe … Wenn ich in deiner Situation wäre, dann würde ich "

Solche und ähnliche Weisheiten bekam ich im Laufe meines Lebens von meinen Liebsten zu hören. Entweder sind es die engsten Freunde oder die eigenen Eltern.

Ich hatte selbst lange Zeit nicht die Verantwortung für mein Leben in der Hand. Gab lange Zeit anderen die Schuld für meine miserable Situation und befand mich so im Hamsterrad der Ausreden.

Ein Beispiel ist die Zeit nach meinem Rauswurf von zu Hause. Ich war fest davon überzeugt, dass man mir Unrecht getan hatte. In den ersten Jahren danach gab ich den Umständen die Schuld für meine tiefe Traurigkeit – der Tatsache, dass mir so etwas passieren konnte. Ich hing der Frage „Warum ich?" nach. Das Schlimme an dem Ganzen war, ich gab solchen Gefühlen Macht über mich. Mit der Abgabe der Verantwortung über den schweren Schicksalsschlag, der mich mitten im Abitur heimsuchte, habe ich keine Veränderung herbeigezaubert. Erst als ich anfing, das Geschehene als Fakt zu akzeptieren und die Verantwortung für die Zukunft zu übernehmen, konnte ich mich endgültig von diesen überwältigenden Gefühlen lösen.

Zu Zeiten, als ich geschlagen wurde, hielt ich mich an den traurigen Gefühlen fest, die mich in unterschiedlichen Abständen wie eine Tsunamiwelle heimsuchten. Ich verglich meine Situation unbewusst immer mit jenen, von denen ich wusste, dass sie nicht von ihren Eltern geschlagen werden. Das war zum Beispiel zu Schulzeiten so. Damals habe ich mich von meinen Mitschülern abgegrenzt. Hätte ich zu Schulzeiten die Verantwortung für meine Gefühlswelt übernehmen können, dann wäre ich noch einen Tick besser mit meinem inneren Ungleichgewicht zurechtgekommen. Ich wäre bis zu meinem Neustart nicht so aggressiv und impulsiv gewesen, ohne zu verstehen, warum. Immer, wenn ich mich über banale Dinge aufgeregt habe, die nicht funktionierten, bereute ich meinen Wutausbruch hinterher.

Leider blieb es bei der Frage nach dem Warum und ich nahm mir vor, das nächste Mal die Kontrolle zu behalten. Aber es nur zu wollen, ohne aktiv am Unterbewusstsein anzusetzen, ist ein netter Versuch, der nie fruchtet. Erst als ich anfing, die Dinge aktiv aufzuschreiben, begann ich, das Ganze an mein Unterbewusstsein, also an die Kommandozentrale zu schicken und dort die Saat zu säen. Und mit diesem Moment fing die bewusste Veränderung bei mir an.

Wenn sich Deine Gefühlswelt in einem ganz ähnlichen Stadium befindet, dann verurteile Dich bitte nicht und habe Verständnis für Dich selbst!

Wie Du jetzt weißt, gab es aber eine Zeit, in der ich mich einsam und verlassen fühlte. Versunken in Gedanken und Gefühlen, hervorgerufen durch

Verletzungen durch Menschen, die ich einmal sehr geliebt habe.

Die Therapie, die ich mit 22 Jahren machte, hatte sicherlich ihre Daseinsberechtigung und ihren Anteil daran. Und für einen ersten Schritt ist es, meiner Meinung nach, die richtige Anlaufstelle, wenn man, wie ich damals, nicht weiterweiß. Vorausgesetzt, du bist bei dem richtigen Therapeuten. Während der Therapie hatte ich nicht immer das Gefühl, dass mein damaliger Therapeut mich wirklich verstand. Diesen Gedanken behielt ich zunächst für mich und machte weiter, weil ich den größeren Nutzen dahinter erkannte. Die Sitzungen haben mir geholfen, die Wunden aus meiner Kindheit und Jugend für einen kurzen Moment zu versorgen. Heute sind sie als Narben in Form von Erinnerungen zurückgeblieben, ohne zu schmerzen. Das half mir den Weg zu gehen, ohne mich von der Vergangenheit blenden zu lassen. Erst mit 31 Jahren traute ich mich zum ersten Mal, allein nach Sri Lanka zu reisen und eigenständig eine Rundreise zu unternehmen. Zuvor hinderte mich der Bürgerkrieg daran, solch einen Schritt zu wagen. Während dieser Rundreise lernte ich das Land, die Menschen und zugleich auch mich neu kennen. Ich erkannte, dass ich mir jegliche Grenzen, die ich zuvor in meinem Kopf hatte, über die Jahre selbst angeeignet hatte. Diese Grenzen wurden durch die Rundreise im Land meiner Eltern nach und nach gesprengt. Auch das zuvor zum „Feind" deklarierte Volk der Singhalesen konnte ich richtig kennenlernen. Ich lernte, dass ein ganzes Volk mit den politischen Entscheidungen, die Repräsentanten eines Staates treffen, nichts zu tun haben muss.

Heute begleite ich Kinder und Jugendliche auf ihrem Weg und finde schnell Zugang zu ihnen. Das liegt daran, dass ich sie emotional auf Augenhöhe abhole, sie sich gesehen und verstanden fühlen. Bei meinem Programm der *„Identitätsreise – Wer bin ich wirklich?"* hätte ich zuvor nicht im Traum daran gedacht, dass ich mit ihm so vielen Schülern helfen würde. Auch für diese Aufgabe, die auch großen Anklang in der Öffentlichkeit und den Medien findet, bin ich heute dankbar. All dies wäre nicht möglich gewesen, wenn ich der Dunkelheit in mir freien Lauf gewährt hätte. Es ist wichtig, das zu verstehen. Psychische Erkrankungen wie Depressionen sind eine andere Ebene, auf die ich hier nicht eingehen möchte. Ich spreche von verletzten Gefühlen, die durch die Wahl unserer Gedanken über sie eine Bedeutung bekommen. Meine Einsamkeit in jungen Jahren hätte mich an manchen Tagen innerlich zerstört, doch der Glaube, dass es eines Tages vorbeigeht, gab mir die Hoffnung, weiterzumachen. Und diese Hoffnung möchte ich auch Dir geben, wenn Du gerade in einer ähnlichen Lage bist und über das Aufgeben nachdenkst.

DIE VERGANGENHEIT MEINER MUTTER

Meine Mutter hatte in Sri Lanka keinen Schulabschluss gemacht, was nicht heißen soll, dass sie nicht schlau genug gewesen wäre. Sie verbrachte ihre Zeit meist zu Hause oder bei Nachbarn. Sie hatte vier Geschwister: eine leibliche Schwester, zwei Stiefbrüder und eine Stiefschwester. Das alles erfuhr ich erst nach ihrem Tod, als ich 2008 zur Bestattung ihrer Urne nach Sri Lanka reiste. Die Urnenbeisetzung in Negombo war für mich auch eine Reise, um Antworten auf Fragen zu finden, die ich seit meiner Kindheit mit mir herumschleppte. Als ich bei meiner Tante war, stellte ich ihr alle möglichen Fragen.

Es kam heraus, dass der leibliche Vater meiner Mutter ein starker Alkoholiker war, der sich nicht um die Familie gekümmert hatte. Irgendwann warfen sie ihn aus dem Haus und sein Bruder lebte dann mit der Frau weiter zusammen und zeugte mit ihr drei weitere Kinder. Trotz des Lebens im Existenzminimum traute sich meine Oma, diesen Schritt zu wagen und ihren Mann des Hauses zu verweisen, was damals schon ein absolutes Tabu war. Ich glaube, dass meine Mutter als kleines Kind schlimme Szenen miterlebt haben muss und sie den Rauswurf unbewusst mit Frieden assoziiert hat. Ich weiß es nicht, es sind nur Vermutungen von mir.

Mit der Hochzeit mit meinem Vater setzte sie auf ein neues Kapitel. Ein neues Leben mit einer neuen Hoffnung. Und tatsächlich waren meine Eltern in der ersten Zeit glücklich gewesen. Eine Zeit in Sri Lanka, die ich als Kind nicht mitbekommen habe und auch leider nie in Deutschland. Wie gerne hätte ich die beiden für einen Augenblick glücklich erlebt. Und wenn es mal für ein paar Tage harmonisch war, hatte ich die Hoffnung, dass es so bleiben könnte. Der Haussegen hing dann aber wieder durch irgendeine banale Sache schief.

Beide hatten schließlich ohne das Einverständnis ihrer Eltern den Bund der Ehe geschlossen. Es herrschte ein enormer psychischer Druck auf ihnen, etwas auf die Beine zu stellen und am Ende nicht als Versager dazustehen. Vor allem mein Vater musste die Verletzung, die er seiner Familie angetan hatte, wiedergutmachen.

Meine Mutter hatte also weder eine schulische Ausbildung noch irgendwelche anderen beruflichen Fähigkeiten, bis auf die Tatsache, dass sie eine leidenschaftliche Näherin gewesen war, die private Aufträge bekam.

Mein Vater war damals der Hauptverdiener und ernährte die komplette Familie. Noch am selben Tag, an dem er jeweils seinen Lohn in Sri Lanka erhielt, kaufte er das Essen für seine Familie. Keine einfache Startposition für eine junge Ehe in ihren ersten Jahren.

Und dennoch bewundere ich die beiden, wie sie die zahlreichen Karten, die das Leben ihnen zuspielte, nutzten so gut es ging und das Band der Ehe für 26 Jahre hielt. Eines Tages ergriff mein Vater seine Chance, über die DDR im Jahr 1982 nach Deutschland auszuwandern. Für die unbekannte Reise ließ er Frau und Kinder zurück.

Sie hatte auch viele Wünsche. Einer der Wünsche war zum Beispiel, uns zwei jüngeren Kinder nach Sri Lanka mitzunehmen, damit wir unsere Oma kennenlernen. Ein Wunsch, den sie erst nach dem Tod meiner Oma äußerte. Dadurch, dass sie es für sich behielt, war es auch nur ein Gedanke, der leider nie Realität wurde.

Die Menschen, die mir heute begegnen, wundern sich über die Resilienz, die ich unter diesen familiären und schulischen Umständen entwickelt habe. Dabei darf man nicht vergessen, dass hinter dieser Entwicklung mittlerweile 14 Jahre aktive Arbeit an mir selbst stehen, die bis heute andauert. Der erste Schritt war, mich freiwillig in Therapie zu begeben. Am Ende war ich nicht viel schlauer als zuvor, aber darum ging es nicht. Sondern darum, dass ich überhaupt anfange, meinen verletzten Gefühlen Aufmerksamkeit zu schenken. Danach folgten weitere Jahre der Persönlichkeitsentwicklung, in denen es darum ging, tief in das Unterbewusstsein vorzudringen und dort aufzuräumen. In diesem geistigen Wohnzimmer habe ich gesehen, wie unordentlich und voll es eigentlich ist. Das Unterbewusstsein ist wie ein Lagerraum der

Seele. Alles, was Dich verletzt oder in irgendeiner Weise beschäftigt, wird in erster Linie dort abgeladen und mit einer Emotion gekoppelt, die immer dann getriggert wird, sobald in Zukunft eine ähnliche Situation auftaucht. Dazu gehören unter anderem Trennungserfahrungen am Ende einer Liebesbeziehung, der Verlust des Arbeitsplatzes, Angst vor Spinnen etc.

Meine Mutter befand sich bis zu ihrem Tod im Stressmodus. Ihr wurde alles zu viel. Wenn ich sie mal nach einem gemeinsamen Ausflug gefragt hatte, überforderte sie das bereits. Und irgendwann hatte ich es dann aufgegeben, danach zu fragen. Der Alltag überlastete sie. Und das Ganze gepaart mit einer kaputten Ehe und vier Kindern. Sie war auf das Konstrukt „Familie" nicht vorbereitet, weil sie direkt aus ihrer damaligen Rolle des „Hausmädchens" in Sri Lanka in die nächste Rolle der „Hausfrau" schlüpfte. Irgendwann resigniert die Seele. Wut und Traurigkeit machten sich irgendwann in ihrer Seele breit, ohne dass ich es als Kind verstand. Ich war zu jung, um diese Dinge zu verstehen und zu hinterfragen, sonst hätte ich ihr helfen können und hätte es auch gerne getan. Da sie selbst aber keine liebevolle Bindung zu ihrer Mutter hatte, prägte dies natürlich ihren Charakter. Dies erfuhr ich während meiner Recherchearbeiten in Sri Lanka, als ich ihre verbliebenen Geschwister besuchte.

Bevor ich den Hintergrund meiner Eltern kannte, verstand ich vieles nicht. In meiner Kindheit war ich einfach verletzt und rebellierte, koste es, was es wolle.

Irgendwie war jedes Familienmitglied in seinem eigenen „Glashaus" gefangen und damit beschäftigt, es um jeden Preis zu verteidigen.

Meiner Mutter fehlten die Werkzeuge und die nötige Kraft, um sich Hilfe zu holen. Sie war so stark, dass sie mit niemandem über das Kriegstrauma sprach. Eines Tages hörte ich eine Geschichte, die sie einem Bekannten erzählte und die mir als Zwölfjährigem eine Gänsehaut bescherte. Ich gebe sie hier sinngemäß wieder. Sie erzählte dem Bekannten damals, dass sie mit anderen Menschen eines Tages an der Bushaltestelle in Sri Lanka stand, als ein Konvoi von einem Militärfahrzeug anhielt. Als die Soldaten den Ausweis eines Wartenden sehen wollten, weigerte sich dieser, ihn zu zeigen. Zudem stellte er demonstrativ seinen rechten Fuß vor die Soldaten und schaute sie provozierend an. Daraufhin nahmen sie ihn in Gewahrsam. Während des Bürgerkriegs herrschte dort zu jeder Tageszeit eine Ausweispflicht. Am nächsten Tag fuhr der Konvoi erneut an die Bushaltestelle – und sie warfen die Augäpfel des Mannes aus dem Fenster. Es herrschte Stille im Wohnzimmer und der Bekannte war genauso sprachlos wie ich, der sich im Flur versteckte und die Geschichte mithörte. Das war eins von vielen Erlebnissen, die sie in sich geheim hielt. So etwas macht etwas mit einem Menschen, wenn man nicht darüber spricht und solche Erlebnisse professionell aufarbeitet.

Ich glaube, durch meine kindliche Rebellion und die ständigen Streitereien, die ich mit ihr hatte, glaubte sie, dass ich sie nicht liebte, obwohl das absolute Gegenteil der Fall war. Ich liebte sie mehr als irgendwas anderes in meinem Leben. Nur konnte ich es ihr nie sagen oder zeigen, was mich als Kind und Jugendlicher wie ein dunkler leiser Schatten auf meinem Herzen belastete.

Ihr unverarbeitetes Kriegstrauma und die Exilerfahrungen bildeten die Nährböden für die Entstehung ihrer isolierten Welt, wovon ich nichts mitbekommen hatte und konnte. Deswegen gebe ich heute niemandem die Schuld und auch nicht ihr. Die Schläge, die ich bis zum 19. Lebensjahr bekommen habe, sind ein Resultat dessen, was sie in ihrer Heimat am eigenen Leib erfahren musste. Ihr Leben war schlicht, wie das Leben vieler Hausmädchen. Ich glaube, auch sie hatte viele Wünsche und Träume, die sie früh begraben und für sich behalten hat. Der Krieg hat sie stärker gemacht, als sie ohnehin schon war. Das ist das Bild, was ich von ihr in meinem Herzen trage.

DIE BÜHNE
DES LEBENS

Ich beginne den Tag, indem ich morgens aufstehe und gleich nach dem Frühstück eine siebenminütige Meditation mache. Dazu höre ich klassische Musik, lehne mich im Relaxsessel zurück, schließe die Augen und konzentriere mich auf den Atem. Sieben Minuten, nicht mehr und nicht weniger. In den ersten fünf Minuten prasseln alle möglichen Gedanken auf mich ein. In der letzten Minute merke ich dann, wie ich einen großen Atemzug mache und diesen bewusst ausatme. Mit ihm werden die Gedanken einmal komplett ausgeatmet. Wenn Du jetzt denkst, dass Du dafür keine Zeit hast, ist das vollkommen in Ordnung. Das dachte ich am Anfang auch. Erst als ich in der Persönlichkeitsentwicklung über diese Methode gelesen hatte, habe ich die Entscheidung getroffen, dass ich mir mein Leben nicht „stressig" reden möchte. Es geht nur darum, welche neuen Dinge in mein Leben kamen, nachdem ich die bewusste Entscheidung getroffen hatte, ein neues Kapitel und ein neues Leben zu beginnen.

Ich habe mich mit dem Phänomen der „Zeitlosigkeit" beschäftigt, weil ich früher auch zu den Menschen gehörte, die sich gerne einredeten, keine Zeit zu haben. Ständig online zu sein in allen möglichen überlebensnotwendigen Apps, ständig Nachrichten und Chats zu beantworten, das kostet Zeit und vor allem Konzentration, denn man muss sich auf das digitale Gespräch konzentrieren, anstatt es auf die einfachste Art zu tun und zum Hörer zu greifen. Alles frisst Zeit und Nerven. Das soll hier keine Predigt zum Thema „Digital Detox" werden, sondern ist nur der Spiegel eines Alltags, der sich bei mir unbewusst für eine Weile eingeschlichen hatte. Was wäre, wenn wir den Medienkonsum einmal komplett auf das Wesentlichste reduzieren würden? Wenn wir wieder zurückfänden zum Miteinander im wirklichen Leben?

Sich präsent in die Augen schauen, ohne aufs Handy zu starren. Meinen Freundeskreis habe ich mittlerweile darauf eingestimmt, mich anzurufen, wenn sie etwas von mir wollen. Dadurch komme ich viel schneller an Antworten und muss nicht erst warten, bis und ob die Häkchen sich blau färben. Eine Zeit lang offline zu sein, hat noch niemandem geschadet. Die Illusion der digitalen Welt löst sich dann mehr und mehr auf.

Werte waren lange Jahre in meinem Leben nicht vorhanden bzw. eine regelrechte Unbekannte. Erst als ich mich in den letzten Jahren intensiv mit ihnen beschäftigt habe, gelangte ich zu Antworten. Eine davon ist Freiheit und Liebe. Die Freiheit, Dinge tun zu können, die ich will. Dafür ist es auch wichtig, „Nein" zu Dingen zu sagen, wenn sie mir nicht gefallen. Es steht in keinem Gesetz, dass ich Alkohol trinken muss, nur weil ich auf einer Party bin. Es gibt aber einen nicht verschriftlichten sozialen Kodex, der wiederum von Fremden aufgestellt wurde, mit der Idee, dass sich die anderen daran halten sollen. Aber auch hier unterwerfe ich mich nicht, weil ich es nicht will. Kein Urteil, sondern ein Resultat aus der Befreiung vom Gesellschaftsdruck. Die gedankliche Freiheit, zu meiner Meinung zu stehen, ohne mich von anderen negativ beeinflussen zu lassen, dafür musste ich einen schweren und schmerzhaften Weg in Kauf nehmen.

Ich lerne immer mehr neue Kulturen und deren Bräuche kennen. Schaue über meinen Tellerrand hinaus. Wäre ich noch in meinem alten Gedankenmuster geblieben, dann wäre ich niemals dazu gekommen, diese neue Charaktereigenschaft zu entwickeln.

Meinen inneren Frieden konnte ich dadurch herstellen, dass ich mich bewusst meinen Ängsten gestellt habe. Die Schicksalsschläge, die ich erlebt habe, waren für mich Wegweiser, mich selbst neu zu entdecken. Wenn auch Du Dich durch bestimmte Ereignisse in Deinem Leben gezwungen sahst, Dich zu verändern, dann habe eines Tages den Mut und die Kraft, in Gedanken zu diesem Ereignis zurückzukehren und es auf ein Blatt Papier (Feuerritual) zu schreiben, um Dich langsam, aber endgültig davon lösen zu können. Von einem Mal werden keine Wunder geschehen, doch mit der Zeit, wenn Du diese Übung einige Male wiederholst, wirst Du eine Veränderung bei Dir bemerken. Irgendwann hast Du dann Distanz gewonnen von dem, was früher wie ein

Plagegeist immer dann in Deine Gedanken eindrang, wenn Ruhe in Deinen Alltag einkehrte.

Das ist eine von vielen Methoden, die Du anwenden könntest, um bestimmte Geschehnisse der Vergangenheit zu verarbeiten. Aber auch nur, wenn Du dazu bereit bist, sonst kann der Schuss nach hinten losgehen und die Welle der verletzten Emotionen wäre zu groß, um sie alleine zu bewältigen.

Als ich mich im Prozess der Selbstfindung komplett vom Hinduismus abwandte, war es eine der größten Herausforderungen in meinem Leben. Ein Stück weit die Welt aufzugeben, in der ich einst in Zeiten der Verletzung und Aussichtslosigkeit Zuflucht suchte. Gerade in den Zeiten, in denen ich geschlagen wurde, war der Glaube mein Balsam für die verwundete Seele. Und der kam immer zur rechten Zeit. Das Schicksal, zu Hause und in der Schule geschlagen worden zu sein, gab mir am Ende die Motivation, erst recht keine Kaltherzigkeit gegenüber der Welt und meinen Mitmenschen in mir aufkommen zu lassen. Und ich denke, dass ich heute von mir behaupten kann, dass ich es ganz gut hinbekommen habe. Auch das wünsche ich Dir an dieser Stelle von ganzem Herzen, dass auch Du, trotz der schmerzhaften Erlebnisse in Deiner Vergangenheit, nicht Dein Herz verschließt vor dem Leben im Hier und Jetzt. Wenn diese Geschehnisse vorbei sind und Du dennoch Deinen Weg weitergegangen bist, dann bist Du bereits ein stärkerer Mensch als zuvor.

Auch ich hatte in mir früher eine Mauer errichtet, ohne dass es mir wirklich bewusst war. Ich konnte lange Zeit kein Vertrauen zu anderen Menschen entwickeln, immer mit der Angst im Hinterkopf, verletzt zu werden. Ich war ständig angespannt. Das war in den ersten Jahren, nachdem für mich alles zusammengebrochen war.

Heute ermutige ich junge Schülerinnen und Schüler, sich nicht von den äußeren Umständen des Lebens einschüchtern und beeinflussen zu lassen. In solchen Momenten kann man im Saal häufig die Stecknadel fallen hören, weil ich in diesem Moment bei vielen einen wunden Punkt treffe: „Genau das beschäftigt mich gerade." Niemand ist allein mit seinem Erlebnis. Auch ich nicht. Als mir das bewusst wurde, löste ich mich endgültig von der Frage nach dem Warum. Ich sprengte meine Ketten. Das Gleiche wünsche ich Dir. Dass auch Du die Fesseln, die Dir zugefügte Verletzungen angelegt haben, sprengst und im Hier und Jetzt ankommst. Dass die Sonnenstrahlen der Welt in Dein Herz gelangen. Mittlerweile sind die Schulen und vor allem die Schüler dankbar, dass jemand Themen anspricht, die sonst im Schulalltag viel zu kurz kommen. Ein Lehrer hat nur 45 Minuten Zeit, in denen er den Unterrichtsstoff behandeln muss. Für eine intensive Aufarbeitung sensibler Themen gibt es nach wie vor zu wenig Zeit. Während meiner bundesweiten Reise durch die Schullandschaft haben einige Schüler ihre persönlichen Schicksalsschläge mit mir geteilt, und ich konnte ihnen helfen. So kann ich mich an eine Frage erinnern, in der es um häusliche Gewalt in einer Liebesbeziehung ging. Um meinen Rat wurde gebeten. Hier zeigte ich dem betroffenen

Schüler auf, dass er sich zunächst fragen sollte: „Ist das genau diese Art von Partnerschaft, die ich führen möchte?" Bei der Antwort, die dann hochkommt, ist dann genau hinzuhorchen – so mein Rat.

Ein anderes Erlebnis: An einem Tag hatte ich durchgehend fünf Stunden am Stück geredet. Ich hatte in Thüringen drei Auftritte absolviert, bei denen in den Pausen Presse- und Medienvertreter zu mir kamen. Danach war ich einfach nur platt und suchte die Flucht ins Hotel. Doch will ich mich nicht beklagen, denn ich bin dankbar für die Aufgabe, die mich heute gefunden hat. Nach mühevollem Anklopfen an jegliche Redaktionstüren hatte ich 2023 dann endlich meinen allerersten Auftritt im öffentlich-rechtlichen Fernsehen: in der Sendung „SWR Nachtcafé" mit dem Thema „Wie Familie uns prägt". So richtig vorbereitet habe ich mich nicht, denn ich wollte die Fragen des Moderators authentisch und ehrlich beantworten. Jedoch hätte ich nicht gedacht, dass nach der letzten Frage die Resonanz so groß ausfiel, sodass ich quasi ein wenig überfordert war. Was die letzte Frage war, das kannst Du Dir gerne im Netz anschauen. Der Podcast, den ich gestartet habe, kam auch nur durch die Initiative einer Bekannten zustande, die als wissenschaftliche Handanalytikerin arbeitet. Erst durch den entsprechenden Schubs ließ ich mich auf dieses Projekt ein und konnte bereits einigen Prominenten und ihren Lebensgeschichten lauschen. Dieses Vorhaben dient in erster Linie dazu, Vorbilder zu präsentieren, die trotz Widrigkeiten ihren Weg gegangen sind und sich nicht aufhalten ließen. Junge Menschen stehen heute vor den Herausforderungen des Gruppenzwangs und der sozialen Ausgrenzung, die droht, sobald sie sich innerhalb der Gruppengemeinschaft nicht mehr gemäß ihrer zugewiesenen Rolle verhalten. Ich erfuhr das Mobbing zu meiner Schulzeit noch ausschließlich auf dem Pausenhof und musste zumindest nicht befürchten, dass es nach der Schule weiterging. Heute sieht die Welt ein wenig anders aus. Das Mobbing geht auf sozialen Plattformen, wie Instagram und Co., digital weiter. Betroffene fühlen sich oft ohnmächtig und leiden stillschweigend. Diesen Schülern zeige ich auf, dass sie ihren Zustand nicht als solches akzeptieren müssen. Dass es Wege gibt, die seelischen Verletzungen bereits im frühen Stadium zu behandeln, anstatt diese jahrelang mit sich zu schleppen, so wie ich es getan hatte. Zudem gibt es Momente, in denen Schüler emotional werden – ihnen widme ich mich dann besonders. Hier gehe ich in die entsprechenden Sozialräume der jeweiligen Schule, wo der Raum dafür da ist, um entsprechend agieren zu können. Häufig geben betroffene Schülerinnen und Schüler ihrer Seele dann endlich den Raum, den sie zuvor nicht bekam. Und die Emotionen, die dann hochkommen, sind bereits eine erste Befreiung des Schmerzes. Wenn das Gespräch schon eine Weile andauert, bedanken sich die Schüler auch noch einmal dafür, dass sie endlich mit jemanden, der sie versteht, über ihre Sorgen und Gedanken reden können. Am Ende geht es darum, verstanden und gesehen zu werden. Und heute bin ich dankbar, meinen Beitrag dazu zu leisten.

DAS RITUAL

Die folgenden Zeilen möchte ich speziell Dir widmen. Für den Tag, an dem Du vielleicht das Bedürfnis empfindest, Dich von einer belastenden Erinnerung zu lösen. Dafür gehe ich in diesem Kapitel tiefer hinab in die Ebenen der eigenen Belastung.

Manchmal plagten mich Erinnerungen, von denen ich dachte, dass ich mich von ihnen längst gelöst habe. Leider war da im Unterbewusstsein noch etwas übrig. Als ich nach dem Tod meiner Mutter anfing, mich mit Partys und Alkohol abzulenken, war ich mir dessen nicht wirklich bewusst. Die lauten Bässe im Club sollten meinen Schmerz vertreiben, doch stattdessen wurde er am nächsten Tag nur größer und stärker. Meine Seele flüchtete vor dem Schmerz und hatte Angst, sich ihm zu stellen. Erst als ich nachts im Bett kein Auge mehr zubekam, nahm ich das Signal wahr und begab mich in die Therapie. Soweit muss es aber nicht kommen. Leider hatte mir das keiner gesagt. Denn ich trug damals noch meine Maske, um meine Verletzungen zu verbergen.

Als die Gewalterfahrungen sich bereits in meine Körperzellen eingeschrieben hatten, spürte ich bis zum „Neustart" immer einen unbewussten emotionalen Druck. Eine verborgene Grundaggressivität, die tief in meinem Unterbewusstsein verankert war und immer dann zum Vorschein kam, wenn ich durch äußere Einflüsse gezielt beeinflusst wurde. Da wurden bestimmte Triggerpunkte berührt, die den Reiz auslösten. Im Nachhinein fragte ich mich immer wieder, wann das „Biest" in mir endlich verschwinden würde. Ich wollte mich von der Wut befreien und war gleichzeitig gefangen in den Ketten meiner verletzten Gefühle.

Erst als ich auf mein verletztes Herz schaute und anfing, die Dinge genauer wahrzunehmen, als die Erinnerungen bewusst auftauchten, erst dann begriff ich, was geschehen war. Und dieser Schritt tat enorm weh. Die Narbe wurde erneut aufgerissen, damit die Wunde am Ende heilen konnte. Alles kam wieder hoch und es schmerzte noch mehr als in meinen Erinnerungen. Aber ich musste durchhalten, bis zum Ende. Auf dem Weg der Heilung. Im Stirb-und-werde-Prozess. Ich musste mich von den Verletzungen aus der Vergangenheit verabschieden, damit der Weg zur Heilung geebnet werden konnte.

Du kannst Dir meine damalige Seelenwelt etwa wie eine Messie-Wohnung vorstellen, die zwanzig Jahre lang nicht mehr aufgeräumt wurde. Vielleicht hast Du schon einmal von der Statistik gehört, dass sich Trennungskinder häufiger Partner aussuchen, bei und mit denen sie nach einer Trennung die gleichen Erfahrungen machen wie bereits ein Elternteil in seiner Ehe. Da ich selbst ein Trennungskind bin, habe ich meine eigene These dazu, wie dieses Phänomen zustande kommen kann. Betonung auf *kann*. Den Hut des Wissenschaftlers kann ich mir nicht anziehen. Es erscheint fast schon als ein unausweichlicher Prozess, dass sich psychisch verletzte Menschen bewusst Partner aussuchen, die ebenfalls instabil sind. In einigen Promi Interviews konnte ich dieses Phänomen selbst beobachten – ohne an dieser Stelle Prominenten einen besonderen Status geben zu wollen. Das logische Ergebnis einer Gleichung, wenn zwei kaputte Welten aufeinandertreffen.

Als ich anfing, meine innere Welt zu heilen, da erkannte ich auch das unbewusste „Liebesmuster" aus meiner Kindheit in Bezug auf meine Mutter. Als Junge versuchte ich, ihre Gunst zu ergattern, leider vergebens. Ich versuchte sie auf emotionaler Ebene zu erreichen, auch dies gelang mir nicht – worunter ich heimlich litt und niemand aus der Familie bekam es mit. Ich scheiterte immer und immer wieder.

Innerlich sehnte ich mich in meinen Beziehungen nach einer heilen Welt, die ich nach der Trennung meiner Eltern nie hatte. So versuchte ich in den späteren Beziehungen, unbewusst das alte Muster aus der Kindheit und Jugend zu wiederholen. Erst als ich dieses Muster in der Therapie auflösen konnte, fühlte ich auch in diesem Bereich die innere Heilung und die bewusste Akzeptanz dessen, was vergangen und kaputt ist. Vielleicht werde ich mich im nächsten Leben gut mit meiner Mutter verstehen und vielleicht wird sie mich dann so lieben und akzeptieren wie ich bin. Und das ohne Streit.

Meine Mutter ist seit mehr als zehn Jahren tot und ich kann sie nicht mehr retten. Niemand kann es und schon gar nicht ein Partner. Eine Wahrheit, die mich, als solche unerkannt, in den früheren Beziehungen viel Enttäuschung kostete. Zum Glück sollte ich sie letztlich erkennen, sonst hätte ich dieses Schema nie verabschiedet und meine Seele wäre – ständig ruhelos auf der Suche – nie zur Ruhe gekommen. Wichtig ist an dieser Stelle, den richtigen Filter einzusetzen und nach dem eigenen Gefühl zu gehen. Höre auf Dein Herz, wenn Du bei einem Menschen das Gefühl hast, dass Du gut aufgehoben bist. Dann versuche, Dich ihm langsam aber sicher anzuvertrauen. Deine Intuition kennt bereits die Antwort, ehe der Kopf beginnt zu denken.

Du hast nur dieses eine Leben und dafür ist es viel zu kurz, um es in Trauer und Kummer zu verbringen. Eine Erkenntnis, die ich auch erst viele Jahre später gewonnen habe.

Ich möchte Dir damit nur zeigen, dass die Entscheidung, eine Sache zu tun oder zu lassen, bei uns liegt und nicht bei der Gesellschaft, in der wir leben. Wer was denkt und wie er das findet, ist seine Sache. Wenn Du Dich verändern möchtest, dann tu es bitte für Dich und erzähle es nicht Menschen, die mit dem Thema nichts anfangen können. Zu früh ist die Gefahr der Demotivation. Den Weg gehst Du. Ich gebe Dir die folgende Geschichte aus meinem ersten Buch an die Hand, weil sie gerade sehr schön an dieser Stelle passt. Diese erzählte mir damals eine Therapeutin in einer Sitzung:

„Es war einmal ein Junge, der auf seiner Reise durchs Leben viele Dinge mit sich schleppte, die er in der Vergangenheit gesammelt hatte. Eines Tages traf er auf einen alten Mann, der ihm den Rat gab, unnötige Dinge abzulegen und seine Reise fortzuführen, also den weiteren Weg leichter zu gehen.

Der junge Mann folgte diesem Rat des alten Mannes, legte einige der alten und unnötigen Gegenstände ab und ging weiter. Nach einiger Zeit traf er wieder auf einen alten Mann, der ihm den Rat gab, weitere Dinge abzulegen, die er nicht benötigte. Er folgte auch diesem Rat und legte die restlichen Gegenstände ab. Auf seiner Reise, die nun ohne jegliche Lasten verlief, bemerkte der Junge, dass er all die Zeit eine unnötige Last mit sich herumgeschleppt hatte, die seinen Weg zum Ziel erschwert hatte."

Wenn die Vergangenheit Dich belastet, dann ist es nun an der Zeit, diese Lasten anzugehen. Doch eines Tages ist auch dieser Schmerz verheilt und das Herz kann wieder lieben. Ich bin das beste Beispiel dafür, dass es ein Leben danach gibt, obwohl ich von allen Seiten verletzt wurde – immer und immer wieder. Selbst im finstersten Tunnel genügt ein Funken Licht, damit man seinen Weg erkennen kann. Einen Schritt vor den anderen – und dann kann man sie sehen: die Hoffnung am Ende dieses Tunnels. So war ich der festen Überzeugung, dass der Schmerz eines Tages vorübergehen wird. Und so war es dann auch. Aus Hoffnung wurde Überzeugung. Aus Überzeugung wurde Gewissheit.

DIE SUCHE

Ich musste mich neu finden. Mit dem neu begonnenen Kapitel in Köln fühlte ich mich leer und wusste überhaupt nicht, wer ich in Wirklichkeit war, denn ich hatte jegliche Fremdprogramme aus der Vergangenheit gelöscht. Mein Selbstwertgefühl musste ich neu definieren. Also machte ich mich auf die Suche nach den Werten, die für mein Leben infrage kommen.

Dazu musste ich gedanklich zurückgehen zu dem, was mir als Kind immer wichtig war und was ich leider irgendwann unter dem Einfluss der Erwachsenen an Wertvorstellungen aufgegeben hatte.

Auf dieser Suche bin ich mit Freiheit, Loyalität, Liebe, Gesundheit und Selbstverwirklichung fündig geworden. Ideen und Konzepte, die ich weder in der Schule noch zu Hause jemals gelernt habe.

Dazu möchte ich von einem Erlebnis berichten, das mein Leben für immer geprägt hat. Eines Morgens saß ich in der Straßenbahn, hörte während der Fahrt Musik auf meinem MP3-Player und war in Gedanken versunken. Verträumt schaute ich aus dem Fenster. Zu dem Zeitpunkt fuhr die Bahn über eine Brücke. Die Sonne schien durch die Bahn, die mit etwa 50 Fahrgästen gut gefüllt war. Ich saß auf einem Platz einer Vierersitzgruppe und schaute aus dem Fenster.

Die Bahn befand sich in der Mitte der Brücke, als ich die Frau von hinten sah, wie sie das eine Bein über das Gitter legte und dann das andere nachzog, während auf der Brücke Fußgänger an ihr vorbeigingen und sie lediglich ansahen. Und ehe die Bahn an ihr vorbeifuhr, sprang sie in den Rhein. Ein Moment, der nur Sekunden andauerte und doch so vieles nach sich zog. Es war wie in einem Film. Die Bahn fuhr weiter und ich brauchte ein paar Sekunden, bis ich den Moment als Zeuge eines Suizides überhaupt realisieren konnte. Ich nahm meine Kopfhörer ab und sprach meinen Sitznachbarn an, ob er das Geschehene ebenfalls gesehen hatte. Er reagierte perplex, als hätte ich ihn gefragt, wo die nächste Wüste wäre. Dann habe ich einen anderen Fahrgast gefragt, der mir direkt gegenüber saß:

„Haben Sie das gerade gesehen, da ist gerade jemand runtergesprungen?"

Er grinste mich an:

„Was wirklich, ist da jemand gerade runtergesprungen?"

In dem Moment dachte ich nur, das kann alles nicht wahr sein. Was an der Nachricht so witzig war, bleibt einzig und allein das Geheimnis des Mannes. Als die Bahn die nächste Haltestelle erreichte, stieg ich aus, um mich zu vergewissern, was wirklich vorgefallen war. Es gab genügend Leute, die in der Bahn waren und nach draußen schauten. Und keiner ist mit ausgestiegen, geschweige denn hat in der Bahn irgendwas gesagt. Alle haben weiter auf ihr Smartphone geschaut oder ins Leere. Versunken in den Gedanken.

Ich ging zu Fuß zur Brücke. Und tatsächlich hatte ich es mir nicht eingebildet. Ein Feuerzeug, eine schwarze Jacke und einen Autoschlüssel hatte sie zurückgelassen. Ich rief die Polizei an und innerhalb von wenigen Minuten war auch schon die Wasserfeuerwehr unterwegs und suchte nach der Frau. Am nächsten Tag erschien ein Dreizeiler über ihren Selbstmord. Mehr wurde nicht berichtet, auch nicht über die Hintergründe.

Mein moralisches Empfinden, dass ich irgendwie einen Menschen auf dem Gewissen haben könnte, der sich gerade das Leben genommen hat, konnte ich nicht einfach so ignorieren. Hier kommen das Gewissen und das eigene Verantwortungsgefühl ins Spiel.

Ich will lediglich auf manche Begebenheiten aufmerksam machen, wie sich unsere Zeit und unsere Gesellschaft verändert haben und was das Ganze mit jedem Einzelnen von uns zu tun hat. Fühlen wir uns füreinander zumindest ein Stück weit verantwortlich, oder nicht? Stärken wir unsere empathische Seite und geben aufeinander Acht oder ignorieren wir die inneren Stimmen und sehen weg?

Bedenke, in solchen und ähnlichen Situationen könnten Du oder auch ich stecken. Und in diese Verhaltenseigenschaft packe ich den Wert „Liebe", der für mich einen hohen Stellenwert im Leben eingenommen hat, weil ich lange Zeit glaubte, dass es keine „wahre Liebe" im Leben gibt.

Schon in der Kindheit haben wir gelernt, mit Masken durch die Welt zu gehen. Die Maske des Angepasstseins, der Gefälligkeit, der Sturheit, des Stolzes, des Egos, der Kultur etc. Erst, als ich anfing, nach und nach sämtliche Masken abzulegen, sowie das Feuer-und-Asche-Ritual mehrmals wiederholte, erst dann begann die Reise zu meinem wahren Ich. Seiten von mir, die ich in der Kindheit und Jugend vergraben hatte, weil sie von anderen als falsch und unerwünscht diktiert wurden, lernte ich, langsam wieder anzunehmen. Und da war noch die große Frage im Raum, wo ich in Wirklichkeit hingehörte. In den ersten Jahren der Selbstfindung wusste ich es nicht so wirklich. Und so arbeitete ich meine Gedankenwelt komplett auf und ging auf die Suche, ab welchem Zeitpunkt in meinem Leben ich nicht ehrlich zu mir und meinen Gefühlen war. Und es fing tatsächlich bereits in der Schule an und in dem Freundeskreis, der damals einen großen Einfluss auf mich hatte. Die ständigen Verurteilungen der Vorschläge und Ideen, die ich einbrachte, formten früh meinen ursprünglich extrovertierten Charakter aus der Kindheit zu einem in sich gekehrten, verschlossenen und introvertierten Jugendlichen und Erwachsenen. Heute lebe ich nach meinen ausgesuchten Werten und treffe meine Entscheidungen an ihnen orientiert. Das bringt mir ein Gefühl der Zufriedenheit, Ruhe und Dankbarkeit.

ANKOMMEN

Egal, wohin die Reise führt, wir kommen eines Tages immer irgendwann an. Zunächst steht nach einer langen Reise das Ankommen am neuen Ort an erster Stelle. Wenn Du irgendwo richtig ankommen möchtest, wenn Du mit Deiner Seele und der Umgebung eins werden willst, dann ist es wichtig, das Alte und Dir Bekannte – und dazu zählt manchmal auch die alte Heimat, in der Du zuvor gelebt hast – aufzugeben und die Reise ins Unbekannte zu wagen, das Neue kennenzulernen. Mit all seinen Facetten. Die neue Kultur und die neuen Menschen sowie die neue unbekannte Sprache. Im Hier und Jetzt zu sein, andernfalls lebst Du ständig in der verlassenen Welt Deiner „alten" Heimat.

Ich habe mich auf die Suche gemacht, um herauszufinden, warum meine Eltern in Deutschland immer noch die Belastung der eigenen Fluchterfahrung mit sich herumschleppten. Warum sie in ihrer „Welt" gefangen waren und dort blieben. Dabei kam heraus, dass mein Vater und meine Mutter in Sri Lanka nacheinander in über 20 Wohnungen gelebt hatten. Damals, in den 70er Jahren, konnte der Vermieter in Sri Lanka die Mieter willkürlich vor die Tür setzen, ganz nach seinem Ermessen, nach Lust und Laune.

Gesetze dagegen gab es damals noch nicht. Sogar nach den Ausschreitungen gegen Muslime im Land setzten Vermieter Menschen vor die Tür. In den 80ern wurden meine Eltern Opfer eines Einbruchs, dessen Erfahrung sich auch im Exil immer noch stark auf meine Mutter auswirkte – was ich als Kind nie verstand. Immer wenn ich versucht habe, ihre emotionale Welt zu betreten, hat sie sofort abgeblockt. Fast schon wie eine unsichtbare Mauer, die sie hochfuhr. Heute weiß ich, dass es zum Selbstschutz gegen die eigenen Gefühle diente. Sie hatte schon genug emotionale Last zu tragen, ohne jemals auch nur einen Teil davon abzulegen.

Jedes Mal, wenn wir in Deutschland die Wohnung verließen, war das fast wie eine Mutprobe. Die Angst, das Nest zu verlassen, bedeutete, angreifbar zu sein. Ich glaube, dass diese Erfahrung aus ihrer Heimat sie für ihr ganzes Leben so geprägt hat, dass sie sie nie infrage gestellt und dann schlicht mit ihr gelebt hat. Sie arrangierte sich mit sehr vielen Dingen und davor ziehe ich heute noch meinen Hut. Sie war eine starke Frau und das wusste sie auch. In diesen ihr gewidmeten Zeilen ist meine Achtung für sie verewigt.

Für mich jedoch war das Verlassen der Wohnung selbstverständlich, denn schließlich lebten wir nicht im Krieg.

Auf meiner ersten Reise nach Sri Lanka, im Alter von 16 Jahren, nahm ich diese Ängste bei der Bevölkerung deutlich wahr. Das Haus alleine zu lassen und abends alleine unterwegs zu sein. Beides ein absolutes No-Go. Verstehe mich nicht falsch, ich habe nichts dagegen, wenn man sich Sorgen macht. Gerade als

Eltern tragen sie Verantwortung für ihre Kinder, dass ihnen nichts zustößt. Doch die Ängste meiner Eltern waren vielmehr eine kulturelle Angewohnheit, die sie unbewusst ins Exil nach Deutschland mitnahmen.

Und genau hier prallen die Welten aufeinander. Meine angstfreie Welt und die unsichere Welt meiner Eltern. Und darunter litt meine Kindheit und Jugend. Der Preis für meine ständige Rebellion waren die Schläge, die zwar schmerzten, aber meinen unbändigen Willen nur noch stärker machten. Mit jedem Schlag und mit jeder Wut. Doch wie viele Kinder, Jugendliche und Erwachsene gibt es, die nicht rebelliert haben? Die nicht gegen die Programmierung der Eltern aufbegehren wollten? Auf meinen Reisen durch die verschiedensten kulturellen Welten – und dazu zählt natürlich auch die deutsche – begegnete ich Menschen, die gegen die Programmierung der Eltern chancenlos waren und ein Leben in ständiger Ablenkung führten.

Auch ich führte einst ein Leben der ständigen Ablenkung, ohne mir dessen bewusst zu sein. Wie in den vorherigen Zeilen bereits erwähnt, gab es die Welt der falschen Freunde, die Welt des Nikotins, die digitale Welt und schließlich die Welt der Anpassung. Das Ganze begleitet von den verschiedensten Masken, die mir damals zur Verfügung standen, um mein wahres Ich dahinter zu verstecken. Und alles, weil sich mein Umfeld ebenfalls in dieser Welt befand. Meine innere Stimme flüsterte mir zu, dass das, was ich tat und wo ich es tat, nicht zu 100 Prozent ich selbst war. Ich spürte ständig, dass etwas nicht stimmte, konnte es aber nicht wirklich einordnen, weil ich selbst lange keinen Zugang zu meiner eigenen verletzten Gefühlswelt hatte.

An dieser Stelle wieder ein kleiner Schwenker zu den Flüchtlingen. Viele sind in ihrer Welt gefangen und wollen sie bewusst nicht verlassen, weil sie dem Irrglauben verfallen sind, ansonsten im Exil nichts mehr zu haben. Seine Wurzeln zu kennen, ist wichtig und gut, aber es macht keinen Sinn, diese Wurzeln im Exil auf Teufel komm raus und mit allen Mitteln auszuleben und den Kindern, die hier aufwachsen, aufzuzwingen.

Durch die ständigen Veränderungen in meinem Leben konnte ich in meiner Kindheit und Jugend nie ankommen. Weder zu Hause noch auf irgendwelchen kulturellen Veranstaltungen. Ich sehe darin die Gefahr eines neuen Hamsterrads – wie vor 40 Jahren, als die ersten Gastarbeiter nach Deutschland kamen, mit dem Gedanken im Hinterkopf, eines Tages wieder in ihre Heimat zurückzugehen. So wurden neue Glashäuser im Exil gebaut und von Generation zu Generation weitergegeben. Auf meiner Suche nach der Frage „Wer bin ich wirklich?" kam ich zu der Antwort, dass ich das Ergebnis der hiesigen und der tamilischen Kultur bin. Ich trage beide Wurzeln in mir. Meine Heimatstadt ist Ratingen. Das Gefühl der Verbundenheit holt mich, wenn ich dort bin, stets ein. Um zu dieser Erkenntnis zu gelangen, musste ich den schmerzvollen Weg des Widerstands und der Ablehnung gehen. Immer wieder versuchten Menschen, mir einzutrichtern, dass ich nicht ein Teil dieser Gesellschaft sei. Und manchmal glaubte ich es für eine Weile, bis ich beschloss, ihnen keine Macht über meine Gefühlswelt und über meine Lebensentscheidungen zu geben. Ich wollte sie nicht darüber bestimmen lassen, was und wie ich zu denken und zu fühlen habe. Diese Erkenntnis führte letztendlich dazu, dass ich den inneren Konflikt und die Zerrissenheit in mir endgültig ablegen konnte. Ich habe aufgehört, gegen meine innere deutsche Stimme anzukämpfen, die ein Teil meiner Identität ist und schon immer war. Falls auch Du davon betroffen sein solltest, so möchte ich Dich dazu ermutigen, in Dich zu lauschen und den Kampf aufzugeben, der Dich Energie und Kraft kostet. Und manchmal sogar Lebensqualität. Von diesem inneren Kampf bekommen die wenigsten Mitmenschen etwas mit, weil man ihn mit sich selbst ausmacht. Das bedeutet nicht, dass Du Dich endgültig für eine Kultur entscheiden musst, sondern Du Dich vielmehr auf die Suche machen könntest, wo Du und Dein Herz hingehören. Was gibt Dir ein gutes Gefühl, unabhängig von den negativen Erfahrungen, die Du im Laufe Deines Lebens gemacht hast? Obwohl ich in beiden Welten nicht akzeptiert wurde, so wie ich war, ließ ich es nicht zu, dass ich ein bloßes Ergebnis dieser Erfahrungen werde. Erlaube niemals, dass man Dir Dein Lächeln und die Freude am Leben nimmt. Niemand hat dazu das Recht. Und niemand hat das Recht dazu, Dir Deinen Platz zuzuweisen – zu bestimmen, wo Du hingehörst. Nur Du bestimmst ihn. Und das wünsche ich Dir vom ganzen Herzen: dass auch Du eines Tages genau dort ankommst, wo Du hin möchtest. Am Ende bleibt die innere Freiheit.

VERGEBUNG

In diesem Kapitel möchte ich auf den versteckten Schatten auf der Seele aufmerksam machen, der in uns allen irgendwo ein Dasein fristet. Menschen, die uns einst verletzt und mit denen wir daraufhin den Kontakt abgebrochen haben. Lass uns die Narben anschauen. Vielleicht willst Du diese Narben gar nicht ansehen, weil es tatsächlich noch Wunden sind, die wehtun? Du kannst die folgenden Zeilen jederzeit abkürzen oder überspringen.

Als sich meine Eltern damals trennten, war mir der Schmerz, den ich danach fühlen würde, nicht bewusst. Als Kind habe ich nur das Schauspiel der Erwachsenen gesehen. Meine Seele nahm die Lücke, die mein Vater zu Hause hinterlassen hatte, bereits ab dem ersten Tag wahr. Meine einzige Bezugsperson aus der Familie, zu der ich seit der Kindheit eine wirkliche Bindung aufgebaut hatte, war nun plötzlich weg. Als ob jemand diesen Strang mit einer Schere abgeschnitten hätte, so fühlte es sich damals für mich an. In den ersten Tagen herrschte eine unbeschreibliche, schmerzhafte Stille zu Hause. Eine Stille, die ich vorher nicht kannte, denn in der Liga der Streitigkeiten kannte ich nur die Lautstärke der Auseinandersetzungen meiner Eltern.

Ich fing erst ein Jahr nach der Trennung offiziell an, meinen Vater zu besuchen. Ich wurde Zeuge, wie beide unter der Trennung litten. Zwar waren es nur die Vorwürfe und Forderungen an den jeweils anderen, die meine Eltern mir in meiner unfreiwilligen Botenposition übertrugen, doch fungierte meine Seele unbewusst als Sprachrohr zwischen den beiden. Es ist nicht verwunderlich, dass die bereits verletzten Emotionen der beiden nur noch mehr hochkochten. Und es ist auch kein Wunder, dass die emotionale Kluft zwischen meiner Mutter und mir mit den Jahren immer größer wurde. So groß, dass sie begann, sich innerlich von mir zu distanzieren, was das Schlimmste für mich war.

Damals war ich noch in der Pubertät. Eine Zeit, in der kleine Jungs anfangen, in die Liga des jungen Mannes aufzusteigen. Das Männliche in sich zu entdecken. Wenn Du ein männlicher Leser bist, kennst Du diese Phase der Mannwerdung sicherlich. Leider fehlte mir hierzu mein männliches Vorbild. Stattdessen rebellierte ich gegen die Einflüsterungen meiner Mutter. Irgendwann mit den Jahren spürte ich, dass ich wusste, dass sie sich von mir entfernt hat.

Ab diesem Punkt suchte ich die Flucht in mein Zimmer und lenkte mich mit dem Internet ab. Und Zugang zum Internet gab es für mich auch erst ab 18.Generell bietet das Web eine Plattform, um für jeglichen Gefühlszustand eine passende Ablenkung zu finden. Bist Du glücklich, dann suchst Du explizit nach Positivem. Bist Du traurig, dann suchst Du nach traurigen Dingen – etwa nach Musik, die die eigene

Traurigkeit mit einem passenden Soundtrack begleitet. Erfahrungsberichte von Internetnutzern zeigen,
wie sehr sich verletzte Menschen in die digitale Welt
zurückziehen. Ich fühlte mich einsam. Es war ein
Sturm von bedrückenden Gefühlen und ich hatte
nicht gelernt, damit umzugehen.

Dieses Gefühl begleitete mich bis zum Rauswurf,
doch wem sollte ich nun die Schuld geben? Lange
Zeit beschuldigte ich Familienmitglieder für meine
miserable Lage und lange fand ich keine Ruhe, denn
ich hatte ständig dieselbe Schallplatte abgespielt – die
Opferplatte. Und dabei war folgender Satz Standard:
„Wenn ich nicht rausgeschmissen worden wäre, dann
wäre mein Weg ganz anders verlaufen …“

Und die Freunde, die mir kein Mitleid gaben, die
habe ich dann mit „die verstehen mich einfach nicht"
abgeurteilt. In Wirklichkeit haben sie genau richtig
gehandelt. Sie haben mir nicht das „Gift" gegeben.

Ich war vom 19. bis zum 22. Lebensjahr in diesem
Tal gefangen.

Meine innere Welt war zu der Zeit so finster, dass
ich auch in der Welt draußen das Licht nicht mehr
wirklich wahrnahm, ich wollte es nicht sehen. Mein
Gesichtsausdruck war immer angespannt, weil ich
die Schuld für meine miserable Lage bei anderen
gesucht habe.

Dabei habe ich eine Sache nicht getan, einfach nur
vergeben. Und das heißt nicht, die Taten zu entschul-
digen oder gar komplett zu vergessen, sondern Frieden mit sich und dem Geschehenen zu schließen.
Als ich die damalige Psychotherapie abgeschlossen

hatte, war dieser Schalter immer noch nicht umgelegt. Die Therapeutin hatte dies nicht erkannt. Kein Vorwurf gegenüber ihr, die einen tollen Job gemacht hat. Ein Therapeut ist auch nicht mit einem Orakel zu verwechseln.

Erst als alles zusammenbrach, als ich vor der gewaltigen Frage stand, in welche Richtung ich weitergehen will, erst dann begann die Reise zu mir selbst. *Vergebung* heißt die Medizin. Und zwar allen Menschen gegenüber, die mich in irgendeiner Weise verletzt, geschlagen und gedemütigt haben. Mich in Situationen verlassen haben, in denen ich auf sie vertraute. Menschen, die einst in guten Zeiten da waren und mich bewunderten und in schlechten Zeiten nicht erreichbar waren.

Da war sie dann eines Tages, die Entscheidung, die mir ermöglichte, endlich loszulassen. Und seitdem fühle ich mich befreit, bis hinab zu den Zellen. Dazu brauchte es das Feuer-Ritual. Dieser Prozess ist vergleichbar mit einem Auto, das mit 300 km/h über die Autobahn rast und plötzlich zum Stehen kommt. Das Auto braucht dann einen neuen Motor. Meinen inneren Wagen, den musste ich von all dem Schmock befreien, der sich in den Jahren angesammelt hatte. Langsam begann ich, mich selbst zu lieben. Liebevoll mit mir zu sprechen, was vorher mein innerer pathologischer Kritiker getan hatte. Selbstkritik kann über Jahre hinweg zu einer charakterlichen Selbstzerstörung führen. Betroffene merken es nicht, solange der Motor mit den entsprechenden negativen Emotionen versorgt wird. In dem Moment, in dem Du anfängst, die Fehler anderer Menschen zu verzeihen, kann ein Neuanfang beginnen. Ich kann Dir versprechen, wenn Du das vorhast, wirst Du 150 Gründe finden, es nicht zu tun. Denn Deine innere Stimme will nur das Beste für Dich, und das Beste ist, das Auto nicht anzuhalten, wenn es mit 300 km/h über die Autobahn rast. Aber manchmal kann das Anhalten Wunder bewirken und manchmal kann es alles sein. Nicht im Ansatz hätte ich damals daran gedacht, dass ich eines Tages im Schreiben von Büchern, Blog Artikeln und im öffentlichen Sprechen meine wahre Passion finden würde. Ich lebte das Leben, das mir zu Hause und im Freundeskreis vorgelebt wurde, und war im Herzen zutiefst traurig darüber, dass ich nicht der Herr über meine Entscheidungen sein konnte. Ich habe immer den anderen den Vorrang vor mir selbst gegeben, weil ich dachte, alles andere wäre „Egoismus" – etwas Falsches, wenn ich an mich selbst denke.

Vergebung war nötig, um endlich weiter die Reise zu sich selbst gehen zu können. Eine Erkenntnis, die mich viele Jahre meines Lebens kostete, bis ich es wirklich begriff. Diese emotionale Freiheit wünsche ich auch Dir von ganzem Herzen. Jeder hat das verdient – und erst recht Du.

NEUE STÄRKEN

Schauen wir uns die neue Identität, das neue Ich genauer an. Wie habe ich mich in den weiteren Etappen meiner Entwicklung wirklich gefühlt? Und warum bin ich dran geblieben und habe nicht, wie sonst in der Vergangenheit, schnell das Handtuch geworfen, wenn etwas nicht auf Anhieb so geklappt hat, wie ich es mir zuvor vorgestellt hatte.

Ich habe zu 100 % die Entscheidung getroffen, die nebelige Straße der Veränderung zu gehen und dabei darauf zu vertrauen, dass sich der Nebel auf dem Weg irgendwann lichtet. Ich fing an, meine ureigenen Kräfte, die all die Jahre in mir schlummerten, wahrzunehmen. Aber diesmal, ohne einen aktiven Kampf mit mir selbst zu haben und fernab von jeglichen Einflüsterungen von anderen. In den ersten vier Jahren der Veränderung, also vom 24. bis zum 28. Lebensjahr, habe ich niemandem erzählt, welche emotionalen chirurgischen Eingriffe ich an meiner Persönlichkeit und Seele vornehme. Eine Art Schutzmechanismus, wenn Du willst. Vor blockenden, pessimistischen und störenden Kommentaren aus meinem Umfeld habe ich mich prophylaktisch geschützt.

Ich brauchte ein Fundament der Selbstliebe, weil ich zuvor viele Jahre gelernt hatte, mich selbst nicht zu akzeptieren. Das war auch kein Wunder, weil ich selbst zu Hause nicht akzeptiert und geliebt wurde. Authentisch und ungehorsam, weil ich nicht gegen meine starken Emotionen handeln wollte und auch nicht konnte.

In dieser Hinsicht, kann ich meiner Familie keine Schuld zuweisen, denn sie waren auch nur ein Ergebnis ihrer verletzten Gefühle. Mit einem Cocktail aus Psychotherapie, Coachings und jeder Menge Arbeit, die nicht immer einfach war. Vor allem dann, wenn ich nach jeder Sitzung allein zu Hause war und im Nachhinein mit niemandem darüber sprechen konnte. Ich musste lernen, den aufgefrischten verletzten Gefühlen einen Raum zu geben und hinzuschauen. Sie durch mich fließen zu lassen, ohne nochmal neu in ihnen zu versinken. Das war die Kunst dabei. Und dass dieser Schritt auch für andere Betroffene nicht einfach ist, dafür habe ich volles Verständnis. Für diesen Weg benötigst Du neben der Kraft einen starken Willen. Denn dieser kann eine komplette 180-Grad-Wendung herbeiführen, wenn Du daran glaubst. Ich hatte keine andere Wahl, außer mir neue Stärken zu suchen, weil ich in mein altes Leben nicht zurückkehren wollte. Damals, noch im Glashaus, hätte ich nicht geglaubt, dass ich eines Tages frei von den Ketten sein würde. Es gibt eine kleine Geschichte von einem indischen Elefanten, der an einen Baum gekettet war und dort zwei Jahre lang ausharrte. Immer wieder versuchte er, sich zu befreien, bis er schließlich aufgab und sich in sein Schicksal fügte. Nach all den Jahren, als der Elefant ausgewachsen und stark genug war, um sich loszureißen und zu fliehen, blieb er immer noch an denselben Baum gekettet – weil er die Überzeugung hatte, er könne sich nicht befreien. Die Moral der Geschichte ist die, dass wir mit unseren alten Glaubenssätzen brechen müssen, damit das Neue entstehen kann. Die Geschichte vom ausgelieferten Jungen musste enden, damit sich die Geschichte des selbstbestimmten Mannes mit 24 Jahren endlich erzählen ließ. Dieses neue Kapitel im eigenen Leben wünsche ich jedem Betroffenen, der gerade diese Zeilen liest. Die Zeit und Dein Leben sind viel zu kostbar. Du kannst das Narrativ ändern.

Die Resilienz, die ich mit der Geburt mitbekommen habe und die jeder und jede von uns hat, habe ich lange Zeit nicht wirklich gesehen. Erst in dem Moment, als ich diese Eigenschaft für mich angenommen hatte, wurde ich Schritt für Schritt stärker und selbstbewusster. Ich erkannte, dass ich die dunkelsten Stunden meines Lebens überwunden hatte, aus eigener Kraft.

Eine meiner anderen neu entdeckten Stärken ist zum Beispiel, dass ich unbekannten Dingen prinzipiell nicht mehr so defensiv gegenüberstehe wie vor meiner Veränderung.

Von einem stockkonservativen Typen zu einem weltoffenen jungen Mann zu werden, war ein langer Prozess, der sich definitiv gelohnt hat. In diesem Sinne bin ich heute für nichts zu alt. Mit 26 Jahren fing ich noch einmal neu an. Als ich meinen Weg in die Medien gewagt habe, nämlich als Kaufmann für audiovisuelle Medien in Köln. Ein Beruf, den keine

Stadt außer Köln kennt. Dann die Rückkehr zum Sport, der Umzug in die schönste Stadt Deutschlands mit ihrer bunten Kultur und all den tollen neuen Menschen um mich herum, die vielen sri-lankischen Kochevents, die ich seit zehn Jahren zu Hause organisiere, und schließlich mein Weg als Autor und Redner, mit dem ich mittlerweile die Aulen der Schulen in ganz Deutschland fülle. All dies und vieles mehr wäre nicht möglich gewesen, wenn ich nicht die bewusste Entscheidung getroffen hätte, meinen eigenen Weg zum Positiven zu gestalten.

Ich hoffe, dass ich Dir Mut und Hoffnung machen konnte. Wenn Dir der Boden unter den Füßen weggerissen wird, gibt es immer noch einen anderen. Ich wünsche mir, dass Du Dich an den Jungen oder das Mädchen erinnerst, der oder die sich trotz aller Stürme nicht aufgegeben hat und den/der die Hoffnung und der Glaube vor schlimmen Dingen bewahrt haben.

Die ersten Schritte auf der nebligen Straße sind vielleicht noch unbeholfen, aber Du wirst auf ihr zu Dir selbst finden. Die Straße endet mit einem Abenteuer voller Überraschungen. Geh Deinen Weg, denn er ist einzigartig und wird es auch immer bleiben.

DIE ANGST

Kennst Du das Gefühl, wenn Du vor der Klasse ein Referat halten sollst? Das Kribbeln in den Füßen, kurz bevor es losgeht, das Gefühl, dass einem das Herz in die Hose rutscht. Und der Moment, in dem man die ganze Klasse vor sich sieht, auch die, die man nicht mag. Das Lächeln auf ihren Gesichtern. Man möchte sich am liebsten in Luft auflösen. Um dieses Gefühl geht es in diesem Kapitel.

Ich habe mich lange gegen die große Veränderung gewehrt, weil ich wollte, dass alles so bleibt, wie es ist. Zu groß war in mir die Furcht, auch das Bekannte zu verlieren. Bis mich das Leben eines Tages überraschte und mich zwang, mich zu verändern.

Das Gefühl von Nervosität und Angst. Es gab wahrlich nicht viele Referate, die wir in unserer Schulzeit freiwillig gehalten haben. Und genau dieses Gefühl überkommt uns, wenn wir kurz davor sind, etwas Neues ausprobieren. Dazu zählt auch, eine neue Kultur kennenzulernen. Es ist normal, dass man durch Nachrichten und Ähnliches vorbelastet ist und vielleicht Vorurteile gegenüber manchen Kulturen hat. In meiner Kindheit und Jugend hatte ich sehr viele Vorurteile gegen bestimmte Kulturen. Ich werde jetzt nicht auf einzelne Länder eingehen, da es mir mehr darum geht, wer in meiner Kindheit für diese Vor-urteile verantwortlich war. Im Laufe meiner Arbeit bin ich Menschen begegnet, die mir berichteten, dass sie sich in ihrer Kindheit mehr Verständnis von ihren Eltern gewünscht hätten, dann wäre ihr Weg anders verlaufen.

Sätze wie: „Ne, dafür bin ich jetzt viel zu alt oder dafür ist es jetzt viel zu spät, alles zu ändern."

Du brauchst nicht Dein ganzes Leben umzukrem-peln, das verlange ich nicht, sondern dass Du einen Bereich auswählst, den Du im Laufe der Jahre verän-dern wolltest, es aber aus Zeitmangel nicht geschafft hast. Nur in dem Fall, dass die beschriebenen Dinge auf Dein Leben zutreffen. Sport, neues Hobby, Gesundheit etc. Such Dir am besten das aus, was Dir Spaß macht, und fange in diesem Bereich langsam an. Wichtig ist bei dem Ganzen, dass Du Dich selbst dabei beobachtest und ob die Veränderung Dir guttut oder nicht. Falls ja, dann bleib am Ball und gehe die-sen Weg weiter. Und irgendwann auf Deiner Reise zu Dir selbst wirst Du merken, dass auch in den anderen Bereichen eine grundlegende Veränderung zustande kommt. Was am Anfang noch als einschüchternder Berg erschien, wurde am Ende zu einem Abenteuer.

Ich bin kein Zauberer, der Dir sofort die Sterne zur Erde herab holen kann. Du kannst meine Erfahrun-gen für Dich als Impuls benutzen.

Mut zu fassen, auch wenn Du tierische Angst hast, ist der erste Schritt auf einer Reise von 1000 Meilen. Als ich damals in der Flüchtlingshilfe anfing, hatte ich von den Kulturen, die ich zu betreuen hatte, nicht die geringste Ahnung. Auch wenn ich selbst eine „fremde" Kultur mit mir getragen habe, war es dennoch ein komplett neuer Bereich für mich – und Angst begleitete mich. Doch ich habe diese Angst bewusst wahrgenommen. Mich aber nicht von ihr abschrecken lassen und weitergemacht. Und dieses Festhalten an meinem Vorhaben hat mir eine wunderbare Zeit mit den Kindern und Jugendlichen ermöglicht, die ich bis heute in meinem Herzen trage. Ich habe viel von den verschiedenen Kulturen kennenlernen können, die vorher bei mir zu Hause noch als „schlecht" und „minderwertig" abgestempelt worden waren. Diese Arbeit hat mir schwarz auf weiß gezeigt, dass wir alle auf dieser Welt den gleichen Wert haben und niemand das Recht hat, diesen Wert herabzusetzen. Es gibt nur die Unterscheidung zwischen Gut und Böse. Aber ansonsten unterscheide ich in meinem heutigen Weltbild nicht mehr zwischen „fremden" Kulturen. Es mag Sitten und Gebräuche geben, die sich von denen in Europa und der hiesigen Gesellschaft unterscheiden. Aber letztlich sind wir alle Menschen auf dieser Welt, die entscheiden, wie sie leben.

Während meiner Zeit als Flüchtlingsbetreuer gab es manche Familienväter, die eine gewisse Grundaggressivität an den Tag legten. Gerade dann, wenn es um unangenehme Themen ging. Aber ich ließ mich davon nicht beirren, denn schließlich war ich unter anderem der Vertreter der Hilfsorganisation, für die ich arbeitete, und diese wiederum der Vertreter des Staates. Hier galt es, auch Signale zu setzen und zwar die richtigen. Das Gleiche galt auch für die Kinder und Jugendlichen, auch wenn sie in der Anfangszeit der Betreuung sehr aggressiv waren. Ich hatte die erste Flüchtlingsankunft in Köln miterlebt und die dortigen Menschen betreut. Dies war in den Turnhallen von den Schulen in Köln-Weiden. Und das bereits Ende 2014. Zu einer Zeit, als die Flüchtlingskrise noch „unbekannt" in der Öffentlichkeit war. Sie wurde schließlich erst im Oktober 2015 publik in den Medien, als der Ansturm von Menschen nicht mehr zu übersehen war. Auch zu dieser Zeit konnte ich miterleben, wie neue ehrenamtliche Mitarbeiter die Arbeit mit den Kindern und Jugendlichen mit ihrer Grundangst, die in ihnen steckte, erledigten. Dann gab es Ehrenamtliche, die voller Offenheit und Toleranz an die Sache herangingen. Bei beiden Gruppen konnte ich unterschiedliche Grade der Bindung beobachten, die die Kinder jeweils zu den Ehrenamtlichen aufbauten.

Was ich in meiner Zeit in der Flüchtlingshilfe vielfach gesehen und gelernt habe, ist, dass die Menschen universell auf der Suche nach Geborgenheit und Zuwendung sind. Ein Aspekt, der auch zu Zeiten meines Vaters sehr zentral war. Denn er kannte die Sachlichkeit dieses Landes nicht, genauso wenig wie meine Mutter. Beide interpretierten den einfachen, sachlichen Ton eines Verwaltungsmitarbeiters als persönlichen Angriff. Was in diesem Moment einfach eine Fehlinterpretation war. Diese Sachlichkeit führt eine eher abstrakte und pragmatische Art des Umgangs nach sich. Zugegeben, auch ich habe in meiner Jugend einige Jahre gebraucht, um die deutsche

Sachlichkeit als solche zu verstehen und vor allem für mich zu akzeptieren. Der Mann oder die Frau im Büro machen nur ihren „Job". Niemand sitzt da auf der Suche nach der Liebe des Lebens oder nach neuen Freunden. Auch möchte derjenige nicht mit jedem Kunden ein Kaffeekränzchen halten, sonst würde er gar nicht dazu kommen, seine Arbeit zu tun.

Ich halte es für wichtig, an dieser Stelle zu erwähnen, wie herzlich Deutschland die neu angekommenen Menschen 2015 empfangen hat – wie fast kein anderes europäisches Land. Wie viele Menschen am Bahnhof standen in der Kälte, um den Angekommenen, das richtige Signal der offenen Tür zu geben. Da soll doch mal einer sagen, dass die Menschen hierzulande „kalt" wären. Ich will die zahlreichen Brandanschläge auf Flüchtlingsunterkünfte nicht verharmlosen. Genauso wenig wie die Straftaten krimineller Flüchtlinge. Hier habe ich selbst einen klaren Standpunkt: Kriminelle müssen und sollen bestraft werden, unabhängig von Herkunft, Hautfarbe und Religion. Ich möchte an dieser Stelle nicht den Hut des „Hobbyjuristen" anziehen, weil mir hierzu einfach das Fachwissen fehlt.

Wenn ich auf den Zeitraum 2014 bis 2016 in der Flüchtlingshilfe zurückblicke und ein erstes Fazit ziehen darf, dann war das eine große Mammutaufgabe, die wir alle als Gesellschaft erfolgreich bewältigt haben. Etwas, das ich leider viel zu selten in der Öffentlichkeit höre und was gerade doch so wichtig ist, weil es den Menschen, die Tag und Nacht in der Flüchtlingshilfe aktiv waren und nach wie vor sind, Anerkennung gibt. Unsere Bundeskanzlerin hatte sich in der Weihnachtsansprache 2016 bei der Bevölkerung bedankt. Doch die negativen Schlagzeilen überwogen und die Tatsache, dass Deutschland die Aufgabe als Ganzes bewältigt hatte, trat in den Hintergrund. Diese bestand darin damals, etwa einer Million Menschen ein Dach über den Kopf zu geben. Und das war eine Herausforderung, die Deutschland angenommen hat, vor der ich heute noch den Hut ziehe und stolz bin auf dieses Land! Und das können wir alle sein. Ohne die Hilfe von Freiwilligen, Ehrenamtlichen, Staat und Hilfsorganisationen hätten wir es nicht geschafft.

Hilfsbereitschaft ist eine Eigenschaft, die ich seit der Kindheit sehr schätze. Geholfen wurde auch schon in der Schule, wenn ich in der Klasse die jungen aufstrebenden „Einsteine" gefragt habe, wie die Kurve in der Statistik zu berechnen sei. Die „netten" Schülerinnen und Schüler mit den blonden Haaren und den blauen Augen, die immer brav alles perfekt machten, immer ein Lächeln auf den Lippen hatten und so manchen schwächeren Schüler mitleidig ansahen, wenn er die Aufgabe gerade nicht verstand.

Wenn meine Angst mein Leben geleitet hätte, dann wäre dieses Buch nie entstanden und ich hätte niemals meine Leidenschaft in der Arbeit mit Kindern und Jugendlichen entdeckt. Und ich bin diesen Weg trotzdem gegangen. Mache den ersten Schritt!

ABLEHNUNG UND ISOLATION

Mit Ablehnung wurde ich bereits in jungen Jahren konfrontiert. Wenn ich an meine Grundschulzeit zurückdenke, erinnere ich mich unter anderem an folgendes Bild, das heute nur noch eine Erinnerung ist, aber nicht mehr schmerzt.

Als Kind hatte ich kein Vertrauensverhältnis zu meinen Eltern. Und die Schläge, die ich in der Schule manchmal einstecken musste, waren im Vergleich zu denen, die ich zu Hause bekam, eher ein Streicheln. So habe ich mich bis zur siebten Klasse durch den Schulalltag gekämpft und immer nur ganz knapp die Versetzung geschafft. Ich fühlte mich wie ein Boxsack, auf den man immer wieder einschlug, wenn die Menschen um mich herum Lust darauf hatten. Damit meine ich in der Schule, zu Hause und ab und zu auch meine Freunde. Meine damaligen falschen Freunde, die ich gerne um mich scharte oder sie vermutlich auch anzog, weil ich mich in meinem Innersten traurig, einsam und wertlos fühlte. Wenn wir noch weiter zurückgehen, in den Kindergarten, habe ich bereits dort Freunde gesucht, die mir nicht gutgetan haben.

Als ich einmal in der Grundschule im Unterricht einen Kaugummi kaute und die Schüler mich bei der damals zu Wutausbrüchen neigenden Musiklehrerin, die locker über 60 war, verpetzten, ignorierte sie das zunächst. Also dachte ich in dem Moment, ich kann einfach weiterkauen. Plötzlich, mitten in der Musikstunde, kam die Dame auf mich zu und packte mich mit beiden Händen an beiden Wangen und drückte sie zusammen. Dabei schaute sie mich zähneknirschend an und ihre Augen fixierten mich, als hätte ich den Schatz im Wald versteckt:

„Was hast du da im Mund?“

Ihre grauen Zähne bissen fest aufeinander, während sie durch sie sprach. In diesem Moment erinnerte sie mich an eine Zauberin, in deren Fängen sich ein kleiner Junge befand, der sich nicht befreien konnte. Ich bin mir sicher, dass sie diese Erziehungsmethode aus ihrer Schulzeit übernommen hatte, weil ich nicht der Einzige war, gegenüber dem sie handgreiflich wurde – auch mit deutschen Schülern ging sie so um. Also war das kein Verhalten, das hautfarbenexklusiv war.

Bis zu meinem Schulwechsel hatte sich kein Elternteil über diese pädagogisch sonderbare Lehrmethode von ihr beschwert. Wir Schüler hatten Angst. Angst vor der Autorität. Ich glaube, niemand wollte mit miesen Noten bestraft werden, über deren Vergabe die Lehrer einfach die absolute Hoheit hatten. Auch hier fühlte ich mich mancher Willkür ausgeliefert. Ich kannte meine Rechte nicht.

Eine kleine Brücke zur Berufswelt. Kommen Dir die Angst vor Autorität und die Folgen des Widerstandes bekannt vor?

Unbewusst schleppte ich dieses Verhalten lange Jahre mit mir herum, sodass ich mich nicht gegen das Fehlverhalten von Menschen wehrte, die in irgendeiner Weise Autorität hatten – sei es im Beruf, im Freundeskreis, in der Familie. Dies lag in meiner Erfahrung mit der bösen Lehrerin begründet. Dieses Erlebnis löste in mir eine Art inneren Rückzug aus, den ich lange nicht verstand. Ich rebellierte gegen die Programmierung durch meine Eltern, doch in der Schule habe ich die emotionalen Schläge gespürt und war über Jahre ein einsamer, in sich gekehrter Kämpfer, der weder dort noch zu Hause ein sicheres Nest hatte.

Wenn ich zurückblicke auf all die Ablehnungen und die Isolation, die ich im Laufe meines Lebens erfahren habe, dann liegen heute Welten dazwischen. Ich blicke auf einen Jungen zurück, der viel zurückstecken musste, weil er nicht den Mut hatte, sich gegen all die Menschen zu wehren, die ihn nicht Kind sein lassen wollten. Die das Anderssein nicht akzeptieren konnten.

Werfen wir einen Blick in die innere Welt der Flüchtlinge, die für die heute in diesem Bereich tätigen Leser sicher interessant ist. Auch heute machen Menschen gelegentlich die Erfahrung, dass sie nicht überall mit offenen Armen empfangen werden. Eine andere Vorstellung wäre utopisch. Schnell sammeln sie die Erfahrung, dass Deutschland, neben der großen Willkommensbereitschaft, eine ganz andere Welt ist als ihre Heimat – etwa Syrien, Afghanistan oder der Irak. Diese Länder wiederum teilen sich einen kulturellen Kern.

Die Frage ist, wie diese Menschen mit ihrer geistigen Vorprogrammierung dennoch hier *ankommen* können?

Mit dieser Frage beschäftigte ich mich schon während meiner Flüchtlingsarbeit. Man könnte einen Raum schaffen, in dem die Menschen die Möglichkeit bekommen, über Erlebtes zu sprechen. In einigen Kleinstädten wie z.B. Hof ist das schon der Fall, was ich hervorragend finde, wie z. B. das Mädchen- und Frauenzentrum EIJSA oder das Integrationshaus in Köln. Das ist meines Erachtens eine Vorgehensweise, die eine wichtige Lücke füllt – neben den zahlreichen Angeboten an Sprachkursen und Integrationsworkshops. Denn erst, wenn die Betroffenen ihr erlebtes Trauma durch Flucht und Krieg hinter sich lassen und wenn sie auch geistig für sich entscheiden, in Deutschland anzukommen, erst dann kann auch eine erfolgreiche Integration stattfinden. Ansonsten würde die Geschichte drohen, sich zu wiederholen, wie einst bei mir zu Hause. Das ist die Sicht eines Einwandererkindes.

Sowohl bei meinen Eltern als auch bei den anderen fehlte so ein Raum.

In diesem Buch habe ich darauf geachtet, alle Erfahrungen, die für mich auch schmerzhaft waren und die während des Schreibprozesses wieder hochkamen, mit all ihren Facetten möglichst realitätsnah und nachvollziehbar zu beschreiben. Dabei war es mir wichtig, zu betonen, dass ich niemandem für etwas die Schuld gebe.

Eines Tages in der Unterkunft, morgens um 10:00 Uhr, kam – so nennen wir sie an dieser Stelle – „Linda" in den Spielraum. Mit einer Hand rieb sie ihr rechtes Auge und hatte dabei noch ihren Pyjama an. Sie stand direkt aus ihrem Bett auf und kam ins Spielzimmer auf mich zu.

„Devaaaa."

Sofort forderte ich sie auf, wieder zurück ins Zimmer zu gehen, und das mit einem Schnipsen.

„Zähne putzen, Klamotten wechseln und Haare machen. Und zwar jetzt. Ab."

Mit einem grimmigen Gesicht und einem grummelnden „nein" wiederholte ich es.

„Lindaa", dabei schaute ich sie mit einem ernsten Blick an.

Eingeschnappt ging sie dann wieder zurück und machte sich zurecht.

Ich war der Auffassung, dass die Kinder lernen sollten, wie wichtig eine geregelte Morgenroutine ist. Nicht nur für ihren Aufenthalt in der Notunterkunft, sondern allgemein für ihr Leben.

Ich erkannte mich selbst in Linda wieder, deshalb war es mir umso mehr eine Herzensangelegenheit, mich um sie und andere vernachlässigte Kinder zu kümmern. Das nicht zuletzt, damit sie eines Tages erfolgreich in unserer Gesellschaft ankommen. Vielleicht hatte ich deshalb den Wunsch, ihr bereits früh mögliche Fehler aufzuzeigen und ihr zu helfen, damit sie sich nicht eines Tages hilflos fühlen musste, so wie ich an manchen Tagen meiner Kindheit. Ich erklärte ihm, dass sich einer von uns um diese Dinge kümmern müsse, wenn die Eltern dies schon nicht taten. Wozu wären wir Integrationshelfer sonst da?

Mein Ziel war es, so vielen Kindern wie möglich zu helfen. Klar abgegrenzt von einem Versuch, die ganze Welt zu retten – das war nicht meine Absicht. Jeder beurteilt die Welt – und so auch die Menschen in ihr – nun einmal anders. Situationen wie diese waren in meiner Arbeit mit Kindern und Jugendlichen, auch in anderen Jugendzentren, keine Seltenheit. Auch wenn Lindas Eltern wirklich nett waren, so lebten sie in ihrer eigenen Welt und wirkten abwesend.

Auch habe ich einige männliche erwachsene Flüchtlinge gesehen, die in ihrem Gedankenkarussell vollkommen gefangen waren. Das Schlagen in der Ehe und bei der Kindererziehung gehörte für sie zum Alltag. Als wäre es die selbstverständlichste Sache der Welt. Bei manchen hat es mehr als drei Gesprächsversuche gebraucht, bis sie es verstanden haben – doch waren sie innerlich immer noch nicht wirklich überzeugt. Ich bin der gefestigten Auffassung, dass die Betroffenen ihre Einstellung zur Gewalt nicht automatisch ändern, wenn sie mit ihren Familien in eine reguläre Wohnung ziehen.

Aber nicht immer war ich der strenge Kommandant. Es gab da auch die andere Seite – die mit der Sprache der Empathie, die ich in Konfliktsituationen anwendete, wenn zwei Sturköpfe partout nicht mit mir reden wollten. Eine Sprache, die ich in meiner Kindheit manchmal vermisste. Ich bekam damals lediglich die Konsequenzen zu spüren, eine Erklärung erfolgte nicht. Ein Grund, weshalb ich meine Fehler meist nicht verstand.

Es gab zahlreiche Kinder, denen so etwas wie Disziplin nicht bei- oder Fürsorge nicht entgegengebracht wurde. Ich hatte sozusagen einen „Radar" dafür. Deshalb konnte ich nicht darüber hinwegsehen, denn damals, als ich ein kleiner Junge war, schaute man weg. Denn hinter all dem Blödsinn, den ich in der Schule angestellt habe, steckte keine andere Botschaft, als dass ich jemanden brauchte, der sich um mich kümmert. Aus diesem Grund kümmerte ich mich als Betreuer umso mehr um jene Kinder, die vernachlässigt wurden. Und ich bin froh, sie erreicht und somit ein Stück weit meinen Beitrag für eine bessere Zukunft dieser Kinder beigetragen zu haben. Ein Gefühl, das ich bis zu meinem Lebensende in meinem Herzen tragen werde. Auch in der heutigen Arbeit mit Grundschulkindern führe ich diesen Gedanken weiter mit mir. Immer dort, wo sich ein Kind zu Unrecht behandelt oder sich nicht verstanden fühlt, versuche ich es, mit meinen Worten abzuholen – was mir in der Praxis bis jetzt recht gut gelingt. Vielleicht musste ich deshalb als kleiner Junge den steinigen Weg gehen, um heute genau denen helfen zu können, die innerlich auch so empfinden wie ich damals. Dann ergeben der ganze Schmerz und das Leid einen Sinn.

DIE SEELENLIEBE

Nach dem Neustart meines gedanklichen Betriebssystems musste ich lernen, mein wirkliches Ich mit all den Macken und Kanten endlich anzuerkennen und zu lieben. Und dazu gehörte, auch die Seiten anzuschauen, die ich die Jahre zuvor verdrängt habe. Ich fing mit den angefutterten Kilos an. Mit einer Körpergröße von 168cm wog ich zum Zeitpunkt des absoluten Tiefpunktes sage und schreibe 90 Kilogramm, und das waren mit Sicherheit keine Muskeln. Von Konfektionsgröße 46 auf 50 gefressen. Eine ordentliche Leistung innerhalb von wenigen Wochen. Für einen Menschen mit meiner Körpergröße keine gute Ausgangssituation auf dem Markt. Rauf geht ja immer schnell, nur runter, das ist immer die große Herausforderung.

Eines Tages, als ich mich umzog, schaute ich in den Spiegel an der Wand und sah die stattliche Plauze. Kuchen und Gummis hatten sich breitgemacht.

„Ach, du Scheiße Alter, wie siehst du denn aus?" war mein erster Gedanke, der wie eine Pistolenkugel durch meinen Kopf schoss.

Als ich mich damals während des Liebeskummers „fett" gefressen hatte, einen kugelrunden Bauch mit mir herumtrug und eine Hosenbundgröße von stolzen

50 hatte, traf ich die Entscheidung, wieder ins Fitnessstudio zu gehen und das Eisen zu stemmen. Ich wollte wieder zu meiner alten Figur zurückkehren und mich in meiner Haut wohlfühlen. Koste es, was es wolle. Ich spürte ein inneres Feuer, noch größer und stärker als der Liebeskummer und der Frust. Ich suchte im Internet nach einem Fitnessguru und kaufte zu einem akzeptablen Preis ein Fitnessprogramm.

Und es stimmt, was die Wissenschaft und etliche Studien behaupten. Mit der körperlichen Bewegung gingen auch die negativen Stimmungen. Aber einen Schritt nach dem anderen. Ich ging zu Zeiten trainieren, zu denen andere längst schliefen. Um 22:00 Uhr, manchmal auch um 23:00 Uhr, das war meine Challenge. Zu Fuß zum 2 Kilometer entfernten Fitnessstudio zu gehen und das Ganze wieder zurück. Das war meine Strecke der Veränderung, die ich symbolisch fast täglich auf dem Weg zum Studio ging. Ich wollte die Pfunde loswerden, koste es, was es wolle. Mein Wille war gefordert. Ich wollte es diesmal aber richtig machen und erwarb dazu noch ein Fitnessprogramm und machte zum allerersten Mal in meinem Leben eine Diät. Als ich mich in die Materie hineingelesen habe, bemerkte ich die Fehler. Kein Wunder, dass ich nach einer Pause in den Jo-Jo-Effekt verfiel, denn ich hatte in der Pause überhaupt nicht auf meine Ernährung geachtet. Auch trainierte ich in den Jahren davor völlig falsch, da ich kein Gefühl für meine jeweiligen Muskelgruppen hatte. Neben der Theorie gab es beim zweiten richtigen Versuch zum ersten Mal in meinem Leben eine Diät. Ein Wort, das für mich jahrelang keinen Bestand hatte. Doch jetzt war ich mit meinem Kummerspeck unzufrieden und wollte nicht mehr so herumlaufen. Ich wollte den Gedanken „Ich bin dick" loswerden.

Die Diät erforderte einige radikale Abstriche in der Küche – meine Favoriten Döner, Pizza, Pommes, Cola, Chips etc. mussten weichen. Nach dem ersten Tag im Studio schaute ich voller Erwartung und ungeduldig meinen Bauch im Spiegel an. Kein Fortschritt – wie auch?

Mein voriges Lieblingsessen war für die nächsten sechs Monate ein absolutes Tabu. Und nach der ersten Woche dachte ich: „Hm, bringt irgendwie nichts. Es passiert nichts." Aufgeben war nicht drin. Also beschloss ich, erst wieder in den Spiegel zu schauen, wenn ich selbst das Gefühl habe, dass sich etwas tut. Und tatsächlich, mit dem Verstreichen von Wochen und Monaten erhielt ich von meinem Umfeld die Bestätigung: „Du hast abgenommen."

Die Sonne ging innerlich ein wenig auf. Ich war auf dem richtigen Weg. Und so hatte ich nach drei Monaten Verzicht auf Fast Food ein Gefühl dafür entwickelt, was für den Körper gesund ist und was nicht.

Nach einigen Jahren des sportlichen Wiedereinstiegs habe ich heute einen professionellen Trainingspartner an meiner Seite, der zugleich auch ein guter Freund von mir geworden ist. Erst jetzt habe ich den Sport so richtig kennengelernt. Kein „Herumgetanze" mehr, keine „Gnade", wie der Trainingscoach G. M. immer so gerne sagt vor jeder Einheit sagt. Und dafür heißt es, schon sonntags um 06:00 Uhr aufstehen, um

8:00 Uhr in Bensberg die Hantel zu stemmen, ohne Small Talk und mit purer Konzentration. Durch ihn konnte ich auch meine mentale Stärke trainieren und dafür bin ich ihm dankbar.

Es macht nämlich einen gewaltigen Unterschied, jemanden an der Seite zu haben, der über 30 Jahre Erfahrung hat. Das hat den Sport für mich noch einmal auf eine ganz andere Ebene gehoben, weil der Trainingspartner mit mir bis an die absolute Grenze geht. In dem Moment, in dem ich aufgeben will, holt er noch einmal die Energiereserven aus meinem Kopf, die ich dann in Kraft umwandle. Und genau da liegt der Schlüssel zur Veränderung. Sowohl mental als auch physisch. Einen Mentor oder Coach an Deiner Seite zu haben, bedeutet auch, dass Du bei Fehlern aufgefangen wirst und im besten Fall von ihm lernst. Durch seine Erfahrung kann er Dir Tipps und Ratschläge für die Zukunft geben, von denen Du profitieren kannst.

Im Leben gibt es Stationen und jede hat ihre Daseinsberechtigung! Und dazu zählt manchmal auch der Liebeskummer. Dieser brachte mich letztlich dazu, mich besser um mich zu kümmern – körperlich und damit auch psychisch.

Und auf dieser Ebene hatte ich Erfolg! Ich erhielt meine frühere Figur zurück.

Wenn Du, liebe Leserin, lieber Leser, nach längerer Auszeit Sport treiben willst (sei es Schwimmen, Tanzen, Ballett, Reiten usw.) und Dich in Deinem jetzigen Körper unwohl fühlst, aber etwas daran ändern möchtest, dann empfehle ich Dir, langsam anzufangen. Setze Dir Zwischenziele und strebe an, sie Woche für Woche zu erreichen. Dein Gehirn braucht Zeit, um sich der Veränderung anzupassen. Mein Kopf wollte schon am nächsten Tag sichtbare Veränderungen und am besten gleich wieder in die nächste Fast-Food-Bude gehen. Doch ich blieb dem Eisen treu! Und das bis heute. Durchhaltevermögen und Disziplin sind Deine Helfer – diese wünsche ich Dir an Deiner Seite.

Heute bin ich in der glücklichen Lage, Mentoren für die verschiedenen Bereiche meines Lebens zu haben. Angefangen bei meiner ehemaligen Realschullehrerin Frau L., die mich seit meinem 14. Lebensjahr bis heute begleitet, bis hin zu Menschen, die mich für die Bühne trainieren. An dieser Stelle ein großes Dankeschön für die Begegnung und die Gespräche an die Psychologin und Vortragsrednerin Tanja K., die an meinem Bühnenprogramm gefeilt und mir letztendlich den professionellen Schubs für meinen Weg gegeben hat. Ohne sie wäre ich nicht den weiten Weg in die Öffentlichkeit gegangen.

Von der Grundschule bis zur Beendigung des Studiums oder der Ausbildung lernen wir von unserem Umfeld, uns stets zurückzuhalten und unser inneres Licht nicht zu sehr nach außen zu tragen. Schnell könntest Du den Stempel als überheblich und egozentrisch erhalten. Die Folge ist, dass sich dann zum Beispiel einige in der Welt des Digitalen verstecken und versuchen, ihre „Sonne" auf den sozialen Plattformen eben dort zu präsentieren. Und das Ganze wird unter dem Deckmantel „Soziale Medien" verkauft. In Amerika gibt es mittlerweile den Trend, dass Menschen sich in kosmetische Behandlungen begeben, nur um Likes auf Instagram und Co. zu erhalten, weil sie der Meinung sind, dass die virtuelle Resonanz die wirkliche Beliebtheit von Menschen im wahren Leben widerspiegelt. Selbst in der kulturellen Scheinwelt, in der meine Eltern lebten, mit all den bunten Festen, glaubten sie, dort die perfekte und glückliche Familie präsentieren zu können. Und dieser Schein konnte nur solange bestehen bleiben, wie die Feier dauerte. In dieser Hinsicht sind alle Kulturen gleich. Nur die Plattformen sind unterschiedlich – das eine findet im Internet statt, das andere in bunten Farben und mit Musik in der Menge.

Eins ist doch gewiss: Meine Umwelt kann ich anlügen, aber nicht mich selbst. Und immer dann, wenn ich versucht habe, meine innere Stimme, die mich nervte, zu unterdrücken, bestrafte ich mich sozusagen mit der Flucht in zweifelhafte Ablenkungen selbst. Die Flucht zu Menschen, bei denen ich in Wirklichkeit keine innere Verbundenheit spürte und dennoch mit ihnen Zeit verbrachte, weil ich es nicht anders kannte. Es dauerte fast zwei Jahrzehnte, bis dieses Muster endgültig aufgebrochen wurde.

Wer soll uns aus diesem Schlaf aufwecken, wenn nicht wir selbst?

Seelischen Schmerz kannst Du mit keiner Droge dieser Welt heilen. Das beste Beispiel dafür sah ich in meinem damaligen Freundeskreis, in dem die Leute noch im Kindesalter dem Drogenrausch verfielen. Ich löste mich rechtzeitig, ohne es auch nur versucht zu haben. Zu groß war die Angst, den gleichen Schaden zu erleiden wie sie.

Meine Selbstliebe, die ich als Kind zunächst noch hatte, wurde mit den Jahren der Gewalterfahrungen Stück für Stück zerstört. Immer wenn andere glücklich waren, fragte ich mich, woher sie die Freude schöpften, und schnell antwortete eine Stimme im Inneren, dass sie nicht so ein schweres Schicksal mit sich herumschleppten wie ich. In solchen Momenten fühlte ich mich als Außenseiter und schämte mich dafür, was ich zu Hause am eigenen Leib erfahren habe. Ich schämte mich für meinen verletzten Körper mit seinen Narben.

Es war mein Schattenthema, von dem niemand wissen durfte.

Heute kann ich mit Distanz zurückblicken. Zurück auf eine Zeit eines kleinen Jungen, der sich von niemandem brechen ließ. Nicht von der eigenen Familie und auch nicht von sogenannten Freunden.

Wenn Du als Flüchtlingsbetreuerin oder Flüchtlingsbetreuer bei Menschen Momente der Traurigkeit erkennst oder wenn sie Dir persönlich von ihrem schweren Schicksal erzählen, dann gib diesen Menschen etwas von Deiner Liebe. Ein Aspekt, den mein Vater ein halbes Jahrhundert lang in seinem Leben vermisste und den er in der Liebe zu seinen Kindern suchte und schließlich bei mir fand. Ich gab ihm die Hoffnung, dass das Leben noch einen Sinn hat und es bedingungslose Liebe auf dieser Welt gibt, wir schenkten sie uns gegenseitig. Er war der Einzige, zu dem ich aus der Familie eine emotionale Bindung aufbauen konnte. Die Liebe meiner Mutter habe ich trotz schwerer Zeiten bis zur Trennung bekommen. Das ist die verborgene Erinnerung in meinem Herzen, die ich bis heute wie einen Schatz hüte. Ich glaube auch, dass ich deshalb nie einen Hass auf Frauen entwickeln konnte, weil ich meine Mutter nie gehasst habe. Liebe ist immer stärker als Gewalt.

Vielleicht gelingt es mir, Dir Mut zu machen, dass es nicht zu spät ist, eine alte Wunde zu heilen, selbst dann, wenn Du die Hoffnung schon aufgegeben haben solltest. Nicht im Ansatz hätte ich gedacht, dass sich das Leben um 180 Grad drehen kann. Dass aus einem chronischen Selbstzweifler eines Tages ein selbstbewusster Mann wird, der aus der Dunkelheit hinein ins Licht tritt.

An dieser Stelle bediene ich mich eines chinesischen Sprichwortes: „Alle Dunkelheit der Welt zu besiegen, ist unmöglich, doch man kann ein kleines Licht anzünden." Nun ist es Zeit, auch Dein kleines Licht anzuzünden.

DER SINN

Nachdem wir gemeinsam durch das Tal der Gefühle mit all seinen Höhen und Tiefen gegangen sind, lass uns nun einmal auf den eigentlichen Zweck des Lebens zusteuern. Warum sind wir so, wie wir sind, und was ist unsere Aufgabe in diesem Leben? Das sind Fragen, die mich früher überhaupt nicht interessiert haben.

Auf dieser Reise zu mir selbst bin ich auf Folgendes aufmerksam geworden. Mein höchster Wert ist die Selbstverwirklichung. Ich möchte auf dieser Welt etwas für die Menschen hinterlassen, ihnen ein Stück weit helfen. Speziell Kindern und Jugendlichen, die sich einsam und allein fühlen. Betroffene, die denken, dass sie niemand versteht und sie ihrem Schicksal überlassen sind. Der erste Schritt dazu war mein erstes Buch, danach die zahlreichen Tätigkeiten in verschiedensten sozialen Vereinen, bei den öffentlichen Kinder- und Jugendträgern, unterschiedliche ehrenamtliche Projekte an Grundschulen und schließlich die Arbeit mit Flüchtlingskindern. Deswegen richte ich mich heute unter anderem auch an betroffene junge Menschen, die zwischen den Welten und Kulturen hin- und hergerissen sind und nicht wissen, wie sie aus diesem Sog herauskommen können. Sie erhalten ein Beispiel, wie sich ein selbstbestimmtes Leben führen lässt, ohne ein schlechtes Gewissen dabei zu haben. Ohne eine Maske tragen zu müssen.

Meine Eltern haben mir stets versucht, einzureden, dass ich „glücklich wäre, wenn “.

Sie wollten unbedingt, dass ich *ihre* innere Lücke schließe, die sie wiederum bei ihren Eltern nicht füllen konnten. Ein Kreislauf, der sich über Generationen fortführte und schließlich bei mir sein Ende fand. Auch wenn ich ihren Wunsch nicht erfüllt habe, so gehe ich heute doch meinen Weg. Erst durch diese bewusste Entscheidung bin ich zu meiner Passion gekommen. Der Entschluss, nicht länger eine innere Unzufriedenheit mit mir herumzutragen, die ich dann vielleicht an meine eigenen Kinder weitergebe, war notwendig. Aber für diesen Schritt musste ich mir selbst die Fragen beantworten, wer ich bin und was ich wirklich will.

Für die Verletzungen aus der Kindheit und Jugend will ich heute niemanden mehr anprangern.

Und somit endet das Kapitel in der Familiengeschichte. Um diese Wut nicht für die nächste Generation mitzunehmen.

„Nein, das ist schwierig und das ist unmöglich.“

Da spricht er, der innere Schweinehund, der Veränderungen verhindern will. Mein innerer Schweinehund hat mich sage und schreibe 24 Jahre lang erfolgreich aufgehalten, bis das innere Kartenhaus zusammengefallen ist.

Um nicht denselben Fehler zu begehen, habe ich gelernt, mich bewusst mit meinen Gefühlen auseinanderzusetzen. Eine komplette Aufräumaktion im Wohnzimmer des eigenen Geistes.

Das Phänomen des „Alleinseins" und so schnell wie möglich in eine Beziehung zu stürzen, um ihm zu entkommen, beobachte ich kulturübergreifend. Bevor ich zur Welt kam, war die Ehe meiner Eltern bereits in den Sand gesetzt. Aber auch heute gibt es – in den verschiedensten Kulturen – noch Eltern, die ihre erwachsenen Kinder unter Druck setzen, den Bund der Ehe einzugehen. Damit wiederholen sie den Teufelskreis, ohne aus ihren eigenen Erlebnissen gelernt zu haben. Es liegt in meiner Hand, zu entscheiden, in welche Richtung ich gehen und wie ich mein Leben gestalten möchte. Eine Sichtweise, zu der ich während meiner Zeit im Glashaus noch keinen Zugang hatte.

Wie sieht Dein Glashaus aus? Bist Du in einer Beziehung, weil Du Deinen Partner mit voller Überzeugung ausgesucht hast? Falls ja, beglückwünsche ich Dich, denn dies ist nicht immer selbstverständlich.

Es geht mir um die innere Welt und inwiefern diese im Einklang mit den Entscheidungen steht, die wir im Leben fällen. Wenn Du gelernt hast, Deiner inneren Stimme zu folgen, wirst Du mit der Zeit eine viel größere Lebensenergie spüren als jemals zuvor. Entscheidungen werden Dir weitaus leichter fallen, weil der innere Konflikt und die möglichen Gedanken an „Was ist, wenn?"-Szenarien dann verschwinden.

Mach Dein Ding, egal, was andere denken, sagen oder auf Social Media schreiben!

REICH ODER ARM?

Zu Hause wurde mir gepredigt, dass erst ein reiches Leben ein erfolgreiches Leben ist, und für beide war das in ihren Köpfen eine fest etablierte Wahrheit. Persönliches Glück und materielles Gut waren fest miteinander verbunden. Doch meine Welt hatte seit der Kindheit eine andere Idee verfestigt. Lange Zeit fühlte ich mich innerlich nicht reich. Ich dachte immer, es fehlte mir etwas, obwohl ich, von den äußeren Umständen ausgehend, ausreichend ausgestattet war. Es war die fehlende Selbstliebe. Viele Jahre habe ich Geld für materielle Dinge ausgegeben, um meinen kurzfristigen Hunger zu stillen – er wurde nie gesättigt. Und die Sehnsucht war nichts anderes als die Suche nach Selbstakzeptanz, nach liebevollen Gefühlen zu mir selbst. Das, was in der Familie gefehlt hat.

Aus dem einst einsamen und ausgestoßenen Küken ist heute ein Adler geworden, der fliegt, ohne Hass und Wut in sich zu tragen.

Wenn ich an meinen Vater denke, in welchen ärmlichen Verhältnissen er aufgewachsen ist und wie sich sein Leben um 180 Grad gedreht hat, dann kann man mit der richtigen Einstellung in fast jeder Situation etwas an seinem Leben verändern. Sein eiserner Wille und sein Durchhaltevermögen haben am Ende eine fünfköpfige Familie gegründet und ernährt.

Ich will Dir Mut machen, wenn Dich der depressive Miesepeter eines Tages mal wieder heimsuchen sollte, und dass Du Dir vor Augen hältst, dass es Menschen gibt auf dieser Welt, denen es ähnlich geht wie Dir. Und das kann zum Beispiel die unersättliche Suche nach einer Arbeitsstelle sein oder die Suche nach einer Partnerin … In unserer westlichen Gesellschaft finden wir für alles ein Problem. Es ist nicht ausschlaggebend, was Deine Freunde, Nachbarn oder Dein Umfeld über Deinen persönlichen Status denken. Als Kind dachte ich immer, man müsste Markenklamotten tragen, um in der Gesellschaft überhaupt etwas wert zu sein. Was habe ich also gemacht, als ich mein erstes Geld verdient habe? Ich sprintete in die Läden und holte mir Klamotten von genau den Marken, die ich mir als Kind nicht leisten konnte. Als ich die anhatte, spürte ich ein doppelt so hohes Selbstbewusstsein. Und das für sage und schreibe zwei Wochen. Das Glücksgefühl, als ich mir mit 20 Jahren zum ersten Mal etwas Kostspieliges leisten konnte, war verschwunden. Und dieser Wirbel ging bis zu meinem „Reset", meinem Neuanfang. Ich musste dann keine „Marke" mehr anziehen, um mich so wertvoll wie die Marke zu fühlen. Es war mein Inneres, das ich als mein Markenzeichen erkennen musste. Erst dann fing ich an, ein dauerhaftes Glücksgefühl zu verspüren – das bis heute andauert. Und das, weil ich losgelassen habe. Losgelassen von gesellschaftlichen Zwängen, um zu mir selbst zu gelangen.

Jede positive Veränderung im Leben eines Menschen, die ich durch meine Hilfe bewirken kann, ist für mich eine wahre Erfüllung. Ein Teil meiner Selbstverwirklichung, ohne in Selbstlob zu versinken, wie der Wind in den Segeln meines Schiffes.

EINBLICK IN FREMDE WELTEN

Ohne dass Du es Dir so wirklich vorstellen kannst, wirst Du im Laufe Deines Veränderungsprozesses eine neue Welt sehen, die zuvor noch im Dunkeln lag. Du wirst die Dinge gänzlich anders betrachten als zuvor. Auch wenn sich zuvor ein Teil von Dir womöglich felsenfest dagegen zur Wehr gesetzt haben wird.

Noch einmal an alle, die Flüchtlinge betreuen oder beabsichtigen, dies zu tun: Erst wenn die Geflüchteten ihre Heimat auch in ihren Köpfen vollständig loslassen und erst dann, wenn sie die Entscheidung treffen, auch wirklich in Deutschland anzukommen, dann erst öffnet sich eine neue Welt mit neuen Möglichkeiten für sie. Die deutsche Sachlichkeit, für die ich auch mehrere Jahre gebraucht habe, um sie als solche zu verstehen – und das als einheimischer Ratinger –, kommt bei dem Großteil der Angekommenen falsch an. Sie nehmen sie viel zu persönlich und vermuten dahinter Willkür. Dahingehend waren Ausschreitungen in Unterkünften, in denen ich gearbeitet habe, keine Seltenheit. Wenn man Zeuge solcher aggressiven Szenarien wird, ist es ganz wichtig, nicht zu kapitulieren und sich im richtigen Moment Unterstützung durch entsprechendes Personal zu holen. Hab keine falsche Scheu und verabschiede Dich von dem Gedanken: „Ach, dafür jetzt jemanden zu rufen, ist zu viel, das geht schon.“

Denn dann gibst Du dem Aggressor genau die Fläche, die er haben will. Und damit Macht. So kann ich mich an eine Situation erinnern, als ein Mann ins Büro stürmte: „Who is the manager?“

Mit einem Blick, als ob er jeden Moment explodieren würde, schaute er mich an.

Ich befand mich mitten in der Personalplanung und war im Gespräch mit einer Mitarbeiterin.

„Yes, I am the manager.“

„Come with me“, dabei machte er mit seinem rechten Arm eine entsprechende Handbewegung.

Als ich versuchte, zu verneinen, stampfte er mit beiden Füßen auf den Boden und gab ein Brummen von sich. Als wäre er ein Bär, dessen Honigtopf ich versteckt habe. Und wenn ich in diesem Moment nicht mit ihm gegangen wäre, vermute ich hätte er mich auf der Stelle aufgegessen.

Ich folgte ihm, weil ich wissen wollte, was ihn so rasend gemacht hat. Ich ging neben ihm und wir verließen gemeinsam die Unterkunft.

Auf dem Weg murmelte er: „I have enough problems. Tell him, he should leave me alone. What is a ‚koncört‘? What does it means? What is a „koncört“?“

Der Einfachheit halber die Übersetzung: „Ich habe genug Probleme. Er soll mich in Ruhe lassen. Was ist ein ‚Koncört‘? Was bedeutet das?“

Das Wort habe ich in seiner Aussprache überhaupt nicht verstanden und ihn lediglich angeschaut. So sauer hatte ich lange keinen Menschen mehr gesehen. Also, da muss was ganz Schlimmes passiert sein. Entsprechend war ich angespannt. Nach zehn Minuten waren wir an der Turnhalle angekommen, wo die Duschen provisorisch für insgesamt 150 Menschen genutzt wurden. Dort lag der Ursprung des Problems. Der Chef der Security klärte mich dann auf. James (wir nennen ihn jetzt einfach mal so) war auf der Toilette und ein anderer Bewohner hat an seine Kabinentür geklopft.

Als Reaktion hatte er nur ein kurzes „Hm" von sich gegeben, aber kein Wort gesagt. Der Bewohner hatte diese Reaktion nicht richtig zuordnen können und hat weiter angeklopft. Und dieses Klopfen war so stark, dass James, nachdem er seine Sitzung beendet hatte, kochend vor Wut die Tür öffnete und ihn anschrie. Der andere Bewohner kam aus dem ehemaligen Jugoslawien und verstand ebenfalls kein Wort von dem, was er sagte. Zwei Völker treffen sich in Hürth auf dem Pott, während einer sein Geschäft verrichtete. Zu diesem Zirkus trat später noch der Chef der Sicherheitsfirma hinzu. Anstatt, dass James zur Ruhe kam, hat er sich in seiner Wut noch weiter hochgeschaukelt und stürmte zum „Manager" ins Büro. Der Sicherheitschef hat James aufgefordert, kein „Konzert" zu veranstalten, und erst dann verstand ich den Kontext. Koncört = Konzert. Ich vermittelte das Ganze auf Englisch und der wütende James fragte: „Yeah, what should I say? I was shitting. I was doing my own business."

„Was soll ich denn sagen, wenn der Typ klopft? Ich saß auf dem Pott und machte mein Geschäft."

Das Ende vom Lied war, das Ganze beruhte auf einem Missverständnis. Der andere Bewohner dachte, dass ihm etwas zugestoßen sei, und klopfte so stark, bis später der Chef dazu kam und James die Tür öffnete. Ich konnte die Sache wieder beruhigen und alle Beteiligten gingen friedlich mit einem gesunden Lachen aus der Situation heraus. Dies funktionierte aber auch nur, weil ich ihm das Gefühl gegeben hatte, dass er verstanden wird, was er vorher, trotz einiger Englischkenntnisse, vom Chef so nicht bekam. Und genau das ist der Dreh- und Angelpunkt. Um Menschen zu erreichen, unabhängig davon, aus welchem sozialen Umfeld sie kommen, ist es wichtig, sich mit ihnen auf Augenhöhe zu unterhalten. Denn er hatte im Laufe des Gesprächs selbst gemerkt, dass seine „Dolby Surround"-Lautstärke nicht nötig war. Welche Sprache sollte man in so einer speziellen Situation sprechen? Die Sprache der Menschlichkeit. In dem genannten Beispiel hatte James den Status des „verletzten" Aggressors. Welches Recht nimmt sich der Bewohner auch raus, ihn während seiner Sitzung zu stören? Als er dem Sicherheitschef gegenüberstand, war der Zündstoff zur Eskalation bereits da, da der Chef ebenfalls auf den Modus „Aggressiv" schaltete. Verständigung war in der Situation nicht mehr möglich.

Eine andere Anekdote. In einer Flüchtlingsversammlung wurde ich einmal von einem der Bewohner damit konfrontiert, dass jemand seine Body Lotion gestohlen hat und er das nicht in Ordnung findet und ich dafür nun eine Lösung finden sollte. Weil er es mir in einer verständlichen und diplomatischen Art und Weise mitteilte, habe ich mich dieser Sache tatsächlich gewidmet, obwohl es natürlich wichtigere Dinge gab, die meine Konzentration erforderten. Die Flüchtlingsarbeit als Ganzes war auch für mich, trotz meines kulturellen Hintergrunds, eine neue Welt, auf die ich mich einließ. Sie war ebenfalls maßgeblich dafür verantwortlich, dass ich meinen Tunnelblick, den ich in der Kindheit von meinen Eltern mitbekommen hatte, letztlich ablegte.

DIE EIGENE HAUT

In meiner Kindheit, Jugend und im Erwachsenenalter hatte mein Umfeld immer etwas an meinem Äußeren zu kritisieren. Entweder war es der Kleidungsstil, meine von Geburt an schlanke Figur oder wenn ich mir die Haare zu kurz geschnitten hatte. Stets hatten die anderen mehr Muskeln als ich, und einen Körper, der mehr an den griechischen Adonis erinnerte, als meiner. Und unbewusst konnte ich mich in meiner Haut nie wohlfühlen, weil niemand mit meinem äußeren Erscheinungsbild je zufrieden war. Es gab immer etwas zu bemängeln, und ich veränderte mit den Jahren alles, was nur möglich war. Doch mein geistiges Wohnzimmer, das wollte ich nicht angehen, weil ich Angst hatte, dann wieder komplett bei null anfangen zu müssen. Ich dachte immer: „Wenn meine engsten Mitmenschen das schon sagen, dann wird das wohl richtig sein."

Freunde und Bekannte hatten mir immer den schlauen Satz ans Herz gelegt: „Bleib so, wie du bist." Ein Satz, der nett gemeint ist, doch der mich in meiner Entwicklung auch gestoppt hat. So dachte ich, dass ich meinen Charakter, meine Persönlichkeit, so wie sie gerade ist, um jeden Preis beschützen muss.

Erst als der Schmerz groß genug war und mein Rebell zum Vorschein kam und mit den Jahren immer stärker wurde, konnte ich mich in meiner Haut wirklich wohlfühlen und beginnen, mich zu akzeptieren. Und das unabhängig von der Bestätigung meiner Familie. Ein Zementblock, der mir vom Herzen fiel. Der innere Schmerz war so groß und die innere Stimme so laut, dass die Ketten des geistigen Gefängnisses gesprengt werden mussten.

Ich habe meine Geschichte auch deshalb öffentlich gemacht, um Menschen Mut zu machen. Um ihnen zu zeigen, dass sie nicht allein sind mit ihrem Schicksal und ihren Erfahrungen in der Kindheit. Und dabei möchte ich keinesfalls behaupten, dass meine Sache wichtiger ist, als etwa das Elend eines vor Hunger sterbenden Kindes in den ärmsten Teilen der Erde. Ich habe damals 2012 lange mit der Veröffentlichung meines ersten Buches gehadert und ob ich dem Leser mit dem Thema einen Blick hinter die Kulissen geben soll oder nicht. Das Risiko, auch von meinen eigenen kulturellen Kreisen ausgestoßen zu werden, schwang ebenfalls mit. Doch dann dämmerte mir, wie viele andere an meiner Stelle diese Entschuldigung wohl heranziehen würden, es nicht zu tun. Ich habe es bewusst in Kauf genommen und erntete entsprechenden Gegenwind. Doch seit der Veröffentlichung bis heute haben mich in unterschiedlichen Abständen zahlreiche Dankesmails erreicht, sodass ich für mich das Resümee gezogen habe, dass die Art und Weise, wie ich mein Erstlingswerk veröffentlicht habe, genau die richtige war. Und wie es die Leserschaft des ersten Buches wollte, haltet ihr nun dieses neue Glashaus in den Händen.

Keine Maske und kein Schein: Es liegt mir am Herzen, dass Du weißt, dass auch ich im Leben einige – wenn nicht sogar viele – Fehler gemacht habe, bis ich gelernt habe, dass es keine Schande ist, welche zu begehen. Zu Hause und bei meinen Freunden wurden mir meine Fehler immer vorgehalten. Manchmal war es sogar so, dass sie mir in Streitsituationen Fehler, die bereits weit in der Vergangenheit lagen, noch einmal vor Augen hielten – um ihre Argumentation zu stützen. Auch wenn sie mich mit solchen Techniken verletzt haben, vergebe ich Ihnen. Mit der Schilderung meiner Erlebnisse will ich Betroffenen Mut machen, ihren eigenen Weg im Leben zu verfolgen und ihn weiterzugehen, unabhängig davon, wie groß der Widerstand ist. Und manchmal kann sich der Weg lohnen, wenn Du nicht aufgibst. Wenn Du an Dich und an Dein persönliches Wunder glaubst.

Glaub an Dich und geh Deinen Weg!

Alles Liebe,
Dein Deva

DANK

Was wäre das Leben ohne die Menschen, die einen auf dem Lebenspfad begleiten? In Zeiten, in denen ich mit meinem Wissen nicht weiterkomme, wähle ich immer die Nummer von Frau L., die mir dann mit ihrer weisen und ruhigen Art den richtigen Pfad zeigt. Meine ehemalige Realschullehrerin. Den Einklang der emotionalen und der rationalen Welt zu erreichen, war Ihr Ansatz gewesen, den sie mir in den Jahren immer wieder ans Herz legte.

Ein großer Dank geht an alle Therapeuten, die mir in meinen 20ern innerhalb kurzer Zeit einen Therapieplatz gaben. Die für meine Themen immer ein offenes Ohr hatten und stets die richtigen Worte sprachen, die zur Heilung meiner Seele beitrugen. Ich wüsste nicht, was passiert wäre, wenn all die Erlebnisse einfach nur als Last auf meiner Seele geblieben wären.

Weiter geht es mit allen Lesern, die sich die Fortsetzung vom „Glashaus" gewünscht haben, mit meiner persönlichen Geschichte. Ohne ihre Rückmeldung wäre dieses Werk nie entstanden. Und dazu zählt auch der Impuls von Tanja Köhler, die mich letztlich angeschubst hat, ein neues „Glashaus" entstehen zu lassen. Der angestoßene Dominostein für eine neue Reise.

294

Ich danke den Kölner Cafés, in denen ich 2016 als Autor vor einem kleinen Publikum die ersten Lesungen halten konnte, sodass aus diesem Experiment nun meine Leidenschaft und Berufung geworden ist. Und von Herzen bedanke ich mich bei allen Schülerinnen und Schülern, vor denen ich bereits sprechen durfte und die mir am Ende des Vortrags die Rückmeldung gaben, dass ich sie erreicht habe. Ohne diese Mission mit ihren wertvollen Begegnungen würde mir der Motor fehlen, um die Reise fortzuführen. Ich danke allen Schulen mit ihren wunderbaren Schülern, die immer aufmerksam dabei waren und sich am Ende persönlich mit einem Händedruck von mir verabschiedeten. Und natürlich will ich allen besonderen Wegbegleiter danken, die mir damals den Mut gaben, die „Identitätsreise – Wer bin ich wirklich?" zu entwickeln. Die mir mit Ideen und Ratschlägen einen wertvollen Kompass an die Hand gaben. Über alle Maßen dankbar bin ich für die vielen Gespräche, die wegweisend waren für das, was heute mein Leben ausmacht.

DER AUTOR

Deva Manick, geboren 1987 in Ratingen, beschäftigt sich seit seiner Jugend mit dem Leben und Wandel der verschiedenen Kulturen, die sich in Deutschland niedergelassen haben. Seine Eltern stammen aus Sri Lanka und flohen vor dem damaligen Bürgerkrieg.

Dabei hat er sich auf die Gedanken- und Gefühlswelt von Kindern und Jugendlichen spezialisiert, die er in den vergangenen Jahren im Bereich der Kinder- und Jugendarbeit betreut und begleitet hat. Manick war in der Betreuung von Flüchtlingskindern und später als Leiter einer Notunterkunft für Flüchtlinge tätig, als er für das Leben und die Gesundheit von 150 Menschen verantwortlich war.

Als Redner nimmt er heute junge Zuhörer mit auf die Reise zur Identitätsfrage: „Wer bin ich wirklich?" Er ist in Schulen und Universitäten zu Gast und gibt einen Einblick in die Seele eines Betroffenen, der einst im Glashaus gelebt, gelitten und sich befreit hat. Er lebt in Bergisch Gladbach.